LAURENCE CHEVALLIER
ÉMILIE CHEVALLIER
SIENNA PRATT

WITCH WOLF

ARTICLE 1 - ON NE SE MÉLANGE PAS

WITCH WOLF
ARTICLE 1 : ON NE SE MÉLANGE PAS

LAURENCE CHEVALLIER   ÉMILIE CHEVALLIER
SIENNA PRATT

Le Code français de la propriété intellectuelle interdit les copies ou reproductions destinées à une utilisation collective. Toute représentation ou reproduction intégrale ou partielle faite par quelque procédé que ce soit, sans le consentement de l'auteur ou de ses ayants droit ou ayants cause, est illicite (alinéa 1er de l'article L. 122-4) et constitue une contrefaçon sanctionnée par les articles L. 425 et suivants du Code pénal.

Copyright © 2021 Laurence Chevallier
© 2021 Émilie Chevallier © 2021 Sienna Pratt
Illustration couverture © Hannah Sternjakob
Crédit images © Canva-pro. Libre de droits.
Illustration contenu © Nicolas Jamonneau

Relecture finale : Émilie Chevallier Moreux

Impression : Libri Plureos GmbH, Friedensallee 273, 22763 Hamburg (Allemagne)
ISBN : 9782493374363
Black Queen Éditions

Deuxième Édition
Dépôt légal : Mars 2025

AVANT-PROPOS

La trilogie *Witch* est destinée à un public majeur et averti. Elle comporte des scènes explicites, aborde des sujets sensibles et contient un langage familier.

Maintenant que vous êtes au fait de ces informations, nous vous souhaitons la bienvenue à Fallen Creek, là où les règles méritent d'être transgressées…

INTRODUCTION

S'il y a bien un endroit au monde où la magie est puissante, c'est à Fallen Creek.
Les descendants des plus puissants sorciers y demeurent.
Les loups y pullulent.
Les vampires s'y terrent.
Trois races d'êtres magiques ou maléfiques.
Trois races qui n'ont pas le droit de se mélanger.
Trois races qui arpentent les rues de cette petite ville de Caroline du Nord, à l'abri du regard des humains.
Point de démons, puisque le mal s'affranchit des races.
Chacune de ces créatures saigne.
Aime.
Déteste.
Ou répond à l'instinct que lui dicte sa nature.
Alors si vous tournez ces pages, préparez-vous à entrer dans un univers obscur.
Un univers gouverné par des règles impitoyables.

Un univers où de strictes coutumes régissent des siècles d'existence.
Et trois sorcières, aussi proches que des sœurs.

Article 1 : On ne se mélange pas, sous peine de mort.
Article 2 : On ne trahit pas, sous peine de mort
Article 3 : On ne se montre pas, sous peine de mort.

PROLOGUE

Je n'aurais jamais dû venir à Fallen Creek. Je l'avais pressenti. À peine ai-je posé un pied en Caroline du Nord qu'un frisson glacé a coulé le long de mon échine. La peur m'a serré la gorge.

Je voulais seulement voir mon fils.

Toute mère digne de ce nom accourt quand le fruit de sa chair demande à la voir de manière si solennelle.

Au moins, j'ai eu le temps de l'embrasser une dernière fois et de constater qu'il était heureux. C'est à cela que je me raccroche tandis qu'*il* approche.

C'est à cela que je pense tandis qu'*il* encercle mon cou de ses doigts puissants.

Je vais mourir.

Son regard me transperce.

L'aura démoniaque qui se dégage de *lui* enveloppe son corps d'un halo sombre.

Je n'ai aucune chance de m'en sortir.

Je vais mourir.

Mes yeux se ferment.
La magie s'extirpe de moi, aspirée par cet homme.
Cet homme qui veut ma mort.
Cet homme qui, sous ses airs affables, fomente le pire.
Maintenant, je le sais.
Mais c'est trop tard.
Je vais mourir.

CHAPITRE 1

NEEVE

Je titube en me tordant de rire. Elinor est trop drôle quand elle a picolé. Ça doit être le mélange de l'alcool et des antidépresseurs qu'elle s'enfile par dizaine. Depuis quelques années, je la préfère saoule, mais je n'ose pas le lui dire.

Elle se marre comme une dinde avant de trébucher sur un caillou minuscule. Je pouffe et manque de me casser la gueule à mon tour.

Sixtine sourit sous les rayons de la lune. Elle n'arbore jamais un franc sourire. On ne voit pas ses dents quand elle ose déployer cette expression. C'est la « sérieuse » de la bande. Une bande de trois sorcières un peu barrées qui se connaissent depuis toujours. Trois sorcières qui expérimentent la vie depuis près d'une trentaine d'années, dans une jolie bourgade de Caroline du Nord, bordée de ruisseaux dans son écrin de forêt. *Fallen Creek.*

Elinor Moon, Sixtine Shadow et Neeve Forest. Trois amies inséparables. On vit même ensemble dans un loft du centre-ville. Et d'ailleurs, nous sommes justement en train de nous y rendre. Difficilement, certes.

On a appris la magie à l'époque où ces putains de sœurs Halliwell étaient diffusées en boucle sur les chaînes du câble. D'ailleurs, notre ressentiment pour *Charmed*, série en vogue des années 2000, n'a fait que croître au fil des années. Bordel, ça se saurait si des démons écarlates avec des cornes arpentaient le monde des ombres. Ça se saurait si des *Êtres de Lumière* pouvaient veiller sur nous et nous guérir de la moindre blessure. Comme si on ne pouvait pas le faire nous-mêmes ! Des conneries de clichés qui ont tendance à me gonfler, mais pas autant que Sixtine qui aurait rêvé de coller un procès aux producteurs de cette série, rien que pour réhabiliter le concept même de la sorcellerie.

Mais la loi est limpide. *On ne se montre pas.*

Ça fait chier Sixtine, avocate chevronnée. Je l'observe tandis qu'elle soutient Elinor, qui s'explose de rire pour rien. Les reflets bleus de sa chevelure noire scintillent presque sous la lueur de la pleine lune. Le contraste avec les cheveux d'un blond sélène d'Elinor est saisissant. Je bloque sur les lueurs de leurs tignasses en tirant une taffe sur le joint que je porte à mes lèvres, et me retiens de dire « *Wouah...* ». Mais je suis distraite par des hurlements de loups qui me parviennent depuis les bois autour de Fallen Creek. Je devine que la meute de Karl Greystorm est de sortie. Il ne fait pas bon s'aventurer dans la forêt, cette nuit. Mon humeur se mue en amertume. Trois jours par mois, je ne peux m'y balader à ma guise. C'est la règle. Moi dont les parents vivent dans une maison entourée de chênes centenaires, je suis cantonnée à la propriété de la famille Forest, et dois attendre que ces putains de loups aient étanché leur soif de chair fraîche, ainsi que la fin de la pleine lune, pour m'adonner à mon passe-temps favori. Je déteste les loups. Mais, je veux bien l'avouer, je hais encore plus ces enfoirés de vampires. La loi me va bien. *On ne se mélange pas.*

Elinor me sort de mes réflexions amères. On peut toujours compter sur elle.

— Bordel, je vais tuer ces gosses. Ou alors, je vais les transformer en rats. Ou en licornes. C'est bien, les licornes.

— C'est pas le même concept, je lâche.

Elinor est prof et vit mal sa fonction. On sort du *Kiddy Hurricane*, l'unique bar de Fallen Creek. Durant ces quelques heures, Elinor n'a pas parlé des mioches qu'elle se coltine à la Wiccard Academy, l'école de sorciers de l'État de Caroline du Nord. Et bordel, ça m'a fait des vacances.

Les rues sont désertes. Elinor chante à tue-tête « *Libérée ! Délivrée !* ». Voilà qu'elle se prend pour Elsa dans *La Reine des neiges*. Sixtine secoue la tête et dit :

— On ira plus doucement sur la vodka la prochaine fois.

Je glousse.

Nous débouchons dans l'avenue, à deux cents mètres de notre appartement. Toujours pas un bruit, si ce n'est celui des loups que l'on entend rugir au loin, et Elinor qui s'égosille sans se lasser. Sixtine m'attrape par l'épaule. Nous avançons toutes trois, un sourire plaqué sur nos visages fatigués par cette nuit festive. C'est quand nous passons devant le bâtiment de neuf étages, à l'angle de

Willsborough, la rue piétonne de Fallen Creek, que le destin s'abat sur nous.

Mais à ce moment-là, nous n'en avons pas encore conscience. On ne sait pas encore que cette nuit de pleine lune va faire basculer nos vies.

L'impact des os et de la chair sur l'asphalte provoque un son si atroce que je lève les mains pour les presser sur mes oreilles.

Elinor pousse un cri.

Sixtine arrête de respirer.

Mon cœur rate un battement.

Devant nous gît le corps désarticulé d'une femme qui vient de s'écraser sur le bitume.

CHAPITRE 2

SIXTINE

— Mesdemoiselles ? Est-ce vous qui nous avez appelés ? me demande doucement un jeune flic, tout juste débarqué sur les lieux.

J'acquiesce vaguement, encore sous le choc.

— Ouais, c'est nous, chantonne Neeve, perdue entre deux émotions.

En même temps, si on lui pose la question maintenant, je ne suis même pas sûre qu'elle sache encore où nous habitons, alors interpréter ce à quoi nous venons d'assister, il ne faut pas y compter ! Elle sort d'ailleurs un joint de sa poche, elle est dingue ! À ce rythme, c'est nous qui allons nous faire coffrer !

Ni vu ni connu, je dissimule mon bras derrière mon dos, puis lance un sort en claquant des doigts. Le contenu de ses poches est jeté dans l'égout le plus proche. Neeve a senti ma magie et m'adresse son plus bel air contrarié. Mais elle n'a pas la force de protester outre mesure et s'affale sans grâce sur le banc où est prostrée Elinor, qui ne se remet pas de ce dont nous avons été témoins.

— Eli, la police est là. Nous allons devoir les accompagner.

— Pourquoi ? me demande-t-elle en relevant la tête de ses genoux, qu'elle tient serrés entre ses bras.

Son maquillage a coulé, il ne fait aucun doute qu'elle a laissé libre cours à ses larmes, malgré toutes nos tentatives pour la consoler. Comment l'en blâmer, déjà qu'un rien alimente ses tendances dépressives... Là, même ses anxiolytiques ne pourront lui faire oublier qu'une suicidaire en manque de sensations fortes a failli nous aplatir.

— Est-ce que ça va aller, mesdemoiselles ? s'inquiète le policier en nous invitant à le suivre jusqu'à son véhicule. Peut-être souhaitez-vous faire vos dépositions à une heure plus raisonnable ?

— Ça ira, merci. Demain, je ne peux pas, j'ai une importante audience qui m'attend.

Voilà, l'art et la manière de glisser subtilement que nous n'avons pas de temps à perdre sans laisser place à la contestation. Ce n'est déjà pas une sinécure de devoir raconter en long, en large et en travers ce à quoi nous avons assisté. Autant s'en débarrasser au plus vite, ce sera une chose de moins à faire. Et puis, ça ne devrait pas durer trop longtemps, puisqu'il n'y a aucun doute sur le fait que cette pauvre fille a mis fin à ses jours. En repensant à son corps broyé par l'impact sur le bitume, un reflux acide remonte le long de mon œsophage.

Je pousse doucement Elinor qui glisse dans le véhicule avec la grâce d'un robot, puis Neeve qui, l'euphorie passée, semble un peu éteinte. Une fois mes copines embarquées, je m'assois sur la minuscule place qu'elles me laissent sur la banquette arrière et claque la porte pour signaler au chauffeur que nous sommes prêtes à partir.

La voiture démarre à peine qu'un rot guttural retentit dans l'habitacle, accompagné de gargouillis prononcés. Le genre de bruits spontanés qui ne présagent rien de bon, surtout lorsqu'on se trouve dans un espace confiné. Pitié, ne me dites pas qu'Eli va rendre la barrique qu'elle s'est enfilée !

Nous n'avons pas parcouru plus de quelques mètres que le drame tant redouté survient. Au moment où la voiture freine au feu rouge, et avant même que j'aie eu le temps d'ouvrir la portière, Elinor répand cocktails et médicaments sur le tapis, juste devant ses Louboutin pailletées miraculeusement épargnées.

— Est-ce que ça va ? demande le policier, tentant en vain de masquer son dégoût.

— Nous allons finir à pied, monsieur l'agent. Je crois que nous avons besoin d'un peu d'air, si vous le permettez.

Il hoche la tête, déconcerté de nous voir quitter l'habitacle en vitesse, tandis que, contraint d'y rester, il ouvre en grand les fenêtres.

L'air est frais ce soir ; pourtant, une suffocante impression de lourdeur m'oppresse. Peut-être est-ce le triste constat de n'avoir pu aider cette malheureuse qui me perturbe. Quoi d'autre, sinon ?

— Sixt, ça va ? m'interroge Neeve en percevant mon malaise.

— Ça va.

— C'est à cause de la femme ?

— J'imagine.

Le visage fracassé de la victime, ses yeux grands ouverts et sa bouche ensanglantée s'affichent comme un filtre devant moi, presque aussi réels qu'au moment de sa chute.

— Tu sais, même les super sorcières se loupent parfois.

Je la fixe, effarée qu'elle puisse évoquer notre nature ainsi sans craindre d'être entendue. Par chance, la voiture de police nous suit de loin, et le bruit du moteur couvre ses inepties.

— Tais-toi, enfin !

— Oh, ça va ! T'as saisi ! Déjà que tu sauves la veuve et l'orphelin *tous les jours*, tu ne *peux* pas secourir tout le monde !

Merci de me rappeler mes faiblesses avec autant de délicatesse, chérie.

Je la fusille du regard. Ce qu'elle peut être conne parfois !

Heureusement que je la connais bien et que je sais que derrière cette façade d'indifférence, elle est aussi touchée que moi. Ou presque. Quant à Elinor, elle se mure dans un silence qui en dit long sur son état psychologique. Nos vies étaient déjà un tantinet compliquées ces derniers temps, y ajouter une mort tragique ne va pas simplifier les choses.

Nous pénétrons dans le commissariat, bras dessus, bras dessous, unies de façon inaltérable, prêtes à affronter cette épreuve.

— Suivez-moi, c'est par ici.

Une jeune femme, fraîchement diplômée à voir son uniforme amidonné, nous conduit dans une pièce aveugle habituellement destinée aux interrogatoires. Y aurait-il un problème ? Une donnée m'aurait-elle échappé ?

— Je vous en prie, installez-vous. Un officier va venir vous interroger d'ici quelques minutes. Un café ?

Excellente idée. Ça nous remettra peut-être les idées en place avant de commencer.

— Oui. Trois serrés, noirs. S'il vous plaît.

La fliquette s'éloigne prestement, refermant la porte derrière elle.

— Mais pourquoi t'as demandé ça ? Le café tout seul, et noir en plus, c'est infâme... geint Elinor dont le visage prend à présent une teinte grisâtre.

— T'inquiète, il n'y a plus rien à mélanger dans ton estomac, t'as tout vomi déjà. Tu verras, le café, ça va te requinquer. La vie n'est pas faite exclusivement de cocktails bourrés de sucre et de petites gélules arc-en-ciel, ma petite licorne...

— Eli a raison, t'aurais pu demander un truc à grignoter... renchérit Neeve, visiblement affamée.

— Vous avez conscience qu'on n'est ni à l'hôtel ni au restau, au moins ?

Elles n'ont pas le temps de protester qu'un grand type un peu énervé ouvre la porte et me tend la main, tandis qu'on dispose devant nous de petits gobelets fumants. Et merde, c'est Sam Bass. Ou plus précisément, le shérif Bass. Il vit à Fallen Creek depuis sa naissance et est bien connu pour son *je-m'en-foutisme* notoire depuis qu'il est à la tête du comté de Camden, Caroline du Nord.

— Bonjour, je suis le shérif Bass.

Comme si on ne le savait pas...

— Il semblerait que vous ayez assisté à la chute d'une

jeune femme, un peu plus tôt dans la soirée ? demande-t-il, de l'air détaché de celui qui s'en cogne.

J'avale une gorgée brûlante pour contenir mon agacement. Je suis fatiguée, cette nuit est interminable et j'ai envie de rentrer chez moi... Je réponds quand même avec calme, à tel point qu'on pourrait aisément croire que nous échangeons au sujet de la météo. La comédie, ça me connaît, ma vie n'est qu'une interminable plaidoirie.

— Vous connaissez Neeve Forest et Elinor Moon, dis-je en désignant tour à tour mes amies et avant de lui tendre la main. Sixtine Shadow.

Il nous salue mollement, satisfait par ce semblant de formalisme, et s'apprête à réitérer sa question lorsque je le coupe dans son élan. Je tiens à ce qu'il nous prenne au sérieux, malgré les circonstances atypiques de ce témoignage tardif et les pupilles dilatées de Neeve, que le shérif Bass observe avec suspicion. Je lui dis :

— Nous rentrions chez nous lorsqu'elle a littéralement atterri à nos pieds.

— Vous confirmez ? demande-t-il en se tournant vers les filles qui, malgré le café, n'ont pas totalement retrouvé leur lucidité habituelle.

Qu'est-ce qu'il cherche au juste ? D'un côté, il a l'air de s'en foutre à tel point que c'est à se demander s'il a une once de respect pour la victime, de l'autre il a l'air de chercher une raison de boucler mes copines pour usage de stupéfiants. Comme si c'était important, en cet instant, que Neeve soit défoncée et Elinor complètement stone. Une femme vient de s'écraser comme une crêpe sur le bitume, merde !

— Sam, il ne vous a pas échappé que nous sortons de

soirée. Certaines d'entre nous sont un peu... éméchées... indiqué-je en désignant du menton Elinor qui somnole, puis Neeve qui se noie dans son gobelet en tentant de masquer son amusement à me voir tenter de contenir mon exaspération.

— C'est ce que je constate.

Et donc ? Il va la poser sa question ou il attend qu'il neige ?

— Que voulez-vous savoir, Sam ?

— Qu'avez-vous vu, *exactement* ?

C'est-à-dire ? À part une femme aplatie sur le sol après avoir fait le saut de l'ange ? Rien de particulier, en fait...

— Rien de plus que ce que je viens de vous dire : cette femme est tombée devant nous. À quelques secondes près, nous amortissions sa chute.

— Je vois. On va tout reprendre depuis le début...

CHAPITRE 3

ELINOR

Je. N'en. Peux. Plus.

Je vais craquer.

La migraine qui pulse sous mon crâne depuis ma cuite d'hier soir n'a pas l'air décidée à me lâcher, et le manque de sommeil n'arrange rien. Il faut dire que je n'avais pas franchement prévu de passer la nuit au commissariat, à répondre aux questions d'un flic au sujet du suicide d'une nana encore plus dépressive que moi.

Au souvenir du corps désarticulé de cette pauvre femme, la nausée me prend. Merde. Je ne peux tout de même pas vomir en pleine classe, sur mon bureau... Quoique, j'ai bien vomi dans une voiture de police...

Chancelante, je me lève et fais trois pas entre les rangées de tables. Mais qu'est-ce qu'ils ont à être aussi bruyants, aujourd'hui ? Un PLNI – Projectile Lancé Non Identifié – m'atteint. Machinalement, je me baisse et le ramasse. Une paire de ciseaux. À bouts ronds, certes, mais… Merveilleux. Mes élèves essaient de me tuer. Même eux me détestent.

Cette fois, ce sont des haut-le-cœur qui me prennent. Je dépose la paire de ciseaux sur une table et me hâte vers les w.c., dans le couloir, juste à côté de ma classe. Là, je pousse une porte de bois peinte dans un joli vert dégueulis tout à fait d'actualité, et me jette à genoux, sans aucune dignité, devant la cuvette. J'ai à peine le temps de réunir mes cheveux au-dessus de ma tête que le maigre contenu de mon estomac passe la barrière de mes lèvres.

Putain. Je n'arrive pas à déterminer si je me sens soulagée ou encore plus misérable que quelques instants plus tôt.

— Ça va pas, maîtresse ?

Holly shit. Pas elle. Ah, elle est mignonne, Lise-Ann, avec ses petites couettes et ses grands yeux bleus, juste au-dessus d'une robe proprette, de socquettes blanches et de souliers vernis. Mais, la vérité, je la connais. Cette gosse est diabolique. Alors, OK, elle n'a que six ans, mais je suis sûre qu'elle est la réincarnation d'un mage noir. A minima.

Avec un petit sourire en coin, elle se dirige vers le distributeur d'essuie-tout, en tire une belle quantité et me l'amène. Ça ne prend pas avec moi, ce genre de ruses, ai-je envie de lui crier.

Mais je ne dis rien et accepte l'offrande d'un simple hochement de tête. C'est qu'il vaut mieux garder sa bouche fermée, quand on a encore des morceaux entre les dents.

— Merci, lui dis-je d'une voix à peine tremblante. Retourne en classe, s'il te plaît, j'arrive tout de suite. J'ai dû manger quelque chose de pas frais.

Ou boire, plutôt. Pourtant, il y avait des glaçons dans tous mes cocktails, j'en suis persuadée.

— Bien, miss Moon.

Lise-Ann tourne les talons dans une envolée de jupette. À peine est-elle sortie des toilettes que je grimace. Cette sale petite peste va tout cafter à sa mère, qui à son tour va s'empresser d'alimenter Radio Portail. Demain matin, on ne parlera plus que de miss Moon à quatre pattes dans les chiottes. *So nice.*

Mais je ne suis pas au bout de mes peines, sauf que je ne le sais pas encore.

Je me lève, les jambes tremblantes, et vais m'appuyer sur le rebord du lavabo en faïence blanche. Je lève les yeux et affronte mon reflet dans le miroir. Je les baisse aussitôt. Pourquoi se faire du mal ? Et puis, je suis sûre que l'éclairage froid de la petite pièce constitue une explication suffisante à mon teint cireux et aux larges cernes qui ornent mes yeux clairs.

— Elinor ? Lise-Ann est venue me chercher pour me dire que tu ne te sentais pas bien…

Non ! Pas ça ! Pas ça, pas ça, pas ça… Je crois que là, tout de suite, je pourrais tuer pour un Xanax, tellement je me sens au bord de la crise de nerfs.

— Lennox… Quelle surprise ! je lance en me redressant, tâchant de rester digne. Non, écoute, tout va bien. Je suis un peu… barbouillée, on va dire. On a commandé des sushis, hier soir, et… tu sais, le poisson cru…

— Je vois tout à fait.

Lennox passe le seuil et vient se planter derrière moi. Je relève la tête pour affronter son regard. C'est marrant, l'éclairage est vachement plus sympa avec lui. Ses boucles brunes, un peu trop longues, viennent balayer ses larges épaules, qui tendent de façon impitoyable le tissu de sa veste de costume. Sa bouche, mince trait rouge dans son visage très pâle, ne sourit pas. Tout comme ses yeux, d'ailleurs. Leur beau vert translucide est absolument glacial.

Lennox Hawk, mon cher directeur. Un sacré boute-en-train… ou pas. Je n'arriverai jamais à comprendre comment Neeve a pu rester aussi longtemps à la colle avec lui, quand ils étaient plus jeunes. Certes, il était un peu plus aimable à l'époque, mais toujours dans le genre ténébreux. Par contre, aujourd'hui, c'est un pur connard.

En tout cas, j'estime qu'on se connaît depuis suffisamment longtemps pour que nous puissions nous passer de faux-semblants.

— Qu'est-ce que tu vois, Lennox, hein ?

— Je vois l'une des enseignantes de la prestigieuse école Wiccard qui cuve son vin pendant sa journée de classe.

— Et alors ? Qu'est-ce que ça peut te faire ?

Ouais, là, mon manque de répartie m'atterre, je dois l'avouer. Clairement, je suis en tort, et mon attitude bravache ne me sauvera pas les miches.

— Qu'est-ce que ça peut me faire ? Tu ne crois pas que les parents de cet établissement sont en droit de s'attendre à mieux de notre part ? Nous leur avons promis l'excellence, Elinor. Et nous la leur devons.

— Je fais bien mon travail.

Ses yeux cherchent les miens, dans le miroir. Mais je n'y lis nulle compassion.

— Tu te mens à toi-même, très chère. Cela fait bien

longtemps que tu as lâché la rampe. Alors, écoute-moi bien. Je ne veux pas entendre tes excuses pour aujourd'hui. Je veux que tu prennes tes affaires, que tu rentres chez toi et…

— Quoi ? Mais… t'es en train de me virer, là ? m'écrié-je, le cœur battant la chamade. Vu l'heure qu'il est, tu pourrais au moins me laisser finir la journée !

En fait, je suis à deux doigts de vomir à nouveau. Je serre les dents, tente de respirer doucement.

— Non, réplique-t-il d'un ton froid, je ne te vire pas, *aujourd'hui*. Mais je te demande de prendre quelques jours pour réfléchir à tout ça. Si tu n'es plus capable d'assumer tes fonctions, je te recommande de démissionner. Et si tu décides de revenir prendre ta place parmi nous, je te conseille de ne plus jamais te louper.

Ça sonne comme une menace. Enfin, c'est clairement une menace. La gorge serrée, des larmes plein les yeux, je ne peux que faire oui de la tête. Lamentable. Je suis lamentable.

Les joues en feu, les paupières gonflées et le visage bouffi, je sors des toilettes pour retourner dans ma classe.

Et là… je reste figée, atterrée. Mes élèves ont craqué. Ils sont en train de retourner la salle, alors que c'est presque l'heure de la sortie. Il y a des chaises et des bureaux renversés, des objets volent dans toute la pièce, des éclairs lumineux et multicolores zèbrent le plafond et, au tableau, une craie blanche écrit, seule, en grosses lettres tremblantes : « Miss Moon a vomi dans les toilettes et je vais le dire à ma maman ». Au milieu de ce capharnaüm, Lise-Ann est plantée dans ses socquettes et me regarde avec un petit air triomphant. Je suis sûre que c'est elle qui manie la craie à distance. Elle est tout aussi précoce en magie qu'en méchanceté.

— Tu vois ? susurre Lennox dans mon dos. C'est exactement ce qu'il se passe quand on n'est pas fichu de tenir sa classe.

Que répondre à cela ? Je ne suis pas en position de fanfaronner. Il a raison sur toute la ligne. Cela fait belle lurette que je n'ai plus aucune autorité sur ces gosses. Je viens chaque matin avec la boule au ventre, je ne supporte plus mes collègues, je ne supporte plus les parents... Rien que de voir ces murs tapissés de dessins moches me file de l'urticaire. Je ne tiens que grâce aux antidépresseurs, que me délivre joyeusement ma psy, et aux cocktails que je m'envoie tous les soirs avec mes amies.

Comme je n'ai rien à dire pour ma défense, je me dirige vers mon bureau pour y prendre mes affaires. J'essaie de rester digne... sauf que l'un de ces sales gosses blindés de magie juvénile a laissé traîner une petite voiture entre les rangées de tables. Mon pied glisse dessus et je m'étale violemment au sol, à plat dos.

Un silence profond suit ma chute... avant que n'éclatent des cris et des rires hystériques.

Je n'aurais même pas réussi à faire une belle sortie. Jusqu'à la fin, ma vocation d'enseignante n'aura été qu'une mascarade.

Je me retrouve rapidement sur le parvis de l'école. L'air frais me fouette le visage et me fait du bien. J'inspire, expire... et vide mon sac :

— Putain de bordel de merde, fait ch...

Je m'interromps aussi sec, mortifiée. À quelques mètres de moi, j'aperçois les mères de famille les plus populaires de l'école qui attendent déjà leur progéniture. Et parmi elles, Sa Majesté Mme Fleming, la mère de cette petite merveille venimeuse de Lise-Ann. Elle me regarde avec un léger sourire en coin, manifestement ravie de ma déchéance.

Je ne vais pas pouvoir y couper, je vais devoir passer juste à côté d'elles, car ma voiture est garée sur le parking en face. Eh bien, soit. Je carre les épaules, lève bien haut le menton et descends les escaliers. Dans ma tête, un seul et unique mantra : *ne pas se viander, ne pas se viander, ne surtout pas se viander...*

Ouf. J'arrive en bas des escaliers en un seul morceau. Je dépasse le groupe de mères silencieuses, et me permets même de souffler :

— Lise-Ann Fleming est une sale petite peste, et tout le monde sait qu'elle tient ça de sa mère.

À ma grande satisfaction, j'entends quelques mamans pouffer de rire, et j'aperçois du coin de l'œil la grande Ann-Lise Fleming rougir de colère.

Mais je ne cherche pas à savourer cette petite victoire et trace ma route jusqu'à ma vieille voiture.

Une fois à l'intérieur, je m'effondre. Je fonds en larmes, crie, hurle, sanglote, martyrise mon volant, jusqu'à ce qu'enfin la colère, la fatigue et cet intarissable sentiment d'échec s'apaisent enfin.

Vidée de toute émotion, je me laisse retomber sur le dossier de mon siège. Je vais enfin pouvoir rentrer. La seule chose dont j'ai encore envie à ce stade, c'est d'un verre de vin et d'une petite coupelle de Xanax à picorer en guise d'apéro. C'est l'heure du goûter, mais franchement qui s'attache à ce genre de détails ?

Je jette un œil dans le rétro avant de démarrer le moteur. Et me glace sur le champ. Je ne suis pas seule dans cette putain de bagnole.

— Qui… Que…

L'inconnue me sourit, presque avec douceur. La femme a un visage tout à fait banal, un peu rond, des yeux noisette et des cheveux châtains qui lui retombent mollement sur les épaules. Elle porte un imper informe et beigeasse, le genre de vêtements que personne ne remarque. Elle pourrait se fondre sans problème au milieu des parents d'élèves. C'est probablement ce qu'elle a fait, d'ailleurs.

— Ne paniquez pas. Je ne suis là que pour vous faire taire. Et vu la scène à laquelle je viens d'assister depuis le siège de cette voiture, je suis sûre que ce sera un soulagement pour vous.

Quoi ? Mais… qu'est-ce qu'elle raconte ? OK, j'ai moi-même pensé à me foutre en l'air une bonne dizaine de fois, ces derniers temps, mais ce n'est tout de même pas le genre de choses que l'on délègue !

Sur le moment, je n'ai même pas vraiment peur. Est-ce que je suis anesthésiée par la dépression et les médicaments que je m'envoie dans le cornet pour tenir le coup ? Est-ce que les émotions violentes qui se sont enchaînées depuis la nuit dernière ont endommagé quelque chose dans mon cerveau ? Oui, probablement un peu de tout cela à la fois.

Par contre, quand la femme se retrouve collée derrière mon siège en ayant bougé si vite que je ne l'ai même pas vue faire, là, oui, je commence sérieusement à flipper. Et quand elle passe, je ne sais comment, une fine cordelette autour de mon cou et serre de toutes ses forces, tandis que l'arrière de mon crâne s'écrase contre l'appui-tête, là, clairement, la panique sonne les clairons.

Oh. Mon. Dieu. Je vais mourir. Je vais mourir dans ma putain de bagnole dégueulasse, je vais mourir avec la gueule de bois, je vais mourir défoncée aux anxiolytiques, je vais mourir alors que mon directeur vient de me virer de ma propre classe, je vais...

Hors de question. Un vieil instinct de survie, depuis longtemps oublié, refait surface. En moi, je sens l'énergie magique circuler à grande vitesse, inonder chaque parcelle de mon corps, mon pouvoir pulse, plus fort que jamais. Une lumière blanche et aveuglante envahit l'habitacle, tellement forte que je suis obligée de fermer les yeux.

S'ensuit une espèce de bruit peu ragoûtant. Une espèce de... *plof* ? *Blop* ? La pression sur mon cou se relâche, je peux de nouveau respirer. Bien, un peu de magie suffit souvent à faire peur à tous les petits délinquants, il me suffira de prétendre qu'il y a eu un éclair et...

Oh, non. Quand j'ouvre les yeux, je me rends compte que je suis vraiment dans la merde. J'ai fait exploser mon agresseuse. Littéralement. Je ne vois même plus le parking à travers mon pare-brise. Mes sièges sont couverts d'hémoglobine, de débris d'os et de cervelle et... moi aussi !

La nausée me reprend, j'ouvre ma portière et vomis un jet de bile acide.

Quand je me redresse, une seule idée me vient. La femme a dit qu'elle était là pour me faire taire. Je ne vois qu'une seule et unique possibilité. Le suicide dont nous avons été les témoins la nuit passée n'en était pas un. Et je ne suis pas la seule à y avoir assisté.

Dans la seconde, je m'empare de mon portable, qui heureusement se trouvait dans mon sac et est relativement propre, sélectionne un contact, appelle.

— Sixt ? C'est moi. On a un problème.

CHAPITRE 4

NEEVE

*B*ordel, on n'a pas idée d'aller à un procès un lendemain de cuite ! Problème, il s'agit du mien… Un de mes collaborateurs me poursuit pour harcèlement sexuel, alors Sixtine a délaissé ses plaidoiries pour la défense de l'environnement, de la veuve et de l'orphelin pour me représenter.

Je garde les yeux écarquillés tandis qu'elle plaide ma cause devant le juge. Si je cligne des paupières, j'ai peur qu'elles restent fermées tant je suis fatiguée.

Être témoin d'un suicide particulièrement dégueu m'a fait redescendre trop vite, trop brutalement. Il me faudrait un joint pour me remettre les idées en place, mais Sixtine a jeté ma beuh dans le caniveau. J'suis dégoûtée. D'autant que c'est encore la pleine lune et que je ne peux pas me déplacer jusqu'à la petite pépinière que je réserve à mon usage personnel.

— Objection, votre honneur ! beugle l'avocat de

Patrick, le mec qui me poursuit pour un truc de rien du tout.

— Accepté, assène le juge en soupirant.

Sixtine voit rouge, je le sens. En même temps, mon cas est indéfendable. C'est pas comme si je n'avais pas agi devant une dizaine de témoins. Je commence à me dire que j'aurais dû faire appel à l'Amnistral de la communauté.

L'Amnistral est le seul sorcier en capacité d'altérer la mémoire des humains. Seul souci, et de taille, l'Amnistral de l'État de Caroline du Nord est Lennox Hawk, mon ex, et l'illustre et sombre directeur de la Wiccard Academy. De plus, il faut le reconnaître, ce n'est pas comme si mon cas avait un quelconque rapport avec une affaire magique. Lennox ne se déplacerait pas pour ce genre de choses.

Sixtine interpelle le juge. Visiblement, tout ne se passe pas comme elle l'aurait souhaité. Le juge fixe ses yeux dans les miens et me cause, sauf que je suis tellement engluée dans mes pensées que je n'ai pas compris ce qu'il me voulait :

— … miss Forest ?

Merde… il a dit quoi ?

Le silence s'éternise. Je crois qu'on attend que je m'exprime. Sixtine m'observe d'un air appuyé et opine de la tête, m'invitant à répondre.

Ne sachant que faire, je me lève, plante mon regard dans celui du juge et lance :

— Ce n'était qu'une main au cul, Votre Honneur !

Une chape de plomb s'abat sur la salle d'audience. Sixt se tape le front de la main. L'avocat du plaignant affiche un sourire satisfait. Je crois bien que j'ai dit une connerie…

Trois heures plus tard, après une soufflante signée Sixtine Shadow, je suis au boulot pour lequel je suppute que je serai virée sous peu. Je suis manager d'une équipe à la BONC, la *Bank Of North Carolina*. Je suis douée dans mon job. Et si je suis encore en poste malgré mes incartades, c'est que mon équipe et moi engrangeons un max de chiffre d'affaires en proposant des produits d'assurance totalement inutiles à nos clients. Mon équipe est la meilleure de tout l'État.

Je hais ce taf. J'ai postulé il y a six ans uniquement pour faire chier mes parents, Derrek et Joséphine Forest. Des hippies roots qui vivent dans les bois, dans la propriété tricentenaire des Forest. Les Forest sont des sorciers dont la magie est issue de mère Nature. La protection de l'environnement, le respect de la faune et la flore sont au cœur de notre pouvoir. Et il y a le sexe, aussi. Car quoi de plus *naturel* que l'acte sexuel, n'est-ce pas ? Sauf qu'il y a six ans, je m'en cognais, de tout ça. Je venais de rompre avec Lennox, mes parents me gonflaient en permanence et je n'avais aucune envie de suivre le chemin hasardeux de la famille Forest.

Mais, à bientôt vingt-huit ans, je réalise que ma phase rebelle m'impose aujourd'hui de remplir des objectifs qui se chiffrent en millions de dollars, et des soirées à fumer des substances illicites pour me détendre. Le seul point positif, c'est que je suis responsable du recrutement de mon équipe, dont fait partie le captivant Beau Matthews ; je suis justement en train de l'évaluer.

Mon regard coule dans le sien. J'ai coupé mon téléphone pour ne pas être dérangée durant cet entretien mensuel. J'enroule une mèche de ma chevelure rousse avec mon doigt et glousse comme une dinde quand il me dit :

— Je ferai mieux la prochaine fois, Neeve.

— J'y compte bien, je réponds d'une voix que j'espère suave. Tu es capable de tellement mieux, Beau.

Il me sourit et je suis à un cheveu de glisser de ma chaise. *Bordel, il est canon !*

Nous sortons enfin du bureau cloisonné, dédié aux évaluations des collaborateurs, et nous dirigeons vers l'open space où mon équipe bosse. Je croise mon directeur qui me salue de la tête, avant de fixer Beau Matthews. Mon directeur est gay et nous partageons manifestement les mêmes goûts. Sauf que lui est un humain et qu'il sait se tenir. Moi, je suis une sorcière de la nature, il m'est donc plus difficile de maîtriser mes instincts.

— Bon, alors, j'espère qu'on a fait du pognon ! braillé-je une fois arrivée sur le plateau.

Mon équipe s'exclame de façon rassurante sur les ventes de la journée. S'ils savaient à quel point j'en ai rien à cirer ! Aujourd'hui, je fais ce job pour financer une action en justice contre un promoteur immobilier qui a des vues sur des parcelles d'hectares de la forêt de Fallen Creek. Sixtine me suit dans cette aventure, mais nous savons qu'il va nous falloir un sacré paquet de pognon pour réussir à faire tomber cet enfoiré. Finalement, ce ne serait pas une bonne nouvelle que je sois virée. On a besoin de cet argent, et je refuse de le demander à mes parents.

. . .

Le vendredi, la journée s'achève plus tôt. L'équipe a fait des merveilles. Les ventes ont explosé dans l'après-midi, et le tableau des résultats est noir de pastilles. Une pastille, une vente. Pour mes collaborateurs, le summum du plaisir dans une journée de boulot, c'est se lever pour aller plaquer une pastille aimantée, en faisant en sorte que l'impact sur le tableau fasse un maximum de bruit. Je fais de moins en moins de bruit…

Beau Matthews est encore à son bureau, ainsi que Rachel Bree, alors que ça fait bien une heure qu'ils devraient être partis. Comme moi, ils ont du mal à décrocher quand ils sont pris dans leur activité. Et moi, pourtant, je n'aime pas ce que je fais. Mais quoi que je fasse, je m'implique toujours. Un foutu défaut…

Mon directeur se pointe avec son attaché-case à la main, afin de nous féliciter pour cette journée productive. C'est drôle, j'ai le sentiment que chaque jour se ressemble. Il fait ça tous les soirs avant de partir. Ma vie est une boucle. Et j'aime pas ce qui est rond…

— Bravo à vous et votre équipe, Neeve.
— Merci, monsieur le directeur.

Je me lève pour passer ma veste et prendre mon sac à main. Il est temps de rentrer. Mon directeur effectue un demi-tour quand un homme d'une trentaine d'années, n'appartenant pas au personnel de la BONC, s'approche d'un pas lent jusqu'à nous. Je sens une aura négative émaner de sa personne. Beau Matthews lève ses jolis yeux pour l'observer. Rachel, quant à elle, est captivée par ce type brun à la démarche nonchalante. Le directeur fronce les sourcils, se demandant sans doute comment un étranger a pu passer les portiques de sécurité. Moi, je reste là, saisie. Quelque chose ne va pas. Je l'éprouve dans ma poitrine qui se soulève plus vite à chacune de mes respirations. Je le ressens dans le changement d'atmosphère qui s'imprègne en moi. Mon cœur se met à battre la chamade.

Lorsque mon directeur lui demande de décliner son identité, l'homme a un geste sec de la main. Une lueur bleue s'en échappe et fonce, cinglante, vers mon chef, qui vient percuter le tableau des objectifs. Rachel crie. Beau est tétanisé. Mon directeur s'est évanoui sous les pastilles qui lui sont tombées dessus. L'homme avance encore et je ne sais pas quoi faire. Il y a des humains. Personne ne doit être blessé et je ne peux pas utiliser ma magie. *Putain...* Mon regard se porte sur le patio. Je me rue en direction de la baie vitrée et l'ouvre. Je réussis à esquiver les filaments de magie qui me poursuivent et esquive un nouveau jet de lumière qui s'apprête à me percuter. Au milieu du patio trône un chêne bordé de terre et d'un maigre tapis de pelouse mal entretenue. Je sais ce que je dois faire. Ma tête pivote vers les vastes fenêtres ; mon patron se relève, Beau Matthews et Rachel, livides, ont les yeux fixés sur moi. *La galère...*

L'homme passe la baie vitrée. Esquisse un rictus sinistre. Il lève une main, et une nouvelle sphère bleue se forme juste au-dessus. Je virevolte et me cache derrière le large tronc du chêne.

— Pensez-vous sérieusement qu'un arbre va vous sauver, Neeve Forest ? lance l'inconnu d'une voix grave qui m'effraie.

Je ressens sa présence. La magie se canalise en moi. Une lumière couleur émeraude irradie de mon corps, tandis que l'homme pose un pied sur la terre qui entoure l'arbre centenaire. Puis un deuxième. Alors, je sors de ma cachette sommaire, un halo vert entourant ma silhouette, et tends le bras pour me connecter à l'arbre. L'homme a le temps d'afficher un air surpris, avant que les racines du chêne s'enroulent autour de ses chevilles et le tirent jusqu'à l'engloutir sous terre. Le silence profond qui suit cet enterrement expéditif est brisé par le cri effroyable de Rachel. Je fais volte-face et vois Beau Matthews à deux doigts de faire une syncope. Mon chef s'évanouit à nouveau.

Merde... je vais avoir besoin de l'Amnistral sur ce coup.

CHAPITRE 5

SIXTINE

« Ce n'était qu'une main au cul, Votre Honneur ! ».

Mais comment Neeve peut-elle sortir de telles inepties ? Comment veut-elle que je plaide pour sa défense après ça ? Je n'avais jamais vu un confrère aussi réjoui d'entendre le mis en cause s'exprimer. C'est même plus de l'eau qu'elle apporte à son moulin, à ce stade, c'est un tsunami !

Il ne me reste qu'un argument à tenter : l'addiction. Je n'aurai aucun mal à convaincre la Cour qu'elle en souffre, vu son apathie post-cuite au tribunal. Le souci, c'est que si le magistrat en tient compte, il réduira certes la peine de Neeve, mais il lui prescrira forcément des soins complémentaires pour s'assurer que cela ne se reproduise pas. Or, je n'ai aucun doute sur le fait qu'à peine sortie de la salle d'audience, elle a dû mater un cul ou deux, et peut-être même palper des pectoraux avant de monter dans son taxi.

Elle est insupportable.

Et le pire, c'est qu'elle justifie ces comportements déplacés par les pouvoirs de la nature dont sa famille est investie… *Mouais*…

Bref, j'ai intérêt à trouver un truc brillant pour l'audience de demain, sinon elle est cuite.

Je traverse le vaste hall grouillant de confrères accompagnés de leurs clients stressés. C'est drôle, ce décalage entre ces gens qui ont l'impression de jouer leur vie sur une simple affaire, et le détachement de leurs avocats pour qui il ne s'agit que d'un dossier parmi tant d'autres. C'est un peu effrayant, quand on y pense, et pas franchement humain, ce manque d'empathie.

Après avoir étudié le droit des affaires et montré des prédispositions pour le droit immobilier et financier, j'ai finalement opté pour des domaines dans lesquels je joue aujourd'hui un rôle déterminant. Plutôt que de brasser les millions des autres, j'ai jeté mon dévolu sur la défense de l'environnement et me suis inscrite sur les listes des avocats commis d'office et d'aide juridictionnelle. Issue d'une famille fortunée, je n'ai pas besoin d'honoraires exorbitants pour vivre, alors autant que mes prestations servent à ceux qui en ont vraiment besoin.

J'adresse un regard compatissant à un jeune homme livide qui se triture les mains, au pied d'un lampadaire – qui a eu la brillante idée de placer ce genre de luminaire à l'intérieur ? – et me dirige vers le bar du Palais. Après le fiasco de ce matin, j'ai besoin d'un verre – ou deux – pour trouver la force de défendre Neeve, tout en sachant que c'est couru d'avance.

Mes talons claquent sur le marbre blanc et noir, attirant l'attention des justiciables qui errent dans les couloirs de vieille pierre. Je descends les marches et me retrouve sur le parvis. Au lieu de sortir de l'enceinte cernée d'immenses grilles de métal noir, je fais demi-tour et me faufile sur la gauche, en direction du rez-de-chaussée. J'ignore qui a eu la formidable idée d'installer un bar directement ici, mais il aurait été difficile d'être plus pragmatique et avisé.

Je m'installe dans une alcôve de pierre et déboutonne ma robe. Ce satané rabat est trop serré, c'est à peine si je respire encore ! Je fourre ma robe en boule dans mon sac – heureusement que j'en ai choisi une infroissable vu la manière dont je la trimballe – et interpelle le serveur.

— Un *Penal Code*, s'il vous plaît. Sur ma note, précisé-je en tendant ma carte professionnelle.

Il me regarde, étonné.

Ben quoi ? Il est seize heures. Je n'ai pas le droit de me détendre un peu avant de m'arracher les cheveux avec un dossier perdu d'avance ? Je suis sûre que Neeve n'est pas aussi stressée que moi !

Après quelques minutes, le serveur revient et pose mon verre sur la table. Du liquide écarlate s'échappe une odeur épicée qui me donne un coup de fouet. Voilà comment la perversion juridique a transformé le *Bloody Mary* en *Penal Code*...

Je plonge mes lèvres dans le liquide frais. Pas mal, même s'il aurait pu être plus corsé. Et avec des macarons, ça aurait été parfait. Eli ne serait pas d'accord sur ce point, mais mes goûts ont toujours été différents de ceux de mes amies. Je sors le dossier de Neeve et le feuillette machinalement. Quel gaspillage, tout ce papier, ces pièces inutiles, et ces écritures qui n'ont de sens pour personne, mais que tout le monde s'astreint à décortiquer pour s'assurer de l'impartialité de la procédure. D'autant plus qu'en face, le plaignant a mis la dose de pathos. Entre le dossier médical attestant du choc émotionnel, suite à l'« humiliation pour un homme d'être ainsi traité en public », et les démonstrations d'abus de pouvoir avancés à l'encontre de Neeve, il a dû abattre une forêt entière pour se garantir la victoire. Quand on pense que lorsque ce sont des femmes qui se plaignent d'actes similaires, on les accuse de fabuler ou d'être coincées ! Le monde a vraiment un problème et pour le coup, la magie n'y est pour rien.

Merde, mon sac vibre, et ce n'est pas mon vibro.

Où est ce foutu téléphone ?

Je répands le contenu de mon sac sur la banquette, sans pour autant parvenir à mettre la main dessus. Je vais manquer l'appel ! D'un geste subtil des doigts, je le fais venir jusqu'à moi. Par chance, le barman est trop occupé à essuyer ses verres pour se rendre compte de quoi que ce soit.

C'est Eli. Mais elle n'est pas en classe à cette heure-ci ?

— Sixt ? C'est moi. On a un problème.

Elle n'est pas seulement déprimée ou imbibée, cette fois. Elle angoisse, sa respiration saccadée laisse présager qu'elle a couru ou fait un effort quelconque, ce qui n'a rien d'habituel dans sa routine.

— Quel genre de problème ?

— Je…

— Accouche, chérie, je suis en plein boulot là.

OK, c'est honteux, vu que je sirote un cocktail…

— Il vient de se passer un truc, m'annonce-t-elle, la

voix chevrotante. J'ai... j'ai... explosé une nana dans ma voiture.

Je ne comprends pas. Mais de quoi parle-t-elle ? Est-ce qu'il va aussi falloir que je m'occupe de l'envoyer en désintox ?

— Dans ta voiture ? Sur le parking ?

— Évidemment dans ma voiture sur le parking ! hurle-t-elle tout à coup. Quelqu'un m'attendait, Sixt ! On a essayé de me tuer !

Merde, mais qu'est-ce qu'elle raconte ? Elle s'est enfilé tout le tube de Xanax ou quoi ? Ou alors elle a des hallucinations ?

— Elle m'a dit qu'elle voulait me faire taire. Je ne sais pas trop ce qui s'est passé. Un réflexe, je crois. Elle a fini en pièces détachées dans l'habitacle ! Y en a partout !

— Qu'est-ce qu'il y a partout ?

— Du sang ! Des bribes de chair et d'os... mais on s'en fout, en fait ! Ils en ont après nous ! Va te mettre à l'abri. Maintenant !

Mais de qui et de quoi parle-t-elle ?! La faire taire, pourquoi ? Elle est maîtresse d'école !

Une déflagration retentit, soufflant la lourde porte de bois du bar.

Qu'est-ce que c'est que ce bordel ? Je ne vais quand même pas me faire agresser dans l'annexe d'un tribunal, si ?

J'ai beau être allergique à l'injustice, je ne suis pas téméraire. Encore moins face à un agresseur armé jusqu'aux dents. Je me liquéfie et me coule sous la banquette en tentant vainement de rassembler mes affaires dans mon sac. Tant pis pour le dossier resté sur la table, de toute façon, c'est déjà plié, Neeve s'est mise toute seule dans la merde jusqu'au cou.

— Qu'est-ce que vous faites ? Vous ne pouvez pas…

Nouvelle détonation.

Cette fois, je vois l'assaillant, un homme vêtu de noir de la tête aux pieds, un bandana et une capuche masquant son visage. On laisse décidément rentrer n'importe qui ! À quoi sert le portique, nom d'un chat noir ?!

Lorsqu'il se retourne, il entreprend de détruire les banquettes une à une. Est-ce vraiment à moi qu'il en veut ? Comment sait-il où je me trouve ? J'ignorais moi-même que j'allais atterrir ici…

Des volutes se répandent entre ses doigts, avant de percuter le mobilier à quelques mètres de moi. Pulvérisé. Il n'en reste que quelques miettes calcinées et une terrible odeur de brûlé. Ce type est un sorcier !

Mais qu'est-ce qu'il fout ?

Qu'est-ce qu'il a loupé dans les interdictions qui régissent nos existences ?

Article 2 : On ne trahit pas. Article 3 : On ne se montre pas. C'est clair quand même ! Ça signifie notamment que les humains ne doivent pas détecter notre présence et qu'on ne trahit pas sa propre espèce ! Comment compte-t-il faire passer cette attaque auprès des hautes instances ? Ne craint-il pas les sanctions ?

Je dois me barrer d'ici ! Mais comment ? Pour l'instant, il obstrue l'unique sortie. D'ailleurs, je ne suis pas certaine que ce local soit conforme aux normes de protection incendie…

Mais ta gueule, Sixt, putain ! Tu vas finir cramée avant d'avoir eu le temps de dire « bûcher » !

Je rampe avec une discrétion toute relative sous les tables, en me dissimulant dans l'ombre des lumières tamisées, profitant du tumulte des déflagrations successives pour progresser.

Respire.

Respire...

Mais qu'est-ce qu'il veut, au juste ? Qui voudrait du mal à Eli ? Et à moi ? Je suis le nouveau Robin des Bois. Qui pourrait vouloir m'éliminer sans sommation ? C'est franchement déloyal comme procédé, en plus !

Il se rapproche.

Il va me faire exploser !

Je ne veux pas. Je ne veux pas.

Voilà, il arrive au niveau de la table que j'occupais. Il balance une onde violente qui fait voler la table en éclats, répandant les feuillets, sous forme de confettis, dans toute la pièce.

Putain, il était classé, ce dossier ! Merde, j'ai encore plein d'affaires pourries à plaider, des associés à rembarrer, et des stagiaires à...

Un morceau de table me percute de plein fouet. J'ai l'arcade défoncée ! Ça pisse le sang !

Je vais mourir, putain !

Je lutte pour ne pas crier.

Non !

NON !

Crispée sous ma banquette, agrippée à mon sac à main comme une grand-mère paranoïaque dans les transports en commun, il me faut quelques secondes pour réaliser que le silence a envahi la pièce.

Le silence ?

Lorsque j'ouvre les yeux, je ne distingue plus rien. Les ombres se sont répandues dans les moindres recoins de la pièce, si opaques que je ne distingue même plus mes doigts. Le sorcier a disparu, comme si son corps avait été dévoré par les ténèbres.

Que s'est-il passé ? Comment se fait-il que la nuit nous cerne alors que nous sommes en plein milieu de la journée ?

Mais on s'en fout ! Cours !

Est-ce qu'Eli parle vraiment dans ma tête maintenant ? Ou est-ce que je me rappelle seulement ses derniers mots au téléphone ? *Merde, elle est encore au bout du fil ! Où est ce téléphone ?*

Je ne sais déjà pas par où me diriger, je ne vais pas farfouiller pour retrouver ce satané téléphone. Avec le bol que j'ai, c'est le tueur que je finirai par tripoter ! Tant pis.

Je me glisse en tâtonnant hors de ma cachette et quitte le tribunal en courant.

Dehors, comme dans le bar, la pénombre dissimule le quartier de son voile protecteur.

Qu'est-ce que j'ai fait ?

Est-ce que je suis capable de faire ça ?

Moi ?

Plonger le monde dans l'obscurité…

CHAPITRE 6

LENNOX HAWK

J'ai accouru. Même après huit ans, un simple appel de Neeve suffit à me distraire de la moindre tâche. La moindre besogne, futile ou d'importance. Neeve a encore ce pouvoir sur moi. Depuis cette fameuse nuit. Cette funeste nuit, où tout a basculé. Où j'ai basculé. Non pas que je le regrette, mais je suis là, dans un nuage de volutes noires, téléporté depuis la Wiccard. J'ai hérité de ce pouvoir avec ma fonction d'Amnistral. L'*Oublieur*, comme m'appellent certains.

J'avance dans le couloir de la BONC quand Neeve me saute dessus.

— Bordel, tu foutais quoi ? me lance-t-elle, agacée.

Je soupire. Même si la voir provoque encore en moi des sentiments que je préfère refouler, je n'en oublie pas pour autant ce que je dois accomplir à sa demande. Elle a utilisé la magie devant les humains, et je m'apprête déjà à invoquer la morale et les lois qui régissent toutes les races magiques quand, soudain, je perçois les réminiscences d'une magie ancienne. Une magie noire. La magie des Noctombes... Or je sais que Neeve se sert de la magie wicca, elle ne peut être responsable de cette ignominie.

— Que s'est-il passé ? je demande, sans même un bonsoir à son intention.

— À ton avis ? On a tenté de me tuer, putain !

Je fronce les sourcils, doutant instantanément de ses paroles. Pas que cela soit impossible, mais qui pourrait en vouloir à Neeve ? Un investisseur contrarié ? Un amant éconduit ? Je la connais si bien. Certes, elle est une puissante sorcière, à l'instar de ses colocataires, Elinor Moon et Sixtine Shadow, mais Neeve est différente, à mon grand regret. Et je n'y suis pas pour rien.

— Explique-moi.

Elle m'invite à la suivre dans le couloir. Je me retrouve alors dans l'*open space*. Son patron est allongé, évanoui, sur le sol. Une jeune femme pleure. Un humain se tient la tête en psalmodiant sans cesse qu'il n'a rien vu, et qu'il ne dira rien. Réaction typique d'humains ayant assisté à une attaque d'ordre surnaturel.

— Vampires ou loups ?

Neeve fait volte-face et m'observe. Son regard me foudroie presque sur place. Elle me hait encore. Elle me hait tant. Mais ça n'a pas toujours été le cas, et je me raccroche à ce souvenir.

— Sorciers, assène-t-elle.

— Improbable, répliqué-je.

— Neeve, je veux rentrer chez moi, supplie le jeune homme au teint livide.

Elle s'abaisse à son niveau et lui caresse la joue. Son

expression belliqueuse disparaît et se pare d'une profonde douceur.

— Ça ne va pas tarder, Beau, ne t'inquiète pas, le rassure Neeve.

Puis elle se retourne vers moi et m'adresse un sourire acide.

— Magne-toi, Lennox. C'est ton taf, crache-t-elle, avant de se retourner vers le fameux Beau.

Je l'observe apaiser l'humain sans émettre la moindre parole. Je ne lui ferai pas ce plaisir. Alors, je lève ma paume et murmure :

— *Obliviscatur.*

De ma main s'échappent trois nébuleuses. Elles s'élèvent lentement sous les yeux des humains qui s'apprêtent à recevoir mon sort. La minute d'après, le patron de Neeve et ses employés se lèvent et quittent les lieux d'un pas pressé, sans aucun souvenir de ce qu'ils ont vu.

— Explique-moi, répété-je.

Neeve s'assure que la porte est bien fermée avant de me faire face. Sa proximité m'envahit, alors je recule d'un pas. Cela ne lui échappe pas. Un sourire blasé se dessine sur ses lèvres.

— Un homme est venu et m'a menacée.

— Où est-il ?

— Six pieds sous terre, je dirais.

Mon regard vrille vers le patio où se situe la seule parcelle de végétation du bâtiment. Je connais le pouvoir de Neeve. Ce pouvoir incommensurable qu'elle tient de mère Nature. Les Forest en sont les détenteurs, comme les Moon sont les héritiers de ceux de la Lune, et les Shadow de ceux de la Nuit. Neeve baisse les yeux et se triture les mains.

— Merci d'être venu.

Je suis surpris qu'elle consente à me remercier, mais reste stoïque. Je ne la connais que trop bien.

— Je suis l'Amnistral, c'est mon devoir.

— Oui, bien sûr.

Le silence entre nous s'éternise. Nos yeux se soudent. J'aimerais être en capacité de lire dans ses pensées, mais la magie des Noctombes me submerge à nouveau. Et puis, je suis fou de souhaiter investir les songes les plus intimes de Neeve Forest. Je n'y ai plus ma place depuis longtemps.

— Ça va toi, sinon ? me demande-t-elle.

Je sais qu'elle me pose cette question en ayant autant conscience que moi du pathétique de la situation présente. On ne sait pas quoi se dire, et je ne me souviens même plus depuis quand les choses sont ainsi entre nous.

— Je vais bien, je réponds alors qu'un mince trait de dérision se devine sur mes lèvres.

— OK.

Voilà. La discussion est terminée, et nous le savons tous les deux. J'opine de la tête en guise de salut et m'élance vers le couloir par lequel je suis arrivé. Le portail que j'ai créé est encore ouvert, mais avant que je ne le passe, mon téléphone portable vibre dans ma poche de jean.

— Allô ?

— Sixtine Shadow a utilisé ses pouvoirs au tribunal. Vous devez vous rendre sur place, et on attend de vous un rapport détaillé sur les circonstances de ces... *incidents*.

Je fronce les sourcils et retourne auprès de Neeve. Elle est en train de ranger ses affaires et lève les yeux au ciel en me voyant revenir. Une idée me turlupine, et je préfère me l'ôter tout de suite de l'esprit.

— T'as oublié ton sourire par ici ? me lance-t-elle.

— Y a-t-il eu des événements étranges auxquels tu aurais assisté en compagnie de Sixtine ?

— À part au tribunal ? Le juge ne veut pas comprendre que j'ai mal interprété les signaux de Patrick !

— Qui est Patrick ?

— Un humain qui va me faire virer. Rien de plus.

— Hum...

Je me détourne et repars en direction du portail.

— Oh, et on a assisté à un suicide, ajoute-t-elle.

— Comment cela ? demandé-je en lui faisant de nouveau face.

— Une femme s'est jetée d'un étage de l'immeuble, au coin de Willsborough. Elle s'est écrasée sous nos yeux. C'était horrible.

Willsborough.

— C'était quand ?

— Hier.

Je prends sur moi pour dissimuler la tempête qui investit ma poitrine. Je reprends le téléphone et demande :

— Quelque chose au sujet du professeur Moon ?

— Vous devinez juste. Elinor Moon a disparu. Son père a tenté de vous joindre à plusieurs reprises.

— Qu'est-ce qui lui fait croire qu'elle a disparu ?

— Sa voiture a été retrouvée pleine de sang. Un sang qui ne serait pas le sien.

Le mien déserte mon visage. Mes yeux se tournent vers Neeve.

— Fuis. Loin.

— Pardon ?

Je me rapproche de Neeve, le regard sombre, tandis que mes pensées s'entrechoquent. Je dois lui faire comprendre le danger qui la guette. Qui les guette. Elinor Moon et Neeve Forest ont utilisé la magie pour se défendre. Je n'ai aucun doute sur le fait que Sixtine a aussi usé de la sienne pour les mêmes motifs. Ce ne sont *pas* des coïncidences. Mes mains se posent sur les épaules de Neeve qui tente aussitôt de se défaire de l'étau de mes doigts. Ce contact la gêne. Il ne devrait pas. Pourtant, le courant que je ressens dans mes avant-bras me brûle. Je serre la mâchoire avant de parvenir à articuler :

— Elinor, Sixtine et toi devez fuir très loin.

— Qu… Quoi ?

Son regard dur se transforme, se perd un peu. C'est presque un visage enfantin qui me fait face à présent. Je retire mes mains enflammées de ses épaules dénudées et prends sur moi pour ne pas hurler.

— Partez quelque part où personne ne pourra vous retrouver.

— Mais, bordel… Que dis-tu, Lenny ? Je ne peux pas m'enfuir ! Ma mère, mon père, mon frère… Non, non. Je ne peux pas !

— Vous devez quitter la ville ce soir, Neeve. Quelqu'un veut votre mort et pourrait réussir à l'obtenir si vous restez ici. Pour une fois, bordel, écoute-moi, et fuyez !

Neeve s'écroule sur sa chaise. Je remarque que ce que

je lui ai dit fait son chemin dans sa tête. Je m'accroche à cette conviction. Je ne peux rien faire de plus, alors je m'en vais, omettant de lui signaler que je sais peut-être qui est ce *« quelqu'un »*.

CHAPITRE 7
ELINOR

*L*a nuit est tombée pendant que je somnolais dans le local technique, au rez-de-chaussée de la Wiccard Academy. En gémissant, je me relève et me frotte le bas du dos. J'ai eu la mauvaise idée de m'assoupir contre un balai.

Je ne me sens pas bien. Pas bien du tout. Une migraine terrible me martèle le crâne, et j'ai toujours la nausée, même si mon estomac est vide. Des flashes me reviennent, violents, sanglants, terrifiants. Est-ce que j'ai rêvé tout ce qui s'est produit depuis hier soir ? Est-ce que Lennox m'a bien renvoyée chez moi ? Est-ce qu'il y avait vraiment quelqu'un qui m'attendait dans ma voiture pour m'assassiner et est-ce que… est-ce que j'ai vraiment fait exploser cette personne ?

Pour en avoir le cœur net, je tâtonne dans la pénombre pour trouver l'interrupteur. La lumière jaillit, blanche et crue. Je l'éteins aussitôt. J'ai eu ma réponse, mes vêtements et ma peau sont marbrés de brun. Du sang séché.

Je ne peux pas rester comme ça, je ne peux pas rester là. Je me souviens aussi avoir appelé Sixt pour la prévenir… Et Neeve ? A-t-elle été attaquée aussi ? Elle était censée travailler aujourd'hui. J'ai du mal à croire que quiconque ait pu essayer d'attenter à ses jours au beau milieu des bureaux de la BONC… Mais après tout, n'a-t-on pas voulu me tuer sur le parking d'une école, en plein jour ? C'est une histoire de dingue.

Une bouffée d'angoisse me saisit. J'attrape mon sac, cherche furieusement dans ses replis. Un sac de prof, ce n'est pas un cliché. Il y a de tout, là-dedans. Des stylos, des feutres, des bouts de papier, des pinceaux, des dessins d'enfants, des craies, des mouchoirs, et pas toujours très propres… Tout, sauf ce qu'il me faut, là, tout de suite, maintenant. Paniquée, je vide tout le contenu sur le sol de béton nu. Mais je dois me rendre à l'évidence, je ne parviens à mettre la main que sur une boîte d'anxiolytiques vide. Je n'ai plus mes petits bonbons magiques.

Ma respiration s'emballe. J'ai du mal à respirer. Une sueur glacée me coule dans le dos, et des haut-le-cœur me prennent à nouveau. À genoux, j'éclate en sanglots, tandis que mon estomac se tord douloureusement. Je me sens misérable, planquée dans ce putain de placard à balais. Misérable, et en danger.

Inspire, expire, inspire, expire…

Il faut absolument que je me calme. Je m'allonge sur le sol dur et froid, ferme les yeux, prends le temps de faire le vide. C'est ma psy qui tente de m'inculquer quelques techniques pour m'empêcher de me jeter sur les petits cachets à chaque montée de stress. D'habitude, on ne peut pas dire que ça marche de folie. Mais *d'habitude*, j'ai du Xanax dans mon sac. Là, je n'ai pas le choix, il faut que je trouve une solution pour me remettre d'aplomb et rentrer au loft. Là-bas, je pourrai me shooter, voir si les filles sont rentrées, me laver, me changer, et trouver une solution pour sortir de ce merdier…

Rien qu'à cette pensée, mon cœur s'emballe à nouveau. Ne pas réfléchir à la suite. Rester dans l'instant présent. Mais, merde, pourquoi je n'ai pas fait l'effort d'écouter ces putains d'audio de méditation pour lesquels j'ai payé une fortune, hein ?

Malgré tout, peu à peu, mon rythme cardiaque s'apaise, et ma respiration ne fait plus ce vilain bruit de soufflet asthmatique. Les tremblements de mes mains s'apaisent. Ce n'est que provisoire, je le sais. On ne se sèvre pas comme ça d'une addiction aussi forte que la mienne, je ne suis pas naïve. Étrangement, une petite voix tout au fond de moi me rappelle qu'il serait temps que je me prenne en main. OK, c'est noté. Mais plus tard, d'accord ?

Enfin, je suis en capacité de me relever. Je lève le nez vers la fenêtre à barreaux. Il fait tout à fait nuit, à présent, et la lune, ronde, pleine et d'une blancheur laiteuse, est haut dans le ciel. Ça ne va pas être simple de me faufiler dans l'obscurité tant l'astre nocturne est lumineux, mais sa présence me rassure, comme toujours. Ce n'est pas pour rien qu'on dit que les Moon sont des enfants de la Lune.

Je fourre toutes mes affaires dans mon sac, garde mon trousseau des clefs de l'école à la main. J'ai bien fait de me réfugier dans ce local, car il ouvre directement sur l'extérieur. En silence, je sors dans la rue, puis referme derrière moi. Il n'y a personne. Le silence règne. J'aime ça, d'habitude, le silence. Ça me change tellement de mes journées de classe. Mais là, cette absence de bruit a quelque chose d'oppressant. La nuit a le goût et l'odeur du danger qui rôde et se tapit dans les ombres.

Tant pis, je ne peux pas rester là. D'un pas pressé, j'enfile les rues qui me séparent du loft. J'aurais pu reprendre ma voiture… Mais non, j'imagine que quelqu'un, à l'heure de la sortie, a dû s'apercevoir du carnage qui régnait dans l'habitacle et le signaler. L'idée me vient que je dois soit être considérée comme décédée, soit recherchée pour meurtre. Enfin, peut-être pas très activement, si personne n'a songé à fouiller les placards à balais de la Wiccard.

Un instant, je me demande si je ne ferais pas mieux de rentrer à la maison. Enfin, à la maison… Pas le loft dans lequel je vis avec Neeve et Sixtine, quoi. Plutôt le château familial, cette improbable construction gothique sur les rives de Moon Lake. Oui, je sais, ma famille possède un château non loin d'un lac qui porte notre nom. C'est que nous descendons d'une longue lignée de sorciers, depuis longtemps implantée dans la région. Une lignée si puissante que mon paternel est le chef du coven de Caroline du Nord, excusez du peu.

L'idée de me réfugier dans les bras de mon père, Remus, me saisit. J'imagine ma mère me préparer l'une de ses infusions favorites, tout en glissant une assiette garnie de brioches à la cannelle sous mon nez morveux et me couvant de son regard inquiet… Inquiet. Voilà pourquoi je ne peux pas rentrer au château. Je risque d'inquiéter mes parents. Déjà que ma sœur Liv leur cause tellement de soucis… Et puis, il faut que je sache si mes amies vont bien. Si elles sont encore en vie. De plus, en tant que chef du coven, à tous les coups, mon père diligentera une enquête. Mon très cher directeur, Lennox, va lui parler de ma petite crise d'hystérie, avant ma tentative d'assassinat. Il ne faudra pas longtemps au grand Remus Moon pour deviner que je suis toujours en proie à mes démons. Je vais encore le décevoir… et avec Liv qui fait des siennes, il n'est pas question que j'ajoute des problèmes à mes parents.

Le cœur serré d'angoisse, je presse encore le pas. Le loft n'est plus très loin à présent. Situé un peu à l'écart du centre-ville, il nous avait séduites par son originalité. C'est un ancien atelier de confection textile. Dit comme ça, ça fait classe, mais en fait, l'activité la plus récente que ce lieu ait connue, c'est la fabrication de strings. On aurait pu penser que l'industrie du string ne connaîtrait jamais de crise, et pourtant… L'entreprise qui logeait là a fait faillite, et nous avons racheté l'endroit en réunissant toutes nos économies.

Enfin, j'aperçois la haute silhouette de l'ancienne usine. Façades en fonte et verre, dans un pur style néo-renaissance… Je m'arrête au coin de la rue, m'abritant sous un porche pour ne pas me faire voir. Malgré mon angoisse et l'urgence que je sens rugir dans mes veines, je prends le temps d'observer les alentours. Je ne vois rien ni personne. Ça ne veut pas pour autant dire que les lieux sont déserts, mais… Je vais devoir tenter ma chance. Je me glisse d'ombre en ombre aussi loin que je le peux. Sur les derniers mètres, il me faut courir à découvert pour rejoindre la lourde grille d'acier, qui dissimule l'entrée de notre domaine réservé. J'y parviens sans mal. Soit il n'y a vraiment pas d'ennemis à proximité, soit… eh bien, j'ai affaire à des petits malins qui préfèrent nous avoir toutes les trois d'un coup.

Je déverrouille la grille, qui grince horriblement. Merde, je crois bien que Sixt m'avait demandé de remédier à ce problème, j'ai encore oublié. Je me glisse à l'intérieur. Pas un bruit. Pas une lumière. Ça, c'est louche. On râle assez sur Neeve qui oublie toujours d'éteindre. Les oreilles emplies des battements de mon propre cœur, je gravis les escaliers en mode furtif. Nous n'avons pas aménagé le rez-de-chaussée, et les anciennes machines de confection jettent des ombres inquiétantes sur les murs éclaboussés de blancheur lunaire.

Enfin, j'atteins le plateau du loft. Là aussi, tout est baigné par les flots sélènes. C'est beau, ces grandes ouvertures, mais quand on en veut à votre vie, vous regrettez rapidement de ne pas avoir de rideaux ni de volets.

En prenant une grande inspiration, j'appelle :

— Neeve ? Sixtine ? C'est moi...

— Chhhhuuuut, mais t'es con ou quoi, de gueuler comme ça ?

Rien qu'à entendre cette voix, je pourrais me mettre à chialer de soulagement. Neeve est là. Et Sixt ?

— T'es toute seule ?

— Non, je suis là aussi, répond Sixtine. Mais tais-toi, nom d'un chat noir !

— Vous êtes où ?

— Dans la cuisine, me répond Neeve dans l'un de ces magnifiques chuchotés-criés dont elle est coutumière.

Je lève les yeux au ciel. Pas le bon moment pour lui expliquer qu'elle n'est pas plus discrète que moi.

Sans hésiter, je me dirige vers notre cuisine. Je connais

tellement bien les lieux que je pourrais m'y déplacer les yeux fermés. Et alors, ce soir, avec toute cette lumière… D'ailleurs, c'est fou, que la lune soit aussi brillante. Mon attention ne cesse d'y revenir, mais je n'arrive pas à mettre le doigt sur ce qui me titille.

Enfin, je trouve mes amies assises sur le parquet. Chacune tient un verre dans la main. Entre elles trône une bouteille de vin largement entamée.

— OK. Donc pendant que je traversais Fallen Creek pour vous rejoindre, en serrant les miches pour ne pas me faire buter par un autre tueur psychopathe, vous, vous étiez tranquillement en train de picoler à la maison, c'est ça ?

— Hey, ça va, Eli. Nous aussi, on a eu une rude journée, figure-toi, me répond Sixt en s'envoyant une nouvelle lampée au fond du gosier.

— Rude comment ?

— Rude comme dans « on a aussi essayé de nous assassiner ».

— Nan ? Où ça, et comment ?

— En plein milieu du plateau de la BONC, répond Neeve, l'air blasé.

— À la buvette de la Cour, enchaîne Sixt.

Wahou. Effectivement, la situation est bien plus grave que je ne l'imaginais. Une tentative de meurtre, ça craint, mais trois… L'effet de manque se rappelle à moi, et je me plie en deux en gémissant.

— Ça va ? T'es blessée ? s'inquiètent aussitôt mes amies.

— Non. Pas blessée. Mais j'ai besoin de mes cachets pour me calmer.

Neeve m'aide à m'asseoir contre elle, et je cale ma tête

sur son épaule. Elle a beau être complètement barrée comme nana, je me sens toujours bien quand je suis avec elle. Elle me rassure. Ça doit venir du type de magie qu'elle pratique, la nature, tout ça... Mais mes idées s'embrouillent. Je me sens tellement mal, et l'adrénaline qui redescend en chute libre dans mes veines n'aide pas.

— Sixtine, tu veux pas aller voir si tu trouves quelque chose dans la salle de bain ? La pauvre, elle tremble comme une feuille.

Elles savent parfaitement où je planque mes réserves, au cas où.

— Ouais, super, alors c'est à moi d'aller me balader devant les fenêtres et de me prendre une balle, c'est ça ?

— Sixt... gronde Neeve. C'était des sorciers. Ils n'utilisent pas de flingues. J'suis trop crevée pour jeter un sort de protection, toi aussi et Eli est à la ramasse. Fais-toi discrète et pars chercher ces putains de cachets.

Sixtine soupire.

Du coin de l'œil, j'aperçois mon amie qui se met à quatre pattes et commence à longer les baies vitrées en prenant garde à conserver la tête baissée. De nouveaux frissons, incoercibles, s'emparent de moi. La lune, Sixtine qui se déplace à quatre pattes, l'odeur de mousse fraîche qui se dégage de Neeve...

— Oooooh...

— Quoi ? Qu'est-ce que tu as encore ? Tiens, bois un coup en attendant ta pilule magique.

Et Neeve me cale son verre sous le nez. J'avale une grande lampée de liquide rouge, puis une deuxième, une troisième... Je me moque souvent de mon amie et de sa façon de remplir ses verres à ras bord, mais là, j'avoue que l'utilité de cette démesure est flagrante.

Le vin coule dans ma gorge, aussi doux que du miel, et réchauffe l'intérieur de mon corps. Je ne m'étais pas rendu compte que j'avais si froid. Malgré tout, même si je me sens mieux, je sais bien que ce n'est pas ce que mon corps réclame. Il veut autre chose. De plus fort, de plus chimique, de plus dévastateur.

Enfin, Sixtine revient ; elle me tend sa main, paume ouverte, et je vois sur sa peau pâle mon précieux cachet. Je m'en empare aussitôt et me le jette au fond de la gorge. Je n'ai pas le temps de l'avaler que je me sens déjà revivre. OK, ce n'est donc pas que mon corps qui réclame de la drogue…

— T'en as pris qu'un ? je râle déjà.

— Ouais. Un seul. Parce qu'on peut pas se permettre que tu te retrouves défoncée, avec un filet de bave au coin des lèvres.

— Elle a pas tort, ajoute Neeve. Il faut qu'on parle.

Je grogne. Elles ne vont même pas me laisser profiter du bien-être qui s'empare peu à peu de moi. L'étau de l'angoisse desserre son emprise sur ma poitrine et, enfin, j'ai la sensation que mes pensées se libèrent. Je me sens moins minable. Plus forte. Et plus stone aussi, j'avoue.

— Bon. Par quoi on commence ? demande Sixtine.

— Écoutez, les filles, on va la faire courte, annonce Neeve. La femme écrasée sur le bitume ne s'est sans doute pas suicidée, si on en est là. Il faut qu'on se barre, et le plus vite possible.

— Quoi ? Mais moi j'envisageais plutôt de nous rendre au commissariat, et…

— Les flics ne pourront rien pour nous, Sixt. J'ai fait intervenir Lennox, à la BONC, tellement y a eu de dégâts. Il a reçu un appel au sujet de ce qui t'est arrivé, et il a été informé pour toi aussi, Eli. Quand il a su que nous avions été les témoins d'un suicide au coin de Willsborough, il a eu l'air choqué. Et il m'a dit que nous devions fuir loin, et faire en sorte qu'aucun sort ne puisse nous localiser…

Un long silence suit cette tirade de Neeve. Ça ne ressemble pas à Sixtine, d'ailleurs, de ne pas poser plus de questions que ça. En moi, par contre, l'angoisse a repointé son nez et toque furieusement aux portes de mon esprit délicieusement embrumé.

— Éviter les sorts de localisation ? Et il t'a expliqué comment faire ça, ton vieil ami Lennox ? finit par éructer Sixtine.

— Non. Il ne m'a rien dit de plus. Il s'est barré, comme d'hab.

— Et tu veux qu'on fasse quoi, alors ?

— Mais putain, j'en sais rien, moi, Sixt ! s'énerve Neeve. Je te répète juste ce qu'il m'a dit. On a quand même toutes les trois été visées par une tentative d'assassinat, bordel ! C'est pas rien, quoi…

— Bah, justement, quand on veut vous assassiner, on se rend à la police, et puis c'est tout ! On prend pas la poudre d'escampette sans savoir où on va…

Ça y est, elles se crêpent le chignon. Dans la brume bienfaisante dans laquelle je me vautre, je souris. Leur dispute a quelque chose de tellement rassurant, de tellement normal… Je lève une main, pâle et fine, comme pour attraper un rayon de lune. Je ris, sans même savoir pourquoi.

— Mais pourquoi elle se marre, elle ? remarque Neeve en plissant ses profonds yeux noisette. Putain, c'est pas possible, elle est stone ! Il lui en faut plus que ça, d'habitude... T'es sûre que tu t'es pas trompée de cachets, Sixt ?

— Je ne me suis pas trompée. Et si t'as pas confiance, la prochaine fois, tu lèveras ton cul, OK ?

— Oh, c'est bon, prends pas la mouche. J'imagine que ça doit être le choc qui l'a secouée, aussi. Ou peut-être le mélange avec le verre de vin qu'elle vient de s'enfiler d'une traite.

Je les regarde. Elles sont si belles, éclairées par l'astre blanchoyant. Neeve, et sa chevelure si rousse qu'elle en paraît ensanglantée. Et les mèches de Sixtine, dont les reflets bleutés prennent un aspect presque métallique... Je ris encore, tout doucement... Je sais... Je sais !

— Les filles...

— Pas la peine de demander, Eli. T'auras pas d'autres cachets. Franchement, tu fais trop peur à voir.

— Non, ce n'est pas ça. Écoute... tu ne l'entends pas ?

Neeve et Sixtine me fixent, totalement ahuries. Ça me donne encore plus envie de rire, mais il faut que je me contienne, sinon elles n'entendront rien. Je lève un doigt pour désigner la lune, qui trône fièrement dans le ciel, face à nos baies vitrées.

— Écoutez...

— J'entends rien...

— Moi non plus...

Comment est-ce possible ? Il n'y a que moi qui entends l'astre nocturne me murmurer des paroles apaisantes ? Mes amies ont peut-être raison, je suis complètement défoncée… Mais non. Je sais clairement ce que nous devons faire pour nous mettre à l'abri.

— Les loups ! dis-je, triomphante.

— Putain, elle en tient une bonne, là ! s'écrie Neeve, clairement exaspérée. Tu fais chier, Eli. Comme si c'était le moment de nous parler de lune et de loups, sérieux !

Je fais un effort pour me redresser. Je lui attrape les avant-bras, pour qu'elle me regarde en face. Pour qu'elle me regarde vraiment.

— Les loups, Neeve. Ils sont notre solution.

— Qu'est-ce que tu veux dire par là, Eli ? souffle Sixtine, juste à côté de moi.

— Je veux dire que nous devons aller nous cacher chez les loups. Le clan Greystorm, c'est le plus près de Fallen Creek. On sera à l'abri du danger !

Je lâche un bras de Neeve et désigne la lune.

— La lune est pleine. C'est le moment idéal pour un sort spécial Moon, tu ne crois pas ?

— Putain, Eli… Mais tu sais bien qu'on doit pas se mélanger ! Des sorcières chez les loups… Si on est découvertes, ils vont nous bouffer ! Et si les sorciers l'apprennent, on est mortes. Déjà qu'on a utilisé la magie pour…

— Nous défendre, termine Sixtine. Devant le jury du coven, on n'aura rien à craindre et en plus, Lennox est intervenu.

Je relâche Neeve. À présent, mon esprit est aussi clair que la nuit. Je sais exactement ce que nous devons faire. Et ça va marcher, j'en suis intimement persuadée. Je sais que j'ai raison. Je le sais, je le sens, et cela fait bien longtemps que je n'ai pas eu une telle confiance en mon propre jugement.

— Le sort que je compte jeter nous transformera en louves pour une lunaison. Pas plus. Et il ne sera valable qu'une seule fois. C'est la seule solution pour échapper provisoirement à ceux qui veulent nous tuer.

— Et si jamais quelqu'un lance un sort de localisation ?

— Sixtine, voyons… tu ne te souviens pas que les odeurs de loups masquent notre nature de sorcière ?

Elle se tape le front d'une main exaspérée. Alors, autant, elle a brillé en fac de droit, autant ses études à la Wiccard Academy ne semblent pas lui avoir laissé un souvenir impérissable.

— Ouais, si. OK. Mais bon, il me faut juste le temps de mettre mes affaires en ordre, je devais plaider demain…

— Et moi, il faut que je prévienne mon directeur que je prends un congé sans solde…

— Non, asséné-je. C'est maintenant. Demain, la lune sera déjà décroissante, et mon sort ne fonctionnera pas.

Les filles me regardent.

— Faut vraiment que t'arrêtes la drogue, toi aussi, me balance Sixtine.

— C'est qui la spécialiste de la magie sélène, ici ? fais-je remarquer. C'est moi, on est d'accord. Donc, je vous le dis et je vous le répète, si on veut se planquer quelque part, c'est chez les Greystorm, et c'est maintenant !

Mes paroles agissent sur mes amies comme un coup de fouet. Leurs regards perdent enfin leur lueur hébétée.

— T'es sûre ? demande Sixt.

Je hoche la tête.

— Mais genre sûre sûre ? ajoute Neeve.

Je hoche la tête deux fois. Mais tout de même, je me demande à quel moment j'ai à ce point perdu en crédibilité, pour que même mes deux meilleures amies aient besoin que je leur confirme mes certitudes. Décidant que c'en est assez, je m'empare de la bouteille de vin abandonnée et m'en envoie une belle lampée. D'un revers de main, je m'essuie la bouche.

— Allez, c'est bon. On y va.

Les filles opinent du chef. C'est bien, on avance. Nous nous prenons les mains. Pile au milieu de notre cercle, un rayon de lune vient éclairer nos doigts entrelacés. Je me concentre dessus, le plus fort possible, et nous fermons les yeux.

Au début… Eh bien, au début, il ne se passe rien. Rien de rien de rien. Je sens Neeve ouvrir un œil pour m'observer et Sixtine renifler. Femmes de peu de foi.

L'incertitude s'empare de moi, et je tente de la repousser de toutes mes forces. Mais… et si j'avais tellement abusé des benzos et autres saloperies que je ne sois plus capable d'user de ma magie ? Puis je repense à la femme qui a explosé dans ma voiture. Je n'avais jamais commis une chose pareille avant aujourd'hui, mais j'en suis capable. Alors peu à peu, je sens l'afflux de pouvoir s'insinuer en moi. Presque timidement, tout d'abord, puis de plus en plus fort, jusqu'à faire voler en éclats la douce léthargie dans laquelle m'avaient plongée mon cachet et mes quelques gorgées de vin.

Je crie, surprise, comme à chaque fois, par la force et la puissance de mon pouvoir. Je n'ai pas besoin d'ouvrir les yeux pour savoir qu'une sphère aux reflets opalins et traversée d'éclairs éblouissants s'est créée autour de nous et nous isole du reste du monde.

Puis je hurle, secouée jusqu'au tréfonds de mon âme par l'effort que je dois produire pour nous changer en louves. Dans mon esprit saturé de sensations qui ne m'appartiennent pas toutes, j'isole l'image de trois bêtes. L'une au pelage d'argent, l'une aux poils fauves, et la dernière à la robe de nuit. J'y superpose nos visages, nos identités, ce que je sais de nous. Et je sais tout de nous. Le bon, comme le mauvais, les forces comme les faiblesses.

Dans le loft, la lumière s'intensifie, jusqu'à devenir aveuglante, un vent furieux se lève et fait claquer les portes, s'envoler les papiers, et gémir les vieux murs. Quelques vitres éclatent. Un lustre se décroche du haut plafond et vient s'écraser sur le parquet. Des bibelots valsent et se brisent avec fracas. Mais tout cela, je ne le vois pas. Tout mon être est investi par la puissance de la lune, et mon esprit par l'image d'un loup.

Un loup que je ne connais pas.

Ou tout du moins, pas encore.

CHAPITRE 8

SIXTINE

Qu'est-ce que c'était encore que cette idée brillante ?

Est-ce que nous venons vraiment de nous fier au jugement d'une junkie notoire passablement imbibée de mouton cadet ?

Une tornade dévaste la pièce, les fracas se succèdent, les vitres se brisent au sol, mon verre que je n'ai même pas eu le temps de vider explose dans ma main. Qu'est-il en train de se passer ? Est-ce que ça fonctionne, au moins ?

— On n'irait pas quelque part où nous causerions moins de dégâts ? couiné-je, affectée par le désastre qui nous entoure.

— Ce que tu peux être matérialiste, me rabroue Neeve.

Mais elle jette un coup d'œil autour de nous et se ravise :

— C'est pas totalement con, cela dit. Ça ferait quel effet si les voisins voyaient trois loups sortir de chez nous ?

Absorbée par son sort, Elinor n'intervient pas dans notre conversation. Son corps est bien présent, mais son esprit se concentre sur les mots qu'elle psalmodie sans discontinuer, et un halo de lune aveuglant cerne son visage pâle.

— Qu'est-ce qu'on fait ?
— La forêt, me suggère Neeve du tac au tac.

Venant d'elle, une autre réponse m'eût étonnée. La nature, c'est son domaine, et dans l'absolu, c'est aussi celui des loups. De toute façon, partout ailleurs qu'ici sera moins dévastateur pour notre déco. Et plus discret, aussi.

Je passe mon bras sous l'aisselle d'Elinor qui titube et chantonne toujours d'une voix rauque, possédée par des visions que je ne lui envie pas. Neeve m'imite aussitôt, et nous nous dirigeons vers la sortie dissimulée à l'arrière du bâtiment. Bien vu ! Les risques d'être aperçues seront réduits et l'accès à la forêt y est direct.

Après quelques pas, je vacille déjà sur mes échasses que j'avais gardées aux pieds. Faut dire qu'assise sur le plancher, mes talons hauts n'étaient pas franchement sollicités, mais marcher et soutenir une amie en plein bad trip, ça change la donne !

C'est qu'elle pèse une licorne agonisante, la Eli !

— Attends, chuchoté-je à Neeve, mais suffisamment fort tout de même pour attirer son attention.

Je balance mes pauvres talons un peu plus loin. Merde, douze centimètres de moins ! Ils n'étaient pourtant pas inutiles vu ma taille réduite en comparaison de celle d'Eli, qui penche à présent de mon côté. Être un condensé de perfection, c'est cool quand on veut acheter des chaussures ou des fringues, car on trouve toujours sa taille, même pendant les soldes. Mais alors faire le gabarit d'un échantillon quand il faut déplacer une lourde charge, ça relève presque du handicap !

Haletante, transpirante, échevelée et ma robe à moitié relevée, je suffoque rien qu'à visualiser ma dégaine. Tous ces efforts annihilés en une fraction de seconde, c'est injuste ! Pire, si la tentative d'Eli fonctionne, nous allons devenir des louves ! De bêtes pleines de poils et de bave gluante ! Réjouissante perspective !

En attendant, j'aimerais bien garder le peu de dignité qu'il me reste le plus longtemps possible. Et si je m'aidais d'un peu de magie ? Déplacer les objets, c'est une formalité pour moi, alors ça se tente, même si Eli n'a pas exactement le même gabarit qu'un bouquin de droit.

Pfiou. Ça va un peu mieux, merci la magie, même si Neeve accélère le rythme pour nous entraîner sous le couvert des arbres, à une dizaine de mètres de nous. Les mots d'Eli coulent toujours entre ses lèvres ; cette douce mélopée nous étreint, s'infiltre par nos pores et s'insinue jusque dans nos veines. Je ne l'entends plus seulement, je la sens. Elle est palpable, elle vibre et résonne dans chaque parcelle de mon être. La vision à laquelle Elinor s'agrippe tandis que nous la déplaçons s'imprime devant mes yeux : trois louves aux robes étincelantes. Une blanche, une rousse et une noire. *Nous.*

Frappée par cette apparition, j'en oublie de supporter mentalement Eli qui s'effondre, malgré l'acharnement de Neeve qui lutte pour la maintenir debout.

— Sixt, putain ! Fais un effort !

Ah oui.

Je passe à nouveau le bras d'Elinor autour de mon cou,

et nous finissons de la traîner sans grâce ni ménagement, pressées de quitter l'orée du bois pour un endroit moins exposé. Une fois suffisamment éloignées, à l'abri des regards, nous la déposons au pied d'un gros chêne, sur une opulente couche de mousse, avant de nous asseoir à ses côtés.

La lune nimbe le sous-bois d'une aura argentée, concentrée en de rayonnantes volutes qui s'enroulent autour d'Eli. Son chant faiblit, et elle se tait soudain, portée par cette lumière empreinte de la magie des Moon, son corps secoué de spasmes légers. Sous mes yeux ébahis, son apparence se trouble.

La tempête qui nous poursuivait s'apaise d'un coup. Mes cheveux aile de corbeau retombent aussitôt autour de mon visage, et une étrange sensation de lourdeur pèse sur mes épaules. Ma peau me picote. C'est franchement désagréable. Je vois moins net ; c'est à peine si je discerne dorénavant les formes floues de mes amies, dont je tiens pourtant fermement les mains. Comme si m'agripper à elles me raccrochait à la réalité.

Tout à coup, c'est mon corps qui gesticule. J'en perds le contrôle. Mes doigts se crispent, resserrant encore plus ceux de mes amies. Une lueur éblouissante se propage autour d'Eli et nous engloutit. Nous foudroie. Mes muscles se contractent, leur rigidité est douloureuse, comme si un puissant courant électrique me parcourait.

Est-ce que c'est maintenant qu'on meurt ?
Et soudain. Plus rien.

— Sixt !

Quoi ? Qu'est-ce qu'il y a, encore ?

— Hum.

Je sais bien qu'articuler est complexe vu la gueule de bois que je me paie, mais c'était quoi ce grognement ?

— Sixt, putain !

— Mais quoi !

Merde. Là, ça relevait plus du grondement de tonnerre que de la voix enrouée. Que se passe-t-il ? La voix familière que j'entends ne parvient pas vraiment à mes oreilles, mais j'en comprends chaque mot.

— Ça a marché.

Qu'est-ce qui a marché ?

J'ai tellement mal au crâne...

— Nous nous sommes métamorphosées...

Je me relève en sursaut, mais quelque chose cloche. Qu'est-ce que c'est que cette posture étrange ? Et ces lambeaux juste là ? Mais non ! Pas ma robe Chanel, putain !

— T'es fière de toi ? balancé-je à Eli, avant même de l'apercevoir, mes paupières encore un peu collées.

Je me frotte le visage. Mes doigts...

J'écarquille les yeux, cligne plusieurs fois d'affilée, dans l'espoir d'y voir plus clair. Je suis recouverte de fourrure ! À la place de mes doigts, des pattes velues et griffues. Quant au reste de mon corps contusionné...

— Merde... ça a fonctionné... chuchoté-je, impressionnée par la vision qui s'offre à moi quand je découvre enfin mes amies.

— Qu'est-ce que tu croyais ? se vexe Elinor qui a

maintenant l'apparence d'une louve de bonne taille, au pelage blanc serti de reflets argentés.

Il ne fait aucun doute qu'il s'agit d'Eli. Même si elle ne ressemble en rien à celle que je connais si bien, son regard ne trompe pas. Elle a conservé cette mélancolie teintée de défaitisme, qui se pare néanmoins d'une certaine fierté. Neeve est, quant à elle, aussi rousse qu'un écureuil. Majestueuse et parfaitement intégrée à la nature qui nous entoure. Et moi, d'après ce que j'aperçois de mon corps de substitution, j'ai revêtu une robe d'obsidienne. *Pas aussi seyante qu'une robe de créateur, tout de même...*

— Et maintenant ? demandé-je, un peu perdue.

— Maintenant, nous allons chez les loups, me rappelle Eli, intransigeante.

Depuis quand emploie-t-elle un ton aussi péremptoire ? Nous ne sommes ni ses élèves ni ses psys ! D'ailleurs, elle ne parle pas vraiment, puisque je l'entends dans ma tête. Étrange, cette nouvelle capacité...

Les filles amorcent un mouvement, que j'imite comme je peux. Comment font-elles pour se déplacer de cette manière avec autant d'aisance ? J'ai beau m'appliquer, mes gestes saccadés n'ont rien de naturel. Il est évident qu'aucun loup ne croira jamais que j'appartiens aux leurs.

D'ailleurs, c'est où exactement, chez les loups ?

Mais apparemment, Eli sait exactement quel chemin suivre. Une aptitude lunaire, j'imagine. Elle nous entraîne entre les arbres dont les frondaisons se déploient jusqu'au ciel, masquant partiellement les derniers rais argentés de la lune. Une brise fraîche s'infiltre entre les feuillages, disséminant une odeur de tourbe et de champignons. Je sais que mes amies sont plus proches de la nature que moi. Qu'est-ce que j'aime, moi, alors ? Il y a bien quelque chose, tout de même...

Mais c'est vrai ça, quelles sont mes passions ? À part l'ordre et la justice, bien entendu...

Comment peut-on approcher la trentaine et ignorer ce qui, dans la vie, nous fait vibrer ? Le droit, c'est plutôt du genre à faire palpiter mon petit cœur. Un besoin viscéral de rétablir l'équilibre, ou au moins d'essayer. Mais le reste ? Le constat est affligeant : à l'exception de mes amies – et de ma famille bien entendu, enfin quand ils ne s'adonnent pas à cette séduction sordide orchestrée par mon oncle, ce cher lord Raven, je n'aime rien.

Les premières lueurs du jour apparaissent au-dessus de la canopée, balayant la douceur de l'obscurité. Au beau milieu d'une foulée, je me métamorphose à nouveau et retrouve forme humaine. Je passe de la suspension à la chute en quelques secondes, et viens m'écraser sur les racines proéminentes d'un immense châtaignier. Je suis étourdie par l'explosion de mes sens, qui me frappe tel un boomerang. Tout se mélange, les odeurs naturelles que je n'ai jamais perçues avec une telle intensité, les innombrables bruits environnants qui ricochent sous mon crâne, déforment ma perception et ma vue encore trouble. Je suis fourbue, mes muscles contracturés. Des bleus recouvrent chaque centimètre carré de ma peau. Je palpe mon ventre et retiens un cri. J'ai mal absolument partout. Je ne suis plus que douleur, et la simple caresse du vent suffit à me faire serrer les dents. Sans oublier que je suis nue comme un ver.

— Oh, non !

Je tente vainement de couvrir le peu de fourrure qu'il

me reste et mes tétons qui pointent dans l'air glacé du matin, gênée de découvrir mes amies elles aussi dans leur plus simple appareil.

— Ben quoi ? T'as jamais vu de nichons ? glousse Neeve, plus amusée que gênée par la situation.

Elle voulait du naturel, je crois qu'on peut difficilement faire mieux !

— Putain, j'me disais bien que j'avais oublié un truc important, bougonne Eli en se tapant le front du plat de la main. Bon, il va falloir improviser.

— Improviser comment ? T'as prévu de tisser des feuilles pour nous faire des strings ?

— Mais on s'en fout, sérieux ! Ça doit arriver tout le temps, dans une meute. Qui s'en cogne de voir quelques chattes gambader dans le coin ? plaisante Neeve.

Elle est sérieuse, là ? Je me moque bien de ce que pensent les locaux, ça me gêne, *moi* !

— Que venez-vous faire ici ? tonne soudain une voix d'homme.

Et merde. Le moment est bien choisi pour recevoir de la visite.

— Nous… entame Elinor en pivotant vers l'auteur de cette interruption.

Mais elle est aussitôt coupée par le nouvel arrivant, un mec pas mal qui semble fier d'exhiber ses tablettes de chocolat et autres attributs moulés dans un pantalon trop serré.

— Personne n'est autorisé à chasser sur notre territoire.

— Vraiment ? On vous donne l'impression de chasser, là ? m'emporté-je.

Ce type n'a même pas l'air de réaliser que nous sommes dévêtues devant lui. Il est aveugle ou quoi ? Peut-être bien qu'il n'est pas intéressé par les femmes, cela dit. Enfin, tout de même, ça crève les yeux que nous ne sommes pas franchement à notre place ! Mais s'il a dit « chasser », c'est que le sort fonctionne. Même sous notre forme humaine, il nous prend pour des louves.

Elinor me presse le poignet, m'invitant à me taire.

— Nous appartenons à une meute du Nord. Nous souhaiterions rencontrer Greystorm.

Il l'observe, surpris, avant d'éclater de rire. Il s'interrompt rapidement pour mieux examiner mon amie. Quelque chose en elle retient son attention. À en croire la ride qui se forme sur son front, le type a l'air préoccupé. Comment lui en vouloir quand on tombe sur trois femmes nues dans les bois ?

— Rencontrer Greystorm ? dit-il. Lequel ?

— L'Alpha.

— Pour quel motif ? Non, ne répondez pas. On voit que vous ne connaissez pas Karl, ricane-t-il, visiblement amusé par notre requête.

— Nous devons pourtant le rencontrer, insiste Eli, catégorique.

L'homme plisse les yeux. Il renifle à nouveau. Il nous *sent*. Merde…

— Jake ! Viens voir ! Je viens de dégoter trois louves qui veulent rencontrer Karl !

S'il continue de glousser de cette manière, je vais achever de me liquéfier sur place

— Bonjour, mesdemoiselles, nous salue le fameux

Jake, un bel homme aux cheveux blonds. Malheureusement, Karl ne reçoit pas en ce moment.

Le regard suspicieux de ce Jake parcourt nos corps. Celui de Neeve semble l'intriguer un peu plus que les nôtres.

— Qui êtes-vous ? s'enquiert-il, méfiant.

— Elles disent qu'elles proviennent d'une meute du Nord, répond notre premier interlocuteur.

— Quelle meute du Nord ?

Ouais, c'est vrai ça, Elinor. Quelle meute du Nord ? On aurait dû penser à ces paramètres avant de nous jeter dans la gueule du loup. Tiens, jolie formule !

— Si je ne me trompe pas, répond Elinor, vous êtes quoi, des Bêtas ? Des loups de rang moyen, en somme. À quel moment des louves doivent-elles en référer à des congénères de rang moyen ? Je sais que même en Caroline du Nord, aucune louve n'a de compte à rendre à des putains de rangs moyens. Nous voulons voir l'Alpha.

Jake et l'autre type sourient à cette réplique d'Elinor, qui m'impressionne par son aplomb.

— Comme je l'ai dit tout à l'heure, répond à nouveau Jake, en prenant soin d'articuler chaque mot comme s'il avait affaire à des débiles, l'Alpha ne reçoit pas. Mais rassurez-vous, il est bien secondé. Suivez-nous.

— Comme ça ? s'étonne son acolyte. On prend pas de précautions ?

— T'as raison ! Pardonnez-nous, mais nous allons devoir... indique Jake en désignant ses yeux. La localisation exacte de notre tanière doit rester confidentielle pour les *étrangères*. Vous comprenez, j'imagine ? On fait aussi comme ça, dans les *meutes du Nord* ?

Nous hochons vaguement la tête. Nous croyions avoir touché le fond, nous voilà maintenant à crapahuter dans la forêt, à poil et les yeux bandés.

J'entends Eli pester et Neeve glousser, à chaque fois qu'elle se rattrape aux galbes de nos accompagnateurs, enchaînant les excuses sans en penser le moindre mot. J'admire sa facilité à trouver du positif dans chaque situation.

Après un temps infini, le sol se fait plus régulier et dur sous mes pieds : nous ne progressons plus dans les sous-bois, mais sur des dalles de pierre froide. La température a chuté. Un frisson incoercible remonte le long de ma colonne vertébrale. Nous sommes soudain secouées, comme si nous nous trouvions dans la nacelle d'une mont-golfière. Il n'y a ici plus un souffle de vent, pas le moindre bruit provenant de la nature. Juste une succession de cliquetis et de chocs métalliques, qui rebondissent autour de nous. Alors y a vraiment un édifice dissimulé dans cette forêt ?

— C'est par ici, nous guide Jake d'un ton rogue.

On saisit soudain mon poignet, tout en me poussant dans le dos.

Un claquement retentit, suivi par le cliquetis caractéristique d'une clef tournée dans une serrure.

— Enfilez ça !

Quelque chose touche mes jambes, alors que j'entends une porte claquer. J'enlève le bandeau et découvre que nous sommes toutes les trois enfermées dans une geôle d'un autre âge, des tenues d'une laideur extraordinaire amassées à nos pieds. Une sorte de treillis beige sale et un débardeur assorti. Ambiance pyjama mal coupé. Quant aux sous-vêtements, apparemment, ils sont optionnels, chez les loups. Gé-nial !

— Rappelez-moi quel était le plan ? bougonné-je tout en enfilant les vêtements, aussi rêches que de la paille et imprégnés d'une terrible odeur de moisi.

— Oh, ça va, grommelle Eli, contrariée. Qui aurait pu deviner qu'ils emprisonnaient leurs pairs ?

C'est vrai qu'ils ont un sens de l'hospitalité un peu particulier. Une cellule avec des barreaux en argent, des traces de griffures désespérées sur les murs, et vue sur un couloir de pierre sombre et froide, ce n'est pas vraiment ce que j'avais imaginé en quittant le loft hier soir. Bon, en fait, je n'avais rien imaginé, et surtout pas devoir porter ces horreurs... Une chance que nous n'ayons pas prévu de nous éterniser.

— Et pour la suite ?

— La suite ? Ben, rien, s'étonne Neeve.

— On ne va quand même pas attendre que quelqu'un daigne venir nous ouvrir la porte ? Quand est-ce qu'on sort ?

— T'as pas saisi, je crois, Sixt. Nous sommes captives et nous ne pouvons pas nous échapper. Et si on se réfère au plan qui consiste à ne pas nous faire repérer par les sorciers qui veulent nous trucider, alors cette situation est idéale. Au moins, personne ne pourra nous retrouver.

Drôle de façon de considérer la situation.

— Mais combien de temps va-t-on rester ici ? soupiré-je, découragée.

Moi qui déteste l'immobilisme, me voilà servie. Nous sommes parquées toutes les trois dans une geôle glauque et étriquée, où la seule activité possible est d'attendre que le temps passe. L'horreur absolue, l'injustice suprême ! Je craque ! Mais Eli a raison. Je me rappelle encore la frayeur que j'ai ressentie lorsque le sorcier a voulu me tuer au tribunal. Un frisson s'empare de moi. Je pleure. Moi qui suis la voix de la sagesse, en temps normal, je m'effondre. Comment notre vie a-t-elle pu basculer en si peu de temps ? Pourquoi nous ? Mes pensées, tempétueuses, se bousculent dans mon esprit. Alors qu'hier Neeve et moi rassurions Eli, c'est à présent moi qui fais l'objet de toute leur attention. Les filles se pressent contre moi, m'enserrent de leurs bras protecteurs.

— Ça va aller, Sixt. T'es une Shadow, t'as peur de rien.

— Hum…

— Si j'avais eu un cacheton, j't'en aurais filé un, tu sais…

Pour qu'Eli me propose un truc pareil, c'est que je dois lui faire vraiment pitié.

— Dites, vous croyez qu'il y a des bestioles, dans cette cellule ?

La perspective de croiser la route d'un rongeur m'arrache un frisson. En temps normal, je pourrais utiliser la magie pour m'en débarrasser, mais dorénavant, nous risquons d'être détectées. Ou peut-être que les loups les mangent, et que nous allons devoir faire pareil pour donner le change. Qu'allons-nous devenir, putain ?

Le temps file et s'éternise. Privées de lumière, et de la moindre information concernant la durée de notre captivité, nous passons le temps en alternant étreintes, siestes et vaines suppositions sur l'avenir. Des jours et des nuits semblent avoir passé. Ou peut-être seulement quelques heures. Quel ennui... Heureusement, grâce au sort d'Elinor, nous possédons désormais la vision nocturne des loups. Cette faculté est plutôt pratique, dans les circonstances actuelles. Non pas que nous puissions examiner en détail l'endroit où nous nous trouvons, mais, au moins, nous pouvons discerner les formes dans ce qui me semble être une éternelle obscurité.

À nouveau, je m'assoupis en songeant que nous n'avons pas beaucoup avancé depuis mon « craquage ». Comme si nous prenions enfin la mesure des derniers événements. Témoins d'un suicide, rescapées de trois tentatives de meurtre, transformées en louves. Des louves... *Pathétique*.

Quelques heures plus tard — enfin, je crois –, mon esprit tourne à vide quand un grincement m'arrache à mes songes. Quelqu'un ouvre la porte du couloir.

À côté de moi, les filles dorment encore profondément.

Je me redresse, curieuse de découvrir l'origine de ce bruit. Quoique, peu importe, tant que cela brise un peu la monotonie qui nous dévore. De la porte entrouverte filtre un rai de lumière qui m'éblouit. Je suis obligée de froncer les sourcils pour maintenir mes yeux entrouverts.

— Amenez-le.

Bon, ce n'est pas nous qu'on vient voir. Mais avoir de la compagnie pourrait nous distraire un peu.

Des ombres se dessinent sur le mur. Elles s'étirent et s'avancent vers nous. Deux silhouettes apparaissent dans l'embrasure de la porte, deux hommes bien bâtis en traînent un troisième en piteux état.

— Ça t'apprendra à désobéir aux ordres, Robin. Qu'est-ce qui t'a pris de libérer leur éclaireur, aussi ?

Robin. C'est un beau prénom. Comme Robin des Bois...

Ledit Robin ne laisse échapper qu'un grognement plaintif, empreint d'une douleur féroce.

— Vas-y doucement, Tyler, ils ne l'ont pas loupé.

— Depuis quand tu défends les traîtres, Perry ?

— Abuse pas, c'est Robin, mec.

Les colosses se rapprochent. Malgré la pénombre, je discerne leurs silhouettes musculeuses, leurs mouvements déterminés et la masse sanguinolente qu'ils traînent derrière eux.

Robin.

Lorsque j'aperçois enfin ses traits, j'ai un mouvement de recul. Son visage est tuméfié, maculé de sang séché. Je croyais que les loups bénéficiaient de la faculté naturelle de se régénérer. Pourquoi celui-ci est-il en si mauvais état ? Ses blessures doivent être toutes fraîches. Impressionnée, et un peu dégoûtée malgré tout, je ne parviens pourtant pas à détacher mes yeux de ce corps désarticulé que nos geôliers viennent de jeter là, dans la cellule juste à côté de la nôtre. Sans ses blessures, je suis certaine que ce loup doit être beau garçon.

Il esquisse un mouvement qui lui arrache un nouveau gémissement. Sa lèvre se fend, et une perle écarlate s'en échappe pour venir s'écraser sur la pierre. C'est insupportable d'assister à une telle souffrance sans pouvoir intervenir, sans pouvoir soulager sa peine !

Je ne résiste pas à lui adresser un mot réconfortant :

— Courage, Robin. Ça va aller.

Stupéfait d'entendre une voix s'adresser à lui avec douceur, il sursaute et ouvre les yeux, malgré ses paupières gonflées de sang, révélant ses pupilles dans le noir presque total. Face à la beauté de ces émeraudes scintillantes, tout le reste disparaît. J'oublie aussitôt mes craintes, l'interminable attente, ses blessures, sa complainte, sa douleur. La mienne aussi, d'être enfermée comme une criminelle.

Là, dans ce regard d'aurore boréale, je ne distingue plus rien d'autre que son âme.

CHAPITRE 9

NEEVE

— *B*ordel de merde ! je lâche tout haut dès mon réveil, avant de poser mes mains sur ma bouche.

Mais ta gueule, Neeve !

Ma voix a attiré l'attention des deux hommes qui viennent de jeter un type mal en point dans la cellule jouxtant la nôtre. Mon regard se reporte sur ce nouveau détenu. Il a pris cher, le pauvre. Pourtant, ce qui ressemble à un sourire apparaît sur ses traits tuméfiés, tandis que ses yeux s'ancrent dans ceux de Sixtine. Je reste un instant subjuguée par ce dont je crois être témoin. L'attention qu'ils se portent l'un à l'autre semble se matérialiser par un fil invisible qui s'étire entre eux, les liant tandis que le temps se suspend durant leur mutuelle contemplation. Je ressens une chaleur monter dans ma poitrine. Ce que je vois me fascine, me transperce, et même... me brise. Sixt est figée face au jeune homme qui ne la quitte plus des yeux. *Sixt, pas ça, on ne doit pas se mélanger... Et surtout pas comme ça...*

— T'es qui, toi ?

Je suis arrachée à mes réflexions par une voix grave et ténébreuse. Mes yeux se lèvent vers les deux hommes à la peau d'ébène, à la carrure charpentée, qui se tiennent devant notre cellule. J'esquisse un sourire par réflexe, puis crispe mes lèvres, ne sachant comment répondre à cette question. D'ailleurs, pourquoi ne la pose-t-il qu'à moi ? Nous sommes trois dans cette merde !

Je sens Elinor qui bouge à mes côtés. Ma sauveuse !

— Ça y est, on nous libère ? demande-t-elle, d'une voix encore ensommeillée.

L'un des deux hommes éclate de rire et file un coup de coude à son acolyte. Tous deux se ressemblent. Crânes rasés, yeux noirs, canons de beauté. Leur peau sombre se déploie sur de longs bras fermes et dénudés. Ils portent tous deux un tee-shirt blanc, sur un jean bleu pour l'un, et gris pour l'autre. Je devine l'épaisseur de leurs cuisses moulées sous le tissu de leurs pantalons.

Celui qui ne m'a pas encore adressé la parole me toise et hume l'air, comme s'il me respirait. Sa tête se lève. Il ferme les yeux.

— Jake a raison, dit-il d'une voix rauque. Elles ne sont pas comme les autres louves. Leur odeur est…

— Tu m'étonnes ! je lâche en me levant.

Merde, ils sont vachement grands. Je fais trois têtes de moins qu'eux. Quoique Voix-Ténébreuse est un peu plus grand que Voix-Rauque. Je reprends, refusant de me laisser distraire :

— Vu les guenilles pourries que vous nous avez gentiment prêtées, on risque pas de sentir la rose !

— Libre à toi de les enlever, suggère Voix-Ténébreuse, dont les pupilles s'élargissent en s'ancrant dans les miennes.

Voix-Rauque se marre. En temps normal, j'aurais apprécié ce badinage, d'autant que – *bordel* – ces mecs sont de véritables œuvres d'art ! Mais leur ton narquois m'énerve. Car, ouais, je suis de mauvais poil. Je viens de me réveiller dans une cellule miteuse et humide, au milieu de je ne sais où, et je porte des fringues qui puent.

— Alors ? Qui es-tu ? me demande Voix-Rauque.

— Et toi, qui t'es ? je rétorque.

— Un mâle bêta, lance Elinor derrière moi.

Je fais volte-face et observe mon amie. Elle tremble un peu et a niché sa tête entre ses genoux.

— Comment tu sais ça, Eli ?

— Eli ? soulève Voix-Ténébreuse.

Meeeeerde...

— Et toi, c'est comment ? s'enquiert l'autre. *Guenille* ?

Je me retourne et plante mes mains sur les barreaux, que j'enserre de toutes mes forces, avant de sentir une brûlure atroce sous mes paumes. *L'argent.* Je les retire en poussant un grognement. *Pas de magie, pas de magie, pas de magie.* Pourtant, j'aimerais leur montrer qu'on ne peut impunément se foutre de moi au réveil ! Je suis si énervée par la tournure des événements que je ne remarque même pas que mes griffes poussent. Je sens un goût de métal sur ma langue. Mes canines sont de sortie, *putain !*

— Hey, Guenille, t'énerve pas. On ne fait que poser des questions.

— Je t'emmerde avec tes questions ! On a demandé à voir l'Alpha, pas les sous-fifres.

Voix-Rauque s'esclaffe.

— Et que lui veux-tu, à l'Alpha ? demande Voix-Ténébreuse, sans relever ma pique.

Bonne question...

— Ça ne vous regarde pas, dis-je, un peu hésitante.

Les deux se bidonnent en constatant ce manque flagrant d'assurance. Je suis un putain de livre ouvert... Mes yeux se tournent vers Sixtine, qui en ces circonstances serait la plus à même de défendre notre cas, vu qu'Elinor a l'air d'être dans les choux. Sauf que Sixt est toujours hypnotisée par le type à la belle gueule éclatée. *OK...*

— Bon, ça suffit, tonne Voix-Rauque en enfilant des gants. Toi, la fille aux cheveux blancs qui a fait forte impression, tu vas nous suivre. Lève-toi !

Je pâlis et fais barrage avec mon corps devant Elinor, alors qu'ils ne sont même pas encore entrés dans la cellule.

— Si vous la touchez, je vous arrache les bourses avec mes crocs ! hurlé-je.

Je suis dingue, bordel, qu'est-ce qui me prend ? Je sens Elinor s'agiter derrière moi tandis que nos deux geôliers rient à gorge déployée. Je me retourne et vois la tête de mon amie se cogner contre le mur derrière elle. Elle ouvre la bouche et une écume blanchâtre en jaillit. Ses canines pointent et se rétractent, tout comme ses griffes. Puis elle commence à s'écorcher le visage. Je me jette sur elle pour lui maintenir les bras écartés.

— Eli, reprends-toi, bordel ! crié-je. Sixt, Sixt ! Viens m'aider.

Mais le temps que Sixt réagisse, l'un des deux types intervient déjà. *Putain !*

— Qu'est-ce qu'elle a, ta copine ? demande Voix-Ténébreuse.

J'ignore sa question. Elinor tremble comme une feuille. Elle fait une crise de manque. C'est pas la première fois, sauf qu'en mode louve, c'est quand même super impressionnant.

— Neeve... Neeve... Neeve... répète-t-elle.

— Oh, alors toi, c'est Neeve, n'est-ce pas ?

Re-merde... Putain, mais qu'est-ce qu'on est nulles pour préserver notre anonymat ! Soudain, je me rappelle que nos noms de famille sont très connus dans la région. Le père d'Elinor est le chef du coven de Caroline du Nord, l'oncle de Sixtine, celui de Virginie. Les familles Moon, Shadow et Forest sont anciennes, si bien que les loups et les vampires ne peuvent ignorer leur existence. Il ne faut pas qu'ils apprennent nos patronymes, sous aucun prétexte. Voyant qu'Elinor semble s'être à peu près apaisée et que Sixt est à présent avec elle – tout en gardant un œil sur le beau gosse d'à côté, je me relève et fais face aux deux gravures de mode qui me donnent envie de leur coller des baffes tant leur sourire railleur m'exaspère.

— Je suis Neeve Wild. Elle, c'est Sixtine Fog, et voici Elinor Night...

Ouais, ça m'est venu comme ça. La classe ou pas ?

— ... Nous sommes des louves du Nord.

— Quel nord ?

— Le Nord. Au-delà du mur.
— Tu t'es crue dans *Game Of Thrones* ?
Merde, il connaît.
— Au Canada ! annoncé-je, sans me démonter.
— Quel clan ?
Je déglutis un peu.
— Le clan des… Maple.
C'est tellement nul que j'ai envie de chialer, tiens.
— Maple ? répète Voix-Rauque. Au Canada ?
— Ouais.
Je m'enfonce… Neeve… tu n'as jamais été la tête pensante du trio… ça se vérifie. Et Sixt qui est en train de vivre son *crush* tandis qu'Elinor nous la joue addict psycho. *Super, les filles, non vraiment, c'est génial.*

Voix-Ténébreuse penche la tête. Il esquisse un sourire qui dévoile des dents blanches à l'éclat captivant. Puis son regard se tourne vers Voix-Rauque. Ce dernier hoche la sienne comme s'il validait une remarque silencieuse de son compère. Ses lèvres se courbent à leur tour, puis tous deux m'observent avec un regard lubrique. J'aimerais pouvoir dire que cette attention me laisse froide, mais *bordel*, c'est tout le contraire. Le rouge me monte aux joues, mon ventre se crispe, ma poitrine me picote, mon cerveau s'enflamme et mon cœur a des ratés. Je passe ma main dans mes cheveux emmêlés, gênée par leur évident intérêt.

— Dans le Nord, tu as quelqu'un, Neeve ? susurre Voix-Rauque.

OK, donc c'est pas mon imagination. Il flirte, là ?

— Non.

Évidemment, j'ai répondu du tac au tac. Pourquoi ? La question se pose… *ou pas.*

— De toute façon, cela se ressentirait si elle avait été marquée, Perry, dit Voix-Ténébreuse.

— Ou même imprégnée, Tyler, murmure celui que je sais maintenant s'appeler Perry.

Cette fois, j'ai droit à deux sourires carnassiers qui me font m'embraser. S'ils étaient beaux avant, avec leurs kilomètres de bras musclés, ils sont maintenant à tomber par terre.

— Mais ce n'est pas le moment de nous attarder sur elle, lâche Tyler.

Perry sort un trousseau de vieilles clefs rouillées et s'apprête à glisser l'une d'entre elles dans la serrure de notre putain de cachot. Ses mains sont gantées afin d'éviter de toucher les barreaux. *Bien vu.* Le sang qui bouillonnait plus tôt dans mes veines fuit subitement mon visage. Je comprends à son regard son intention de s'emparer d'Eli. Je me place à nouveau devant elle, alors que le grand noir, aussi prodigieux qu'attirant, entre dans la cellule.

— Désolée, Guenille, me lance Perry, ce n'est pas toi qu'on emmène.

Je le fusille des yeux et sors les griffes. Ça me picote le bout des doigts, mais c'est instinctif. Le sort d'Eli est impressionnant d'efficacité.

— Hey, doucement, Neeve, me souffle Tyler qui s'approche un peu trop près.

Perry se glisse derrière lui, puis me fait face, me dominant lui aussi de toute sa hauteur. Les deux se penchent au-dessus de ma tête et me reniflent.

— Finalement, j'aime bien ton odeur, Guenille, chuchote Perry à mon oreille.

Je m'enflamme, mais je reste plantée devant Eli, qui

suffoque derrière moi. Elle a dû comprendre ce qu'il se passait. Sixt semble enfin émerger de sa torpeur.

— Laissez Neeve tranquille !

Elle est debout, toutes griffes et tous crocs dehors. Sauf que ce n'est pas moi qu'ils veulent vraiment. Les deux hommes ne se tournent même pas vers Sixt, laissant leur regard errer encore sur moi. Puis Tyler retire ses gants, pose ses mains sur mes épaules et m'écarte de son chemin. Son toucher provoque en moi une décharge électrique qui me paralyse. Je halète presque tandis que je suis poussée sur le côté sans difficulté. La force des deux hommes dépasse très largement la mienne.

— Non ! crié-je, alors que ma main s'apprête à s'abattre sur la joue de Perry.

D'un geste leste, il attrape mon bras. Ses ongles poussent et ses yeux s'illuminent d'une lueur dorée. Je prends peur. Il me sourit tandis qu'il secoue la tête.

— Voyons, Guenille. Tu n'as pas envie que je te fasse du mal, n'est-ce pas ?

— Peut-être que si, remarque Tyler.

Sixt se jette sur ce dernier. Ses jambes s'enroulent autour de sa taille. Le mec qui s'appelle Robin pousse un cri de rage malgré sa faiblesse évidente, tandis que Tyler se défait de l'étreinte de Sixt sans aucune difficulté. Il la propulse même à travers la cellule, et la tête de mon amie percute la pierre froide. Elle s'évanouit.

— Sixt ! hurlé-je.

— Des lâches ! gémit notre voisin de cellule.

— Oh, ta gueule, Robin ! Ne va pas nous faire croire que tu t'imprègnes de cette louve. Son odeur, enfin, Robin...

Soudain, Elinor pousse un cri effroyable. Elle secoue la tête et se griffe encore. Du sang perle sur ses joues, sur son cou. Je me rue sur elle, mais suis retenue par Perry qui me repousse sans ménagement. Tyler s'empare de la main d'Elinor pour la faire se lever.

— Laissez-la ! clamé-je.

Mais ma supplique reste ignorée. Tyler et Perry attrapent chacun un bras d'Eli et s'apprêtent à quitter la cellule. Je ne sais pas quoi faire, alors je réponds à mon instinct.

— Prenez-moi à sa place.

Ils se fichent royalement de ma requête et passent la porte.

— Prenez-moi ! braillé-je en me dévêtant.

Mes fameuses guenilles me glissent sur les jambes.

— Prenez-moi ! Bordel de putains d'enfoirés !

Cette fois, j'ai retenu leur attention. Quand ils se tournent, leurs yeux parcourent lentement mon corps nu. Très lentement. Un silence s'abat sur la geôle. La tête des deux hommes se penche sur le côté. Leur examen s'éternise. Je les sens lutter. C'est presque gagné. Je m'approche d'eux, hausse mon visage et me plante là, sans rien sur le dos, à presque toucher les barreaux. Et je me demande sérieusement ce que je fous.

— Prenez-moi à sa place, je répète encore.

Tyler, à la voix ténébreuse, tourne lentement son visage vers Perry, à la voix rauque. Ce que ce regard signifie, je n'en sais rien. Les mots que m'adresse le dernier, en revanche, sont limpides :

— Oh, nous allons te prendre, Guenille. Mais pas tout

de suite... Non, pas tout de suite. Et pas comme tu l'imagines.

Puis ils partent, me laissant écarlate, hoquetante et inquiète pour mon amie. L'obscurité ressurgit.

CHAPITRE 10

KARL

Je me tiens debout, accoudé à mon fauteuil, celui qui trône sur l'estrade, celui de l'Alpha de la meute Greystorm.

Je suis l'Alpha de la meute Greystorm.

Je suis celui qui fait le lien entre ces louves et ces loups, celui qui les protège, des autres et d'eux-mêmes, celui qui les soumet pour les rendre plus forts.

Mais le suis-je vraiment ? Depuis peu, je doute. De tout. De moi, de cette position dont j'ai hérité, et de chacune de mes décisions. *Putain*…

— Karl, m'interpelle une jeune louve depuis le bas des marches qui me font face. Que se passe-t-il ?

Je regarde un instant Macha. Elle est belle, fière, dans sa tenue de cuir moulante. Ses cheveux châtains, emmêlés, cascadent dans son dos comme une crinière indomptable. Derrière elles, d'autres louves, mes guerrières, se tiennent immobiles. Toutes m'observent, une lueur d'attente dans leur regard brillant.

Je suis fier d'elles. De mes loups, aussi. La meute Greystorm est forte. Puissante. Invaincue. Jusqu'à aujourd'hui. Mais je crains que cela ne dure pas.

Je ne peux pourtant leur confier mes craintes. Je dois me montrer confiant, sûr de moi. Je lui réponds donc par un grognement puissant, que je fais remonter du fond de mes entrailles et vibrer dans ma gorge, jusqu'à ce que je les voie ployer le cou devant moi, tous. Ils ne doivent pas deviner mes doutes.

Car je doute, oui. Pour la première fois de ma vie, je me demande si j'ai agi comme il le fallait. Je repense à Robin, mon frère, cet Oméga. Pourquoi sommes-nous nés si différents ? Quelle est cette part d'insubordination qui subsiste, malgré tous mes efforts, dans le cœur de mon frère ?

Mon regard délaisse ma meute assemblée dans notre antre. Seules des torches aux murs éclairent les lieux. Ici, point de modernité. Ici, nous renouons avec notre nature profonde, notre nature lycanthrope.

J'examine mes mains, dont les phalanges sont encore souillées du sang de mon frère. Je n'avais pas le choix, je ne pouvais le laisser s'en sortir sans une violente sanction. Mais, par mes ancêtres, qu'est-ce qu'il m'en a coûté ! Chaque coup porté sur sa chair était comme un coup que je m'infligeais à moi-même.

Robin, quand cesseras-tu donc de me provoquer ?

Mais ce qui est fait est fait. C'est mon rôle d'Alpha d'assurer la discipline au sein de la meute, et je ne me défilerai pas.

Je ne me défilerai pas non plus au sujet des récentes incursions qui ont eu lieu sur notre territoire. Car je n'ai pas fait que battre mon frère aujourd'hui. J'ai œuvré de la même manière sur cet éclaireur et ces deux loups venus de Virginie, qui cherchaient je ne sais quoi. Sur eux, je n'ai pas retenu mes coups ni ma colère. Ils m'ont servi d'exutoire, et je fais taire la honte qui chuchote en moi. Un Alpha ne devrait jamais avoir de doutes. Ne devrait jamais perdre le contrôle. Je n'avais jamais perdu le contrôle avant… Robin. D'autant plus qu'en m'en prenant à eux, je cherchais à obtenir des informations. Et en cela, j'ai échoué ; je ne suis pas plus avancé.

J'ai dû me perdre dans mes réflexions, car la meute devant moi a relevé la tête.

— Karl, que vas-tu faire de ton frère ? crie un loup entre deux âges, au fond de l'immense caverne.

— Oui, que vas-tu faire ? reprennent-ils tous en chœur.

— Qu'on le condamne à l'exil ! hurlent certains.

— Il faut l'abattre, il est ingérable ! Il ne nous apportera que des ennuis !

— Oui, exécutons-le ! vocifèrent d'autres.

Une véritable cacophonie s'élève à présent, et la migraine étend ses vrilles douloureuses sous mon crâne. Je ne veux pas, je ne peux pas accéder à leur demande, même si elle est justifiée. Je ne devrais pas montrer la moindre pitié envers Robin, mais je ne vais pas avoir le choix. Ses actes apportent la division dans la meute, et je ne peux le tolérer.

Soudain, les doubles portes de notre antre s'ouvrent avec fracas, laissant passer Jake, l'un de mes Bêtas. Je retiens un soupir de soulagement. Je viens probablement de gagner quelques précieuses minutes pour retarder ma sentence.

Mais les loups ne se taisent pas sur le passage de Jake. Alors, à nouveau, je grogne, dévoilant mes canines puissantes. Je grogne si fort que tous s'aplatissent au sol, et même Jake peine à avancer vers moi, ployant sous la puissance de mon autorité.

Avec un étrange plaisir, presque malsain, je le regarde lutter pour parvenir jusqu'à moi. Je me fais presque honte, à exulter d'exercer ainsi mon pouvoir alors que je me sens si démuni face à la crise qui se profile.

Quand enfin Jake parvient au bas des marches de mon estrade, je desserre un peu les mailles de mon pouvoir d'Alpha. Qu'il puisse délivrer son message, au moins.

— Parle, je t'écoute, lui dis-je d'une voix sombre comme mes pensées.

— Karl, halète-t-il, je reviens du premier cachot où j'ai apporté le repas à…

— Qui ?

— Des louves. Trois étranges louves trouvées dans la forêt. Elles ont dit vouloir te voir, et nous les avons enfermées en attendant…

— Et alors ? Représentent-elles un danger ?

— Je… je ne sais pas. Leur odeur est étrange, et…

Il hésite. Jake est un de mes meilleurs lieutenants, sa finesse m'a toujours été précieuse, il sait discerner mes humeurs comme personne. Du coin de l'œil, je vois Macha, sa liée, qui le regarde d'un air inquiet.

— Et quoi ? grondé-je.

— Elles disent venir du Nord.

— Pourquoi ne pas me les avoir emmenées immédiatement ?

— Nous avons pensé… nous avons pensé que les

mettre au cachot pour le moment était le mieux à faire. Nous savons que… tu étais pris par d'autres responsabilités, et vu ce qu'il s'est passé avec Robin…

Je laisse passer un instant de silence, réfléchis. Mais je vois aussi que Jake transpire à grosses gouttes. Il craint de me déplaire. Il craint que je n'applique sur lui les mêmes méthodes que celles que j'ai employées sur mon propre frère. Bien, très bien. C'est exactement ce qu'il faut pour qu'une meute fonctionne. De plus, je lui suis reconnaissant de ne pas avoir ajouté à mes problèmes celui de trois louves en perdition. Comme si je n'avais que ça à faire !

— Tu as bien fait, Jake, le rassuré-je. J'ai toujours eu confiance en ton jugement. Fais venir l'une d'elles dans mon bureau. Je vais tenter d'en savoir plus.

En espérant que je n'ai pas à employer les mêmes méthodes qu'avec mes précédentes victimes.

— Entrez.

Tyler et Perry entrent dans mon bureau, traînant derrière eux une masse informe et gémissante.

— Qu'est-ce que c'est que ça ? grogné-je.

Devant moi s'accumulent des dossiers, des feuilles éparses, des cartes griffonnées… À quel moment ai-je signé pour rester enfermé entre quatre murs ? Mon regard quitte mes deux Bêtas pour dériver vers la grande fenêtre sur ma droite. Certes, nous vivons au cœur d'un réseau souterrain de grottes, mais mon rang me permet d'occuper cette pièce à flanc de falaise, et je ne peux que me réjouir de ce lien ténu que j'entretiens encore avec le monde extérieur.

En soupirant, je me lève et m'étire. Je n'ai qu'une envie, courir vers la forêt, m'imprégner de ses couleurs, de ses odeurs, de la vie qui y foisonne. Je suis un putain de loup. Pas un administrateur ni un gratte-papier. Ma mâchoire se crispe et mes poings se serrent, mais je prends sur moi. La meute a besoin que je me sacrifie pour elle et que j'assume mon rôle d'Alpha.

— C'est l'une des louves qu'on a trouvées dans notre forêt, Karl, me répond Tyler en baissant la tête.

Ça me fait toujours rire de voir un grand costaud comme lui marquer sa soumission avec tant d'enthousiasme. Je sais que je peux lui accorder une confiance absolue. Tout comme à son cousin Perry, d'ailleurs. C'est pour cela que je les ai choisis. Je me trompe rarement sur les gens. Enfin… C'est ce que je pensais, jusqu'à Robin.

— Qu'est-ce que vous lui avez fait pour qu'elle soit dans cet état ?

— Rien, se défend aussitôt Perry. Elle fait une sorte de crise, je ne sais pas ce qu'elle a.

Intrigué, je m'approche du pauvre tas sanglotant au sol, entre mes deux Bêtas. Avant de me baisser, je hume l'air ambiant. Je n'y sens que des effluves familiers, et pourtant…

Soudain, tout mon corps se tend. Il y a quelque chose de… d'anormal, chez cette louve. Certes, elle n'est pas de notre meute, mais…

Je dois en avoir le cœur net. J'écarte brusquement Tyler et Perry pour me jeter à genoux près de la pitoyable créature. Malgré mon envie presque irrépressible de la sentir, mes mains marquent une légère hésitation avant de se poser sur ses vêtements en lambeaux. Mais qui lui a filé des guenilles pareilles ?

L'instinct est cependant plus fort que ma *coquetterie*. J'attrape la louve par ses longs cheveux d'un blond presque blanc, comme je n'en ai d'ailleurs jamais vu, pour dévoiler son visage. Ma respiration accélère encore. Sous la crasse, les sillons noirs creusés par les pleurs et d'étranges griffures rouges sur ses joues, je découvre un visage que je devine adorable. Elle ouvre un œil hagard, aux paupières gonflées… Je me plie en deux sous la force de son regard, comme si on venait de me frapper à l'estomac.

Putain, qu'est-ce qui m'arrive ?

Un désir impétueux rugit dans mes veines. L'idée de congédier Tyler et Perry pour assouvir mes pulsions, là, comme ça, à même le sol, me vient. Je sens d'ailleurs leur regard interloqué se poser sur moi. Ils n'ont pas l'habitude de me voir comme ça, haletant et à genoux auprès d'une femelle.

Maîtrise-toi, bordel. C'est pas le moment de perdre le contrôle…

Doucement, les dents serrées, je me penche vers la louve. À son cou, je vois une veine, bleue sur sa peau crémeuse, palpiter. Son odeur emplit mes narines.

Non… Non, je ne peux pas craquer maintenant. Pas pour une étrangère. Pas pour cette chose pitoyable…

Mêlée à mon désir brûlant, une vague de colère me submerge. Pourquoi est-ce que cela m'arrive *maintenant* ? Pourquoi est-ce que cela m'arrive *à moi* ? Après tout, j'ai une horde de louves prêtes à combler le moindre de mes besoins, tous mes fantasmes, à chaque instant du jour ou de la nuit. Certes, je n'abuse jamais de mon pouvoir, et je fais en sorte de toujours me montrer respectueux envers mes femelles, car je connais et admire leur valeur.

Mais cette louve n'est pas de ma meute. Elle ne m'est rien. Et sa faiblesse ne devrait m'inspirer que du mépris.

Pourtant, malgré ces idées qui tournent dans ma tête comme un vent furieux, malgré mes vaines tentatives pour recouvrer la raison, je me penche encore et encore, jusqu'à ce que mon visage effleure sa nuque que je retiens dans ma main crispée. Je ne peux pas m'en empêcher, je ne peux pas faire autrement. La peau de cette créature m'appelle. Je sais ce que ça veut dire, mais je ne veux pas... Je ne veux pas... Mon nez s'enfouit dans ses cheveux si doux, et je perds mon sang-froid. Je me noie dans son parfum, perds pied, sombre dans l'inconnu.

Une peur terrible me tord les entrailles, en même temps qu'une certitude absolue. Avant même de savoir qui elle est, avant même de connaître son nom, avant même de savoir d'où elle vient, je sais que je ne quitterai plus jamais cette louve.

Elle est mienne, pour toujours, et je suis sien.

Mais, à l'instant où je prends conscience de m'être lié à jamais, la louve que je tiens entre mes bras se cabre, comme prise de convulsions. Ses yeux se révulsent, et une écume blanchâtre vient border ses lèvres trop pâles...

Après le désir, la colère et la peur, c'est le désespoir qui m'envahit. Je ne peux pas la perdre maintenant. Je ne le supporterai pas.

Parce qu'à présent, j'en suis certain. Je suis loin d'en avoir fini avec elle.

Je la soulève dans mes bras, la serre contre moi, dans l'espoir de calmer ses tremblements irrépressibles. Elle ne pèse rien. Son cœur bat contre le mien, comme un oiseau affolé. Je suis douloureusement conscient de son odeur, mais aussi de la gravité de son état.

En courant aussi vite que je le peux, je sors de la pièce pour me précipiter vers les profondeurs de notre tanière. Je dois trouver notre soigneur. Je ne la quitterai pas tant qu'elle ne sera pas hors de danger.

CHAPITRE 11

SIXTINE

— obin ?
— Sixtine ?

Rien qu'à l'entendre prononcer mon nom, mes poils se dressent sur ma peau, provoquant un frisson qui me parcourt de la tête aux pieds. Mon esprit me ramène à ce que j'ai éprouvé lorsque mes yeux se sont ancrés aux siens, à mon corps frémissant après cette rencontre, et à ce sentiment irrépressible qui a étreint ma poitrine.

Comme si le temps s'était suspendu.

Comme si toute cette situation n'était destinée qu'à me faire rencontrer cet homme.

Ce loup.

Que m'arrive-t-il ?

Malgré la pénombre qui règne dans ce couloir souterrain, je distingue sa silhouette et son regard vert comme si nous étions en plein jour. Il me fixe, un intérêt certain affiché sur ses traits divins, avide de m'entendre lui poser plus de questions.

— Est-ce que tu sais où ils ont emmené Eli ? je demande, mon timbre étrangement plus doux qu'à l'accoutumée. Ça commence à faire long…

— Karl. Ils l'ont conduite auprès de Karl, m'indique-t-il d'une voix rauque.

— L'Alpha ?

— Lui-même, confirme-t-il, l'air renfrogné.

Qu'est-ce qu'il peut bien lui vouloir pour que ça prenne autant de temps ? Et s'il la torturait ? Et s'il l'avait déjà exécutée ?

Une lueur étrange, mélange de tristesse et de rancœur, traverse les nuances boréales des yeux de mon voisin de cellule.

Mais bien sûr ! C'est l'Alpha qui l'a fait emprisonner, lui aussi !

— Pourquoi t'es là ?

— Haute trahison.

— Ça, je le sais déjà. Tyler et Perry l'ont évoqué en t'amenant ici. Mais pour quelle raison es-tu *vraiment* là ?

— La politique, les influences, le pouvoir. C'est compliqué.

À l'évidence, il n'a pas envie d'aller sur ce terrain. Pourtant ça nous permettrait d'en apprendre davantage sur cette communauté qui assure notre *disparition*. Il semblerait qu'elle soit encore plus hiérarchisée que celle des vampires, et au moins aussi rigide que nos covens.

— S'il te plaît, raconte-moi…

Il résiste une fraction de seconde avant de céder.

— J'ai désobéi à un ordre de l'Alpha.

— Un ordre important ?

— J'ai libéré trois loups issus de la meute de Virginie,

dont un éclaireur. Ils avaient été capturés sur ordre de Karl ; il pensait résoudre une affaire de disparitions – des louves s'évanouissent dans la nature à chaque pleine lune.

— S'évanouissent dans la nature ?

— Non seulement elles ne rejoignent pas la meute, mais en plus, elles ne laissent aucune trace. Elles se volatilisent...

— Pourquoi les as-tu libérés s'ils disposaient d'informations sur ces disparitions ?

— Ils auraient fini par succomber alors qu'ils ne savaient rien du tout à ce sujet. Si tu avais assisté à ces séances de torture, tu aurais compris que personne ne peut résister à de telles souffrances, même pas un loup. Et je connaissais l'un d'eux. Ils n'ont jamais cessé de jurer qu'ils ne comprenaient pas à quoi nous faisions allusion. Ça ne pouvait pas continuer. Je n'aurais pas supporté que mon Alpha achève des innocents, alors je les ai libérés.

Ses yeux se ternissent. Il a agi selon ses convictions et pourtant, il en paie le prix fort.

— Mais pourquoi es-tu ici ? Vous n'avez pas d'instances judiciaires ?

Il écarquille les yeux, comme si je venais de lui lire le dictionnaire.

— Pas de procès ? précisé-je ma question.

— Disons que mon frère...

Que vient faire son frère là-dedans ?

— Ton frère ?

— Je suis un Greystorm. Karl – l'Alpha – est mon frère.

— Mais pourquoi t'impose-t-il ce traitement ? C'est

horrible de faire ce genre de choses à un membre de sa famille !

— Ne le prends pas ainsi, Sixtine. Il fait de son mieux. Tu n'imagines pas combien il est difficile d'allier famille et responsabilités...

Les jeux d'influence sont toujours l'expression de comportements paradoxaux. Comment éviter les dégâts collatéraux et en sortir indemne ? J'aurais préféré abandonner mon statut d'avocate plutôt que de condamner Eli et Neeve, alors comment son frère peut-il lui imposer ça ? Et pourquoi Robin l'accepte-t-il avec une telle résignation ?

Je me plonge dans ses yeux, lui jurant sans un mot que je serai là, quoi qu'il advienne. Les silences sont souvent plus éloquents que de vaines paroles. Ils n'appellent ni réponse ni contestation, ils confortent simplement la vérité.

— Et vous ? poursuit-il. Pourquoi êtes-vous ici ?

— Nous venons d'une meute installée plus au nord. Nous pensions trouver asile ici avant de repartir, mais nous nous sommes manifestement trompées.

— Vous n'êtes pas des louves comme les autres.

En temps normal, j'aurais été flattée de me démarquer, mais là, les paroles de Robin n'ont rien de rassurantes.

— Qu'est-ce qui te fait dire ça ?

— Je ne sais pas trop. Y a quelque chose chez vous d'inhabituel... Votre odeur, vos gestes, votre... aura.

Merde ! C'est si flagrant que ça ?

C'est vrai qu'on aurait pu se renseigner un peu plus avant de se réfugier au sein d'une communauté réputée impitoyable, mais quand même ! Ceci dit, on s'est fait choper si vite qu'on n'a pas eu le temps de convenir de la conduite à adopter en tant que louves. Au final, on ne s'en sort pas trop mal ! Enfin, sauf à considérer que nous sommes prisonnières, et qu'Eli nous a été enlevée, évidemment.

— Tu trouves ?

Il me fixe. Les lueurs dansantes de ses iris me pénètrent, me sondent, me déshabillent. Sans qu'il prononce le moindre mot, je ressens son désir, tandis qu'il plonge dans l'éclat argenté de mon regard et qu'une fossette se dessine sur sa joue gauche. Si nous nous étions croisés ailleurs, ce mec aurait tout à fait été mon type ! Pourquoi faut-il qu'il soit d'une autre communauté surnaturelle ? *On ne se mélange pas...*

Déchirée entre deux émotions, je perds le fil de mes pensées. C'est d'Eli que je devrais me préoccuper, et pourtant, je suis irrésistiblement attirée par Robin dont le moindre mouvement, la moindre expression me détourne de mes objectifs.

— Comment tu te sens ?

— Un peu mieux, ma douce, lâche-t-il, provoquant des rougeurs sur mes joues. Mais c'est moi qui devrais te poser la question. Alors ?

— Disons que j'ai été plus mal accompagnée.

Malgré ses quelques bleus au visage, il s'esclaffe vivement, avant de reposer son regard captivant sur moi.

— Mais c'est que tu me dragues, en fait ! s'amuse-t-il, m'adressant son irrésistible sourire.

Je ne l'aurais probablement pas formulé comme ça, mais il est clair que ça ressemble à du flirt de ma part. Il est tellement canon !

— Peut-être bien… répliqué-je, mutine.

Tout à coup, la porte claque, accompagnée d'un atroce grincement. Quelqu'un vient.

— Debout là-dedans !

— Tu t'occupes de Robin, je me charge des nanas.

Ce sont les clones baraqués, Tyler et Perry.

Au son de leurs voix, Neeve émerge du sommeil dans lequel elle s'est plongée juste après le départ d'Elinor et se presse à quelques centimètres derrière les barreaux pour les observer. Elle les a dans le collimateur, c'est évident. Peut-être que pour une fois, plutôt que de lui causer des ennuis, ses charmes pourraient nous offrir un avantage.

Tyler fait cliqueter la clef dans la serrure, puis nous attrape chacune vigoureusement par le haut du bras pour nous conduire hors de la cellule.

— Doucement, beau gosse, tente de tempérer Neeve, inquiète.

Robin se tait. Il sait ce qui nous attend, et à voir ses traits crispés, ça n'a rien d'engageant. Lui aussi est sorti manu militari de sa cellule par Perry.

Nous avançons dans des couloirs baignés d'obscurité. Il n'y a dans cette tanière ni fenêtres ni ouvertures vers l'extérieur, ce qui laisse supposer, comme je le pressentais, que nous sommes sous terre, ou dans une structure rocheuse. En d'autres circonstances, j'aurais apprécié cet endroit confortable, bâti selon des normes modernes, par le biais de matériaux nobles et naturels. Le sol de pierre lisse, les murs lambrissés qui alternent avec les parois minérales, les luminaires de bois recyclé. Pourtant, je m'y sens prisonnière, vulnérable. L'absence d'ouvertures me rappelle qu'ici aucune évasion n'est envisageable et que nous sommes soumises à la volonté de nos geôliers. Invisibles pour le reste du monde, certes, mais captives...

— Dites, ça en fait du suspense !

Décidément, rien n'impressionne Neeve, pas même la poigne suffocante de ce golgoth qui me broie le bras.

— Allez, les gars, je sais que vous êtes cool au fond. Alors, où est-ce qu'on va ? poursuit-elle, résolue à en apprendre plus.

— Voir Karl, murmure Tyler, apparemment troublé par la proximité de Neeve.

Nous y voilà. Nous allons donc rencontrer le dirigeant de cette communauté, découvrir ce qu'il est advenu d'Eli. Nous allons être fixées. Alors que je n'aspirais qu'à obtenir des réponses, je suis à présent tétanisée. Et si cette entrevue nous précipitait vers notre fin ? Malgré ce que Robin m'a révélé, son frère n'a pas l'air d'un tendre. Je suis curieuse de constater comment les loups rendent la justice, d'autant qu'il ne fait aucun doute que notre visite impromptue a violé quelques règles fondamentales.

On ne se mélange pas...

Une sorte de clameur se répand depuis le bout du couloir. Des grognements, des altercations et des voix s'entremêlent dans un grondement sourd qui se rapproche à mesure que nous progressons. Enfin, nous nous arrêtons devant une porte monumentale dont les doubles battants ouvragés rappellent à s'y méprendre ceux d'une salle d'audience.

Tyler les pousse avec force et procède à une entrée magistrale, tandis que Perry, toujours agrippé au poignet de Robin, le tire vers l'avant. La foule dense se tait aussitôt, observant notre arrivée avec attention. Je ne discerne que quelques individus de tout sexe, aux styles éclectiques, les uns grunge, aux jeans déchirés et chemises à demi ouvertes, les autres tirés à quatre épingles, mais tous unis par cette même vindicte qui brille dans leurs yeux. Je reconnais Jake, le loup qui nous a amenées dans la tanière. Il est aux côtés d'une femme aux longs cheveux châtains, les bras amoureusement lovés autour de sa taille. Un peu en retrait trône un loup roux et immense. Sa stature et son charisme en imposent, je n'aimerais pas avoir à l'affronter. Pourtant, alors qu'il affiche la confiance d'un monarque adulé, son regard d'or pur – dont la profondeur rappelle celui de Robin – trahit ses doutes et sa fébrilité. Tout porte à croire que ces deux-là auraient préféré régler ce différend en privé, plutôt que sous le contrôle de leurs pairs qui apparemment n'attendent qu'une chose : une mise à mort spectaculaire.

Comme si l'assemblée attendait un signal, une vague de huées déferle sur nous. Les cris nous assaillent de toute part, se déversent sans restriction, tandis que nous traversons la caverne dans un étroit couloir de chair ondulante jalonné de loups hostiles. Je ne me suis jamais sentie aussi exposée.

— Ça suffit.

Le silence s'abat aussitôt, sans même que cette voix ait eu besoin de s'élever. Cette voix, c'est celle de l'Alpha.

— Approchez-vous, ordonne Karl d'un ton ferme et posé.

Tremblante comme une feuille, je m'avance, soutenue par Tyler dont la poigne me sert à présent de béquille. Un peu plus loin, Robin s'avance et baisse les yeux, son menton presque enfoncé dans sa poitrine en signe de soumission.

— Qui êtes-vous ? nous interroge l'Alpha d'un ton ferme.

— Moi, c'est Neeve, et elle, Sixtine, précise mon amie en nous désignant tour à tour.

— Ce n'est pas ce que je vous demande. D'où venez-vous, que venez-vous faire sur notre territoire ?

Nos réponses ne l'ont pas convaincu, nous n'en avons pourtant pas d'autres à lui fournir. Ce qu'il veut savoir, il le sait déjà. Quant au reste, nous ne le lui dévoilerons sous aucun prétexte, alors...

— Où est Eli ? ne puis-je m'empêcher de demander.

Il me fixe, courroucé et stupéfait de constater que je lui tiens tête, malgré la peur qui m'a totalement envahie. Perdu pour perdu, la témérité m'enveloppe de son voile d'audace et je poursuis :

— Nous ne vous dirons rien de plus tant que nous ne saurons pas comment va Eli.

Des murmures outrés se répandent dans la foule. Ils n'ont apparemment pas l'habitude qu'on réponde à leur chef de cette manière. Ils devront s'y habituer. *Ou pas...*

— Ces informations sont essentielles, grogne Tyler.

— Sans Eli, je ne vous dirai rien.

— Il le faudra bien, pourtant, énonce Karl. Rassurez-vous néanmoins, Elinor se porte comme un charme, ou presque. Ça n'a pas été facile, mais elle se repose. Son corps se remet peu à peu de ses excès. Tout ira bien, à présent.

Qu'est-ce qu'il vient de dire ? Un charme ? Est-ce

fortuit ou est-ce une manière subtile de nous signifier qu'il sait qui nous sommes ?

Il marque un temps d'arrêt, puis se tourne vers Robin dont le menton est toujours collé à son torse.

— Robin, mon frère, ton comportement m'a déçu...

Robin n'esquisse pas un mouvement. Il reste figé dans cette posture de soumission, n'essayant même pas de se défendre, comme si, quoi qu'il puisse dire, tout était joué d'avance.

— Comment as-tu osé t'opposer à ma décision ? s'emporte Karl, acclamé par sa meute déchaînée.

Robin reste désespérément statique. Pourquoi se mure-t-il ainsi dans le silence ?

— Tu comprendras aisément que je ne saurais tolérer ce genre de comportements. Même venant de toi. *Surtout* venant de toi.

Que va-t-il dire ? Est-ce une forme de procès auquel nous assistons ? Pourquoi Robin ne se défend-il pas ? Que va-t-il lui arriver ?

Merde ! Mon aversion pour l'injustice ressurgit, amplifiée par l'iniquité de notre propre situation et la perspective de perdre cet homme alors que je le découvre à peine. Mais qu'est-ce qui déconne chez moi ?

— Ma sentence est donc la suivante. Malgré l'amour que je te porte, mon frère, tu es donc condamné...

— Attendez !

Je n'ai pas pu me retenir, et ce mot m'a échappé comme une objection au cours d'une audience.

Karl se détourne de Robin et me fixe, les sourcils froncés. La stupeur s'est emparée de la salle. Elle est à présent si silencieuse que je n'entends que mon cœur palpitant battre à mes oreilles et pourtant, je continue d'une voix précipitée :

— Est-ce ainsi que l'impartialité est garantie dans votre meute ? Là d'où nous venons, elle implique que la défense puisse s'exprimer.

OK. Je déconne à plein régime. Tant pis, autant y aller.

— Ces dernières heures, j'ai entendu votre frère vous prêter une allégeance sans faille. Il n'a eu de cesse de vous défendre et d'expliquer son emprisonnement, de justifier votre sévérité et d'accepter votre décision.

Mes paroles le laissent perplexe. Le doute s'insinue en lui.

— Savez-vous ce qui l'a conduit à vous désobéir ? Avez-vous seulement cherché à le comprendre ? Ou préférez-vous occulter ces éléments pour abattre au plus vite votre sentence de mort ?

Karl m'observe, une lueur étrange traverse son regard. J'enfonce le clou :

— Manquez-vous à ce point de confiance en votre justice qu'il vous faille exécuter votre frère sans sommation ? Est-ce au prix d'une telle iniquité que vous voulez rentrer dans l'Histoire ?

D'un geste de la main, il m'ordonne de me taire.

J'adresse un regard à Robin qui n'a pas cillé et fixe toujours le sol. L'Alpha élève la voix :

— J'entends tes paroles, Sixtine. Sache que jamais je n'ai envisagé de prononcer une sentence qui puisse mettre un terme à sa vie, comme tu en sembles pourtant persuadée. J'envisageais de prononcer son exil. N'est-ce pas ainsi que l'on éloigne les éléments perturbateurs, dans votre meute d'origine ?

Il se frotte à présent le menton, donnant l'impression de réfléchir. Un peu plus tôt, j'aurais été prête à parier que la vie de ce type se résumait à une succession d'actions et de réactions instinctives, mais je m'aperçois finalement qu'il a la sagesse d'un leader.

— Ta brillante plaidoirie – bien que déplacée – vient de lui éviter le pire, reprend-il. Je suis satisfait qu'il t'ait confié ce qu'il a tant de peine à me dire. Sa loyauté sera donc mise à l'épreuve. Profite de cette chance, mon frère. La prochaine fois, ce ne sera pas l'exil, mais la mort qui sera prononcée, si tu persistes à te rebeller. Tyler, Perry, reconduisez ces demoiselles dans leurs quartiers. Quant à Robin, poursuit-il en désignant son frère d'un geste étonnamment tendre, je ne vais pas encore me salir les mains avec son sang, j'en ai encore bien trop sous les griffes. Vous savez quoi faire...

— Karl ! l'interpelle Perry. Mon cousin et moi avons une requête.

— Je t'écoute.

— Nous voudrions que la louve prénommée Neeve soit sous notre garde rapprochée.

Le regard de Karl s'emplit de malice. Un fin rictus se dessine sur son visage. Il semble avoir compris les intentions des deux hommes, comme moi-même je viens de le faire. Mes yeux se détournent vers Neeve, qui fronce les sourcils.

— Même pas en rêve ! lâche-t-elle. Vous avez eu votre chance, vous ne l'avez pas saisie. Et tant que je ne verrai pas Elinor, n'espérez même pas un regard de moi !

Tyler s'approche d'elle à pas lents. Neeve hausse la tête, nullement impressionnée.

— Quand tu t'es foutue à poil pour qu'on te prenne, dit-il, je ne crois pas avoir entendu autant de protestations.

— J'essayais juste d'attirer votre attention, pour que vous m'emmeniez à la place d'Elinor !

— On peut dire que tu as réussi, susurre Tyler à l'oreille de Neeve.

Mais tous les loups ont entendu. Des rires fusent, des sifflets aussi. La température est montée d'un cran. Karl se lève, et le silence s'abat soudain sur la grande salle.

L'Alpha écarte Tyler et se place face à Neeve, la surplombant d'une bonne tête. Il la fixe du regard et respire son odeur. Neeve, qui se rappelle devoir jouer son rôle de louve, relève son visage et lui offre son cou en signe de soumission. Son sang-froid m'impressionne.

— Soumets-moi comme les loups de ta meute, lui lance Neeve, laisse-moi à tes sbires si ça te fait plaisir, mais laisse-moi voir Elinor !

La fin de sa phrase est dite avec une telle détermination qu'un souffle d'effarement traverse à nouveau l'assemblée. Décidément, les loups ne sont pas habitués à ce qu'on tienne tête à leur chef. Celui-ci va-t-il finir par nous châtier pour les libertés que nous prenons ? Mais non, Karl semble plutôt s'en amuser et se penche au-dessus de Neeve.

— Qui êtes-vous ? gronde-t-il.

Sa voix grave me déclenche un frisson. Neeve ne baisse pas les yeux.

— Des louves du Nord.

— C'est faux, je le sais. Aucune louve du Nord ne porte cette odeur.

— On était considérées comme originales dans notre meute, c'est justement ce qui nous a fait fuir.

— « Originales » ? Et de quelle manière ?

Neeve hausse les épaules.

— On ne voulait d'aucun des loups de notre meute. Notre Alpha nous a bannies, car nous n'assumions pas notre rôle de reproductrices.

— Bien archaïque, cette façon de penser, réplique Karl avec un rictus, prouvant ainsi qu'il n'en croit pas un mot.

Se pourrait-il que sa meute entretienne des liens étroits avec d'autres meutes et que nos mensonges soient vains ?

— On ne choisit pas sa meute, lui répond Neeve.

— Peut-être bien que si, ajoute Karl d'un ton énigmatique.

L'Alpha soupire, puis va retrouver son siège. Sa voix s'élève, puissante et rauque :

— Je ne laisserai plus jamais personne faire le moindre mal à Elinor. Voici tout ce que tu as besoin de savoir, Neeve du Nord.

Mon amie écarquille les yeux. Moi aussi j'ai ressenti la dévotion dans les mots de l'Alpha. Cela manque de m'attendrir, mais il ajoute :

— Tyler, Perry, obéissez à l'ordre de votre Alpha au sujet de Robin. Ensuite, vous emmènerez cette fille où bon vous semble.

CHAPITRE 12

ROBIN

— T'as du bol qu'elle t'ait sauvé la peau ! me balance l'un des cousins Falck.

— La pauvre, si elle savait qu'il n'y a rien à espérer, renchérit l'autre.

Vos gueules, les clones !

Vous ne connaissez de moi qu'une façade !

Ces deux louves du Nord sont douées, il faut le dire. Elles étaient loin d'être en position de force à l'audience, isolées face à une meute de loups suspicieux, et pourtant elles ont tenu tête à la horde. Et à Karl qui, de prime abord, est plutôt du genre impressionnant. Moi qui ai grandi avec lui, je sais qu'il n'est pas aussi dur qu'il veut le faire croire. Moi, je sais ça. Mais elles... elles n'ont même pas frémi.

Et Sixtine... Pourquoi a-t-elle pris le risque de me défendre ? C'est à peine si on se connaît ! D'ailleurs, personne parmi les miens n'a osé intervenir. Ou plutôt aucun d'eux n'en avait envie. Mon sort n'a jamais ému personne, il a tout juste suscité l'impatience de ceux qui voulaient voir le couperet tomber. Pourquoi s'est-elle autant impliquée, alors ?

J'ai bien une vague idée, mais elle me paraît insensée. Dès que j'ai posé les yeux sur elle, j'ai été captivé. Elle semblait l'être, elle aussi. Puis ces quelques jours de captivité nous ont apparemment rapprochés plus que de raison, nous ont unis dans l'adversité. Partager l'inconfort et le rejet, l'attente et les craintes, rien de tel pour tisser des liens.

J'attends. Non pas que je sois pressé, mais plus vite interviendra ma sentence, plus vite j'en serai libéré. Derrière mes paupières closes, je vois encore les yeux vif-argent de Sixtine, son regard pétillant, son sourire frondeur. Elle m'a défendu sans rien avoir à y gagner, et ce simple fait me réjouit. C'est moi qui y ai gagné.

Les coups pleuvent enfin, ponctués de grognements de satisfaction des toutous de l'Alpha et de l'assistance. Ça a l'air jouissif de me démolir, et puis c'est libérateur, j'imagine, de ne pas retenir ses coups. Qu'importe, la souffrance cessera bientôt. Et alors, je retournerai auprès d'elle – en visiteur, cette fois – et plaiderai à mon tour sa cause pour la sortir de cette horrible cellule où elle va rester à croupir si je ne fais rien. De leur côté, les cousins Falck seront fiers de rappeler à Karl comme ils ont bien obéi. Rien de glorieux, c'est la vie en meute qui veut ça. Comme elle exige l'autorité d'un Alpha, alors qu'un Oméga se ramasse les galères, tout en bas de la chaîne. Une fatalité immuable, liée à notre nature lycanthrope, dont Karl et moi sommes les victimes collatérales.

J'imagine son état en cet instant, le ventre noué, probablement à se ronger les sangs en attendant de constater que j'ai survécu et que mes jours ne sont pas en danger. Son sort n'a rien d'enviable, même si le mien l'est encore moins.

Enfin, Gengis et Attila cessent de me bastonner. Ce n'est pas reposant de tabasser quelqu'un. Ils soufflent comme des bœufs. Je ne distingue plus rien autour de moi, car mes yeux sont captifs de mes paupières déjà gonflées et contusionnées. La douleur est pire une fois que les coups ont cessé. Il ne doit plus me rester un os en un seul morceau ; une souffrance lancinante pulse dans mes veines. Je ne sais plus si c'est mon émiettement ou ma reconstitution qui me fait mal. Probablement le cumul des deux.

Comment en sommes-nous arrivés là ? Tout avait bien commencé pourtant. Issus d'une lignée respectée, nous avons vécu une enfance heureuse, notre mère veillant à nous instruire et à nous forger un bon caractère avant tout autre chose. Pour elle, les intérêts de la meute étaient primordiaux, mais les nôtres devaient prévaloir.

Je me souviens de la douleur qui nous a étreints lorsqu'elle nous a quittés, emportée par un mal mystérieux, dont personne n'a jamais souhaité nous révéler la teneur. Les yeux de notre père, lui-même Alpha, se sont éteints ce jour-là, comme s'il était mort en même temps qu'elle. Par la suite, il n'avait eu de cesse de préparer sa succession. Karl faisait un Alpha parfait ; quant à moi, j'étais la seule ombre au tableau, l'électron libre, beaucoup plus attaché à satisfaire mes ambitions fantasques que celles, trop hiérarchisées, de la meute. Trop chétif, pas assez affirmé, et trop peu intéressé par les jeux de pouvoir. Il m'a écarté et, ce faisant, a fait de moi un Oméga. Un souffre-douleur. Un paria.

Cette transition n'a pas été si radicale, elle s'est opérée progressivement, de remarques anodines en humiliations de plus en plus fréquentes. D'égal de mon frère, je suis devenu son faire-valoir, pour enfin devenir son marchepied. Je n'étais là que pour rappeler aux autres combien il était parfait, et quel guide fabuleux il ferait pour la meute Greystorm. Mon identité et mes sentiments se sont perdus dans les comparaisons et les railleries de nos pairs. J'étais l'éternel second, jusqu'à n'être plus rien qu'un paillasson.

Karl n'a jamais été à l'aise avec tout cela, mais il espérait combler notre père, assurer sa survie et, plus que tout, il aspirait à le rendre fier pour pallier la honte que je lui inspirais. Il s'est donc plié à ses exigences sans broncher, tout en m'apportant son soutien à l'abri des regards. Un double jeu qui a fini par détruire notre complicité, malgré notre affection mutuelle.

S'il me défend aujourd'hui, c'est presque par automatisme. Il y a bien longtemps que nous ne sommes plus en phase, que nos échanges se limitent à la plus stricte des politesses. Je suis sûr néanmoins qu'il est tiraillé entre sa fonction essentielle et les regrets d'avoir perdu notre lien en cours de route. Je sais qu'il s'en veut de jouir de cette place d'Alpha, quand je ne suis rien de plus qu'un Oméga. Ma fonction est essentielle à la meute, mais moi, Robin, je ne suis qu'un fusible aisément remplaçable. Mais au moins, j'ai échappé à l'exil, et j'en suis heureux, car l'exil mène à la mort ou à se perdre dans son loup.

Je réprime un cri : en retrouvant sa place, l'une de mes côtes a déplacé les autres, comme si on avait retiré trop brutalement un mikado coincé au milieu de l'enchevêtrement. Je douille, putain ! Mes organes perforés se reconstituent si lentement... Je les sens se régénérer, tout comme cette atroce pulsation qui rythme ma respiration difficile.

Sixt. Concentre-toi sur Sixt.

Ce sont à présent mes doigts qui craquent. Puis mon tibia gauche, dont les morceaux donnent l'impression de rebondir sous ma chair tuméfiée.

Je vais crever.

Se peut-il que mon cœur lâche en cours de reconstitution ? Non, cela n'arrive que chez les loups trop âgés pour supporter le processus de guérison.

Chochotte ! Tu ne peux pas crever, il faut sortir Sixt de sa cellule !

Ma mâchoire se serre si fort que je risque de me fissurer les dents. Je refuse de crier, mes tourmenteurs seraient trop heureux d'entendre l'écho de mes souffrances. Elles resteront confidentielles, même s'ils peuvent la deviner sans peine.

Pour me détourner de mon supplice, je pense à elle. Sixt. Encore et encore. À sa fougue lorsqu'elle défendait ma cause, sa force de caractère, sa conviction étonnante et à la justesse de ses mots acérés. Aux valeurs que nous partageons, à notre aversion évidente pour l'injustice, même s'il est peu probable que nous y ayons été confrontés de la même façon. À son charisme aussi percutant que son éloquence. À ses cheveux d'ébène aux reflets bleus, à sa délicate peau de velours, à ses lèvres alléchantes et à ses courbes que j'imagine voluptueuses et gourmandes.

Un grognement m'échappe. Entre malaise et envie, mes sensations se perdent, anesthésiées par cette vision que j'espère garder à jamais devant mes yeux. *Sixtine*...

CHAPITRE 13
NEEVE

Avant que les deux loups ne m'emmènent, Robin s'est pris une sacrée correction. Tyler et Perry n'y sont pas allés de main morte, et j'ai eu du mal à soutenir ce spectacle d'une violence insoutenable. Les coups ont plu pendant plus d'une demi-heure. Robin n'est plus qu'hématomes et fractures, mais je remarque que ses plaies commencent déjà à cicatriser. Il réussit même à se lever et à ma grande surprise, s'incline devant l'Alpha. Je devine qu'il aurait préféré être tué sous les coups des siens plutôt que banni. Pour les « vrais » loups, il ne doit pas être aisé de retrouver une meute prête à accueillir un Oméga exilé. Au regard de notre accueil dans cet endroit, c'est même sans doute impossible, et seule une mort solitaire l'attendait.

Sixtine, elle, a été emmenée sans sommation. J'ai même cru la voir pleurer avant que la sentence ne s'abatte sur Robin. D'ailleurs, c'est à elle qu'il doit de ne pas avoir été banni. Elle est forte, ma copine ! Elle ne supporte pas d'être impuissante devant la souffrance d'autrui, mais je soupçonne chez elle bien plus que de l'attirance pour le jeune et beau Robin. Enfin, beau dans pas longtemps, car pour le moment, son visage est en bouillie. Tyler et Perry s'inclinent à leur tour devant Karl, et je n'ai pas le temps de dire ouf que je suis traînée dans les couloirs par ces deux montagnes, laissant probablement Sixtine dans sa geôle et Robin agenouillé devant son frère.

— Hey, doucement ! braillé-je. C'est bon, je vous suis !

— Sans faire de vagues ? demande Perry.

— Je serai docile comme une louve bien dressée.

Cette dernière réplique les invite à me lâcher les bras. Aussitôt que je me sens libre de mes mouvements, je me jette en avant et me mets à courir à travers les couloirs comme une dératée.

— La garce ! s'exclame l'un d'eux derrière moi.

— Elinor ! Elinor !

Je crie son nom à m'en faire éclater les poumons. Je traverse un dédale de passages sombres, des couloirs jalonnés de portes, toutes fermées à clef, jusqu'à me retrouver dans une impasse. C'est une immense cuisine. Un type est en train de concocter des plats devant d'immenses fourneaux. À en juger par le nombre de casseroles qui trônent face à lui, il y en a pour un régiment. À coup sûr, c'est ici que la meute se restaure, mais pas de traces d'Elinor.

— Salut, chérie, me dit le cuisinier. T'es là pour me filer un coup de main ?

Il est plus vieux que tout le reste des loups de la meute de Karl. Je ne prends pas la peine de lui répondre et me retourne. Je fais subitement face à Tyler et Perry qui me barrent le passage. *Bordel !* Nous nous toisons un moment. Les lèvres de Perry se retroussent. Tyler penche la tête, l'air amusé. *Salauds !* Je suis en colère. En colère ! Les filles et moi nous sommes mises dans une situation intenable. Je ne suis pas une louve, je suis une sorcière ! Si j'utilisais mes pouvoirs, je leur ferais passer l'envie de sourire, à ces enfoirés. Mes griffes poussent et me picotent les doigts. Je sens mes canines sur ma lèvre inférieure et un goût de sang sur ma langue. Mes muscles roulent sous ma peau et je me transforme dans un cri de douleur, mes guenilles déchirées s'échouant à mes pieds. Fascinés, Tyler et Perry observent ma métamorphose. Leur odeur parvint plus clairement à mes narines. *Ils sentent bon, ces cons.*

— Eh bien, ça, c'est une vraie rousse ! remarque le cuisinier.

Mon pelage doit être aussi éclatant que ma chevelure. J'aimerais disposer d'un miroir pour savoir à quoi je ressemble, mais je n'en ai pas le temps. Je dois trouver Elinor. *Le flair ! Mais oui, le flair ! Utilise ta truffe, Neeve !*

Je m'élance devant Tyler et Perry. Ils n'ont pas le temps de dire ouf que je bondis déjà au-dessus d'eux, griffant leurs épaules au passage.

— Elle veut jouer à chat, lance l'un d'eux derrière moi.

— J'aime jouer à chat, réplique l'autre.

Et voilà que je suis poursuivie dans les couloirs par deux créatures aussi joueuses que des louveteaux. *Je cours, je cours.* Je croise des enfants qui rient sur mon passage. Puis j'arrive près du cachot où nous étions enfermées. Je hume rapidement l'odeur d'Elinor avant de rebrousser chemin. Je me cache derrière une porte, puis m'assure que la voie est libre avant de me jeter dans un nouveau corridor. *Je la sens, je la sens !* Je cours plus vite. La sensation de progresser sur quatre pattes est grisante. Mais je n'ai pas le temps de m'arrêter sur cette réflexion, car une lourde masse se plaque contre moi. M'écrasant de tout son poids, un loup me paralyse, ses crocs autour de mon cou. J'entends devant moi quelques craquements d'os, un bruit étrange, et soudain me font face deux jambes à la peau couleur d'ébène.

— Le chat est capturé, lance Perry.

Je pousse un cri pour me dégager, mais ce n'est qu'un faible aboiement. J'entends un rire puis sens la langue de Tyler qui me domine me lécher la nuque. Je réprime un frisson tandis qu'il se transforme au-dessus de moi. Il me relâche et je saute en arrière. J'ai pas fait cinq mètres que je dois stopper ma course. C'est un putain de cul-de-sac. Je suis cuite.

— Viens avec nous, Neeve du Nord. Nous ne te voulons aucun mal.

Je lève la gueule en direction des deux hommes. Ils sont entièrement nus. Si je n'avais pas autre chose en tête, je m'en lécherais les babines. Je secoue la tête et reviens sur terre. Sous terre plutôt. L'odeur d'Elinor est encore présente. *Elle est tout près, tout près.*

— Elinor va bien, me dit Perry, comme s'il captait mes pensées. Karl s'occupe d'elle. Elle est malade. Un guérisseur la soigne sur les ordres de l'Alpha. Tu n'as pas à t'inquiéter. Crois-en la parole des cousins Falck, nous ne mentons jamais. Et notre chef de meute encore moins.

Quant à Sixtine, elle restera enfermée quelque temps. C'est le mieux pour l'instant, crois-moi. On ne fait pas de mal aux louves dans notre clan, on en prend soin. On veut prendre soin de toi, Neeve. Mais... tout ne peut pas se résoudre en un claquement de doigts. On ne vous connaît pas, et l'expérience nous invite à nous méfier, tu comprends ?

Mes yeux de louve observent Perry. Dois-je le croire ? Je sens Eli. Je sais qu'elle est là, vivante, quelque part. Et je ressens aussi la sincérité des deux loups face à moi. Une capacité à éprouver les émotions qui m'est naturelle en tant que Forest. Alors j'abdique. Rien ne laisse présager que l'Alpha lui fera du mal. J'ai même cru discerner autre chose dans les propos de Greystorm, mais cela a été trop fugace pour que je puisse confirmer mon impression.

La transformation est douloureuse. J'ai si mal que je reste un moment étendue à même le sol froid. Je suis nue, fatiguée et peine à me relever. Puis je sens deux bras me soulever. Mes yeux s'ouvrent sur Tyler qui me sourit. Et c'est ainsi que je suis emmenée dans l'antre des cousins Falck.

Leur chambre est très vaste. Un salon et des fauteuils sont disposés entre deux grands lits qui se font face. Pas de fenêtres. Les murs sont en pierre, les draps, en soie. L'effet est étonnant, mais l'atmosphère de la pièce est chaleureuse. Des tapis recouvrent presque l'intégralité du sol. Une odeur agréable s'échappe d'une pièce jouxtant la chambre. C'est devant la porte qui mène à cette pièce que Tyler me pose à terre. Perry l'ouvre et me désigne l'intérieur d'un geste de la main. Mes yeux, plus tôt empreints de suspicion, s'illuminent. Devant moi, niché dans une large alcôve de roche, se trouve un bassin, d'où s'échappe une épaisse vapeur. Cette source chaude naturelle m'attire, irrésistiblement. Mon corps est sale, fatigué et puant, après ces quelques jours de captivité.

Je sens une main me pousser au creux des reins. Je ne me fais pas prier et trempe un pied dans l'eau. La température est agréable, alors je ne résiste pas à m'y plonger tout entière. Je peux me tenir debout et j'entreprends de me laver avec délectation. La sensation est si salvatrice que je laisse échapper un éclat de rire. Effusion aussitôt imitée par Tyler et Perry. Mon regard se relève sur eux. Leurs corps magnifiquement musclés me surplombent. Il me prend l'envie d'utiliser ma magie pour qu'ils sortent de là. Mais je me ravise. Je ne sens aucun danger émaner d'eux. Je ne sens que… Je lutte pour que mes yeux ne s'arrêtent pas devant leurs membres dressés à mon intention. Mais même sans le vouloir, il est difficile de leur échapper. Je tente de me concentrer sur leur torse, semblant avoir été taillé dans le même moule que celui d'Apollon. La peau de Perry est légèrement plus claire que celle de Tyler, elle luit d'une fine couche de sueur. Les sourires qu'ils m'adressent tous les deux n'ont rien à envier à la beauté de leur visage. La vision de ces deux hommes en tenue d'Adam est si surréaliste, si captivante, que je crois ne pas avoir fermé la bouche depuis le début de ma contemplation. Pourtant, ce sont des loups, putain ! Des loups ! Et *on ne se mélange pas…*

C'est Perry qui entre en premier dans le bassin. Tyler le

suit. Je me recule de quelques pas. Mon dos se plaque contre la paroi rocheuse. Mon cœur rate un battement ; mon souffle s'accélère.

— Qu'est-ce que vous me voulez ? je demande d'une voix hésitante.

— Rien que tu ne serais prête à nous offrir, me répond Tyler.

Ses mots me rassurent. Je baisse les yeux tandis que mes joues rosissent. Je mordille ma lèvre inférieure quand Tyler s'approche, tenant une éponge dans la main.

— Après ça, nous ne pourrons plus jamais t'appeler Guenille.

L'éponge passe sur ma joue, mon cou, et enfin sur ma clavicule. Tyler rejoint son cousin et soulève mon bras. Sa bouche se pose sur l'intérieur de mon poignet, puis remonte, remonte encore, jusqu'à atteindre ma nuque. Je halète quand il pose ses lèvres sur les miennes. Je hoquette quand celles de Perry prennent leur place. Je sens des mains effleurer mes seins, d'autres sinuer jusqu'à mon entrejambe. La vapeur me rend folle, leurs caresses aussi. Mon cœur va me péter les côtes, s'il continue à s'emballer ainsi.

— Nous te voulons pour compagne, Neeve du Nord. Veux-tu bien rester ?

Ma lucidité me revient à toute vitesse.

— Euh... pas la peine de s'engager si vite, dis-je, un peu effrayée. Mais je veux bien rester une petite heure...

Après tout, il fait vachement plus froid dans les cachots !

CHAPITRE 14

ELINOR

Je me réveille, la bouche pâteuse. Une migraine terrible pulse à mes tempes, et la nausée me tord les entrailles.

Mais ce n'est même pas le pire. Le pire, c'est que j'ai à peine ouvert les yeux qu'une vague d'angoisse me submerge. Ma gorge se serre, ma respiration se fait laborieuse, mes doigts se crispent sur des draps trempés de sueur… Des draps… Mais où suis-je ?

— Chut… Calme-toi, tout va bien, murmure une voix masculine que je ne reconnais pas.

Je ne suis donc pas seule. Une main fraîche caresse mon visage brûlant. Au prix d'un effort incommensurable, je parviens à soulever mes paupières ; elles sont lourdes, si lourdes…

— Qui… ? parviens-je à dire.
— Je suis Karl Greystorm, l'Alpha de cette meute.

Oh merde. Même dans mon état, je me dis que ça ne sent pas bon. Que peut donc faire un Alpha à mes côtés, alors que j'émerge de la pire crise de manque que j'ai jamais vécue ?

— Tu as été très malade, et tu es encore très faible, poursuit la voix puissante du chef du clan des loups, mais notre guérisseur s'est occupé de toi. Il va te falloir encore de la surveillance, et beaucoup de repos, mais tu vas t'en sortir, avec notre aide.

— Je... je ne veux pas...

— De notre aide ? Tu n'as pas vraiment le choix. Je ne comprends pas comment tu as pu en arriver là. Les cas de dépression sont extrêmement rares chez les loups. Pourquoi l'Alpha de ton ancienne meute n'a-t-il jamais rien fait pour te faire soigner ?

Peut-être parce que je ne suis pas une vraie louve, mais plutôt une sorcière, et que je n'ai jamais rencontré d'Alpha avant ? Mais je ne peux pas lui répondre ça. Le souvenir des heures qui ont précédé notre transformation me revient. Sixtine, Neeve et moi avons besoin de la protection de la meute Greystorm. Alors, je me contente d'acquiescer et referme mes yeux pour faire comprendre à cet homme que je suis trop fatiguée pour parler. Et ce n'est pas qu'une simple comédie. Je me sens véritablement lessivée.

Mais l'homme continue de me parler. Étrangement, je me plais à écouter le son de sa voix, chaude et à peine voilée, le rythme de ses paroles, qui me bercent et m'apaisent... Je n'écoute pas vraiment ce qu'il me dit, et dérive entre deux eaux, pour une fois paisibles.

Peu à peu, mon rythme cardiaque se calme, les douleurs pulsatiles dans ma boîte crânienne s'atténuent, et je sombre à nouveau dans le sommeil.

Quand je me réveille la fois suivante, je suis seule. Lentement, pour ne pas que le vertige ou la nausée ne me reprennent, je me redresse dans l'immense lit qui m'accueille depuis... quand ? Je ne sais même pas combien de temps a duré mon « absence ».

À peine ai-je jeté un coup d'œil autour de moi que je me sens oppressée. Il n'y a aucune fenêtre, nulle part. La seule issue est une lourde porte de bois, juste en face de moi. La pièce est pourtant spacieuse et chaleureuse, avec ses murs de pierre, ses meubles de bois massif joliment travaillés, mais ce manque d'ouverture sur l'extérieur m'angoisse. Je ne peux pas sortir. Je ne peux pas m'enfuir. Je suis à la merci de Karl Greystorm et de ses loups, et je n'ai pas la moindre idée d'où se trouvent mes amies.

Neeve, Sixt, où êtes-vous ?

Aussitôt, ma respiration s'emballe et la panique refait surface. Je me laisse glisser au bas du lit, me recroqueville sur le sol, haletante. Le sol est frais contre mon corps bouillant, ai-je donc tant de fièvre ? Je dois absolument sortir d'ici.

Je prends sur moi, tente de me redresser sur mes jambes, mais je suis trop faible et retombe derechef. Alors, je rampe vers la porte, en sanglotant. Je suis pitoyable, comme d'habitude. Dans quel piège ai-je entraîné mes amies, mes presque sœurs ? Où sont-elles ? Si quelqu'un leur a fait du mal...

Eh, quoi, qu'est-ce que tu feras ? me murmure une petite voix que je ne connais que trop bien. Cette même petite voix qui me répète chaque jour à quel point je ne suis pas à la hauteur. Ni dans mon métier ni au sein de ma famille… Malgré tout, j'atteins la porte et commence à tambouriner au battant. Mes doigts s'écorchent et saignent, mais je n'abandonne pas. Quelqu'un va bien finir par venir…

Mais je reste seule, désespérément seule. Au bout de longues minutes, mes forces m'abandonnent, et je reste là, à pleurer dans le silence de cette chambre souterraine.

— Que fais-tu par terre ?

Karl est revenu et se penche sur moi. Mes yeux sont ouverts, et je peux détailler chaque trait de son visage. Il est beau, mais son regard est étrange, presque trop intense… Je n'arrive pas à comprendre les émotions que j'y lis. Peut-être un mélange de colère et de… désir ? Comme pour me protéger, je porte mes mains sur ma poitrine, que je découvre couverte d'un tissu doux comme de la soie. Qui m'a déshabillée ? Pourvu que ce ne soit pas cet homme…

Il doit lire dans mes pensées, car un sourire amusé vient jouer sur ses lèvres.

— Ne t'inquiète pas. J'ai demandé à Macha de te laver et de t'habiller. Tu étais dans un état déplorable, et il fallait que nous vérifiions que tu n'avais pas de blessures plus graves. Je n'étais pas présent au moment de ta toilette, si ça peut te rassurer.

J'acquiesce. Je ne connais pas cette… *Macha*, et l'idée d'avoir été vue nue par une inconnue ne me réjouit pas, mais c'est toujours mieux que l'autre alternative…

— Je vais t'aider à te relever et à te remettre au lit... Mais que t'es-tu fait aux mains ?

Son regard se fait orageux tandis qu'il se saisit de mes doigts pour les examiner.

— Tu voulais sortir, c'est ça ? Écoute, je ne tiens pas à te retenir prisonnière, mais je souhaite que tu te remettes rapidement. J'ai besoin de réponses à mes nombreuses questions. Tes amies ne se sont pas particulièrement montrées bavardes, c'est le moins que l'on puisse dire.

Mes amies... Alors elles sont encore ici ?

— Où... balbutié-je.

La colère me submerge, mais elle est dirigée contre moi-même. Je ne suis même pas capable d'aligner deux mots. L'Alpha me devance une nouvelle fois. C'est un peu agaçant, mais finalement assez pratique.

— Elles sont ici, et elles vont bien. Neeve se... repose, et Sixtine... eh bien, elle n'a pas un caractère facile, n'est-ce pas ?

Malgré moi, j'esquisse un sourire. Je vois que non seulement Karl lit dans mes pensées, mais qu'en plus il a bien cerné mon amie.

Avec souplesse, il m'enlève dans ses bras et rejoint le lit en deux enjambées. J'ai l'impression de ne rien peser, d'être une plume légère pressée contre son torse. Ce n'est pas si désagréable...

Il m'installe avec douceur, cale deux oreillers dans mon dos, puis pose un plateau sur mes genoux. L'odeur qui se dégage des plats qu'il me présente est alléchante... jusqu'à ce que la nausée me reprenne.

— Il me faut mes cachets.

Mais Karl secoue la tête.

— Hors de question. Je ne veux pas de loups drogués dans ma meute.

— Je ne suis pas de ta meute.

— Non, mais toi et tes amies avez demandé ma protection. Si j'accède à votre requête, vous allez devoir suivre mes règles.

Mmmh. Il est sympa, mais plutôt du genre autoritaire, apparemment. Je suis trop faible pour protester, alors je tente de me justifier.

— Je me sentirais beaucoup mieux avec mes anxiolytiques. Je souffre de crises d'angoisse terribles… et ça m'aide à supporter…

— À supporter quoi ?

La vie, ai-je envie de lui répondre. Mais Karl, malgré sa prévenance, reste un inconnu. Alors j'esquisse un geste vague, un geste qui veut tout et rien dire à la fois. En réponse, il se contente de soupirer.

— J'aimerais en savoir plus sur vous trois. Une louve dans ton état… C'est grave, très grave. Si j'avais le nom de l'Alpha de ta meute d'origine…

Mais je secoue la tête. Il ne se rend pas compte qu'il me donne un bon prétexte pour me taire. Je joue le rôle de la louve loyale envers et contre tout. Et il ne pourra que respecter cette attitude.

— Je vois, reprend-il après m'avoir observée un long moment. Il va donc falloir que je gagne ta confiance.

La douceur de sa voix me fait sursauter. Je ne m'attendais pas franchement à tant de compassion de la part du chef d'une meute de loups-garous.

— Tu as l'air surprise ?

— Oui, je ne comprends pas ta bienveillance envers moi.

— Tu ne le sens pas ? me demande-t-il en penchant légèrement la tête sur le côté.

Je ne sens pas *quoi* ? Mais de quoi parle-t-il ? Des signaux d'alarme clignotent dans mon cerveau épuisé. Je sens que je devrais comprendre son sous-entendu, mais...

— J'imagine que les drogues ont dû brouiller tes sens et ton instinct, me dit enfin Karl, en s'inclinant vers moi. Ce n'est pas grave, ça passera, je te le promets.

Avec une sorte de tendresse, il ôte le plateau-repas, auquel je n'ai pas encore touché, pour le poser un peu plus loin sur l'immense lit. Puis il lève sa main vers mon visage, me caresse la joue, arrange mes cheveux... Mais que me veut-il donc, à la fin ? Je voudrais protester, mais je n'y arrive pas. Le contact de sa peau, sa chaleur, sa simple présence... Quand il me touche, quand il me regarde, j'ai la sensation que la douleur sous mon crâne s'éloigne, que mon anxiété reflue...

— Toi et moi, nous n'en avons pas encore fini, murmure-t-il dans le creux de mon cou, me faisant frémir de la tête aux pieds.

— Que... Je ne comprends pas... Je veux voir mes amies, j'ai besoin de les voir, je...

— Chut. Je peux juste te dire qu'elles vont bien. Mais tant que je n'aurai pas de réponses à mes questions, vous resterez isolées les unes des autres. Je ne souhaite pas te faire de mal, crois-moi, mais je dois penser au bien et à la sécurité de ma meute.

— Je... je n'ai pas de réponses à te donner.

À présent, ses lèvres effleurent la peau de mon poignet,

après qu'il s'est saisi de ma main. Je fonds et me sens sur le point de basculer.

— Oh, si. Tu me donneras des réponses. Car tu n'auras pas le choix.

— Que veux-tu dire ? haleté-je. Je dois les voir, je dois voir mes amies…

— Ce que je veux dire ? Je veux dire que, toi et moi, nous sommes liés. À jamais.

Il lâche soudain ma main et se recule. Cet éloignement soudain est presque douloureux. Je me retiens de le retenir ou de me jeter dans ses bras. Je dois être sacrément secouée par le manque de médocs pour avoir aussi peu de volonté et de retenue.

— Oui. Nous sommes liés, répète-t-il avec ferveur.

— Liés…

Je ne comprends pas. Que veut-il dire par « liés » ? Enfin, je sais que les couples de loups s'imprègnent et se lient pour la vie, mais enfin… je ne suis pas une louve ! Comment est-ce possible que Karl se soit imprégné de moi ? Je réalise aussitôt que mon attirance physique pour lui n'est pas normale. Certes, j'ai eu de nombreuses aventures, et je n'ai rien contre la gent masculine. Mais je ne suis pas comme Neeve… L'acte sexuel n'est pas forcément naturel pour moi, j'ai besoin de temps, d'être dans une vraie relation… Je ne suis pas du genre à me jeter dans les bras d'un inconnu !

Que faire ? D'un côté, tout en moi me pousse vers lui, mais… *on ne se mélange pas* ! Mon sortilège de métamorphose ne durera pas, je le sais, et que se passera-t-il ensuite ? Mais je sais aussi que l'imprégnation ne peut être à sens unique. Et si Karl se rend compte que je ne subis pas le même phénomène que lui, ses soupçons à notre sujet n'en seront que renforcés. L'angoisse ressurgit, plus forte et plus dévastatrice que jamais. Des larmes dévalent mes joues.

— Ne pleure pas.

Il me reprend aussitôt dans ses bras, me serre contre lui, et je m'accroche à ses épaules comme si j'étais en train de me noyer. Il me laisse vider mon trop-plein d'émotions, me caressant les cheveux et me murmurant des mots de tendresse, jusqu'à ce que je finisse par m'endormir.

CHAPITRE 15

NEEVE

Tyler a sa tête posée sur mon ventre. Perry est lové contre moi, le visage enfoui dans ma chevelure automnale. Je suis allongée, nue, dans le lit de Tyler, du moins ai-je cru comprendre que c'était le sien. Je lui caresse le crâne du bout des doigts, me demandant comment j'en suis arrivée là. Je n'aime pas les loups, comme je hais les vampires. Eux et nous n'avons rien en commun. La loi est claire, limpide même…

Mais ça, c'était avant. Avant que je ne tue un sorcier en l'enterrant vivant. Avant que mes amies et moi nous ne fourrions dans cette situation inextricable. Et à qui le dois-je ? Cette question me hante. Depuis que cette femme s'est suicidée pour atterrir, ou plutôt s'exploser, à nos pieds, ma vie a basculé. Et pas que la mienne, celles d'Eli et de Sixt aussi. Et alors que le danger nous guette, me voilà dans de beaux draps de soie, à cajoler des loups.

— Tu réfléchis trop, me lance Perry en humant l'odeur de ma nuque.

— Et comment sais-tu que je réfléchis ?

— Je le ressens.

— Je le ressens aussi, remarque Tyler en enroulant son bras autour de ma taille.

Je soupire. En quelques jours de temps, ma vie a basculé. Moi, sorcière, manager à la BONC et fêtarde invétérée, je me retrouve dans un lit, entourée de deux gravures de mode dont les crocs poussent à la pleine lune. Et pas « que », si j'en crois ce que j'ai constaté dans le bassin. Nos caresses se sont limitées à des baisers et à quelques attouchements, mais je suis assez bien placée pour convenir d'entrée que c'est une situation inédite et dangereuse pour moi. Je suis avec deux hommes dans un lit. Pire, je suis avec deux loups dans un lit !

On ne se mélange pas...

OK... J'étais partie pour ne jamais déroger à cette règle, sauf que là, et alors que Perry dépose des baisers légers comme des plumes sur mon épaule, je trouve soudain cette loi vachement raciste. Les loups me paraissent désormais une espèce méconnue, qui mériterait que l'on prenne la peine de leur tendre la main. Rien dans l'attitude de Tyler ni dans celle de Perry ne suggère quoi que ce soit de dégradant, d'humiliant, ou de je ne sais quel adjectif en lien avec cette loi poussiéreuse et vindicative. Cependant, elle trotte dans ma tête et je me refuse à jeter vingt-huit ans d'éducation aux orties pour deux beaux blacks musclés, aux canines saillantes. *Quoique...*

— Vous faites partie de cette meute depuis quand ? demandé-je en passant mes doigts le long de la nuque de Tyler.

— Depuis notre naissance, me répond-il.

— Nous n'avons que quinze jours d'écart, Tyler et moi, remarque Perry.

— Donc, quoi ? Vous faites tout ensemble ?

Un silence passe. Perry soulève sa tête, et Tyler l'imite aussitôt. Je sens la fraîcheur atteindre mon épaule alors que leurs regards se confrontent.

— On a toujours tout fait ensemble, lance Perry, avant de se lover à nouveau contre moi.

— L'amour aussi ?

— Non, ça, pas toujours.

Je souris et passe ma main dans le dos de Tyler, tandis que Perry m'embrasse sous l'oreille.

— Et moi, où je me situe, dans tout ça ?

— Entre nous, réplique Perry d'une voix rauque contre mon cou.

Je glousse.

— Vous avez déjà fait ça ?

Ma question est pertinente. Ils savent évidemment de quoi je parle. Non pas que je manque d'expérience, mais merde, deux loups !

— Pas depuis longtemps…

— Depuis quand ? m'enquiers-je.

Tyler laisse échapper un rire. Perry l'imite.

— Nous avons vécu avec une femme, il y a de cela quelques années. Cela n'a pas duré.

— Pour quelles raisons ?

— Elle a été imprégnée et marquée par un loup d'une autre meute. On n'a pas pu lutter.

— Qu'est-ce que l'imprégnation ?

— En tant que louve, comment peux-tu ignorer cela ?

— Je n'ignore rien de l'imprégnation ! lâché-je, voulant rattraper ce qui pourrait être une bévue monumentale. Mais pour vous, les loups du Sud, peut-être que les choses sont différentes, je ne sais pas ?

— L'engagement. Un loup ou une louve imprégnée n'est plus disponible pour personne. Et si elle est marquée, c'est définitif.

— Marquée ? Mordue, tu veux dire ?

Tyler soulève sa tête, m'observe un instant et attrape mon visage en coupe, comme cherchant des réponses dans mon regard.

— C'est irréversible, lâche-t-il, et ni Perry ni moi ne le ferons. Désolé, ma belle.

De quoi il parle ? Je n'ai pas envie d'être marquée. Sa réaction m'interpelle. Que veut-il dire ?

— Épargne-toi cette peine, je n'ai aucune envie que tu me marques. Je suis encore jeune !

— La jeunesse n'a rien à voir dans l'histoire. L'amour, l'irrationnelle attirance d'un loup pour une louve, est réciproque et indélébile. Tu es sexy, Neeve, bordel, Perry pourra le confirmer, mais lui et moi ne te marquerons pas. Il faudrait que l'on soit imprégnés pour cela. Est-ce que ça te pose un problème qu'on ne le soit pas ?

Mais qu'est-ce qu'il raconte, merde !

— Euh, non, ça devrait aller.

— Tant mieux.

— Du moins, tant que mes amies vont bien et que vous ne les traitez pas comme des captives.

— Vous l'êtes forcément un peu.

— Pour quelles raisons ?

— Vous n'êtes pas des nôtres. Vous êtes étranges et avez une odeur singulière. Personnellement, ça m'attire, mais c'est… atypique. Dangereux…

— Dangereux ?

Perry remonte sa main sur mon ventre. Ses doigts tracent un cercle autour d'un de mes seins. Il accomplit ce geste avec une lenteur qui me liquéfie. Ses yeux contemplent ma poitrine comme s'il n'en avait jamais vu. Je devrais réaliser à quel point cette situation est déplacée. Pourtant, je me sens bien au milieu de ces deux colosses. Tyler fait remonter son bras le long de ma jambe, et rien ne me paraît plus normal que d'être allongée aux côtés des loups majestueux que sont Tyler et Perry. *J'ai fondu un plomb !*

— Comment se fait-il qu'aucun loup ne t'ait marquée dans le Nord ?

Je souris à cette question. Comment faire autrement ? Elle est posée avec tendresse, et il s'y mêle une curiosité que je devine affectueuse. Je sens ces choses-là. Je les ressens même d'une façon limpide chez Tyler et Perry. Ils veulent s'unir à moi. L'expérience et les attouchements charnels dans le bain me l'ont certes déjà révélé, mais la sincérité de cette question me le prouve tout à fait. Perry veut en savoir plus sur moi et ce n'est pas pour la meute. Il me veut pour lui et son cousin, et a besoin d'avoir des réponses. Pourquoi en suis-je certaine ? Je ne saurais le dire. Pourquoi ressens-je cette étrange émotion mêlée de répulsion et d'envie ? Parce que je suis une sorcière.

Ne pas se mélanger. C'est clair pourtant ! Je n'ai pas

fait l'amour avec Tyler et Perry. Chacun de nous a envie d'aller plus loin, je serais bien hypocrite si j'affirmais le contraire. Mais ce sont des loups. Des loups ! Des êtres du monde des ombres, qui chassent durant la pleine lune, qui vivent en meute, isolés, et pour lesquels je devrais éprouver du dégoût. Mais ce n'est pas le cas. Loin de là. Je sais désormais qu'Elinor va bien. Qu'on s'occupe d'elle. Je suis plus inquiète pour Sixtine. J'ai ressenti qu'elle était chamboulée par sa rencontre avec Robin. J'ai rarement vu ma meilleure amie si... bouleversée. Je crois qu'elle ne réalise pas elle-même ce qui lui arrive.

En revanche, ce que j'ai éprouvé quant à son comportement, tandis qu'elle défendait Robin bec et ongles devant un Alpha et sa meute – un homme-loup qu'elle n'avait jamais rencontré avant – est tout à fait inédit. Sixtine est la plus sage, la plus réfléchie de notre trio. Celle pour qui l'injustice est intolérable, celle pour qui *ça compte*. Nous ne sommes pas nombreux à prendre ces choses-là avec autant de cœur que Sixt. Elle vient pourtant d'une famille aisée. Les Shadow appartiennent à l'élite des sorciers. Issus d'une lignée vieille de plusieurs siècles, ils sont les maîtres de la sorcellerie dans l'ouest des États-Unis. Certes, les Moon se positionnent comme leurs égaux à l'échelle des plus puissants, puisque le père d'Elinor est le maître du coven de Caroline du Nord et lord Raven, l'oncle de Sixtine, celui de Virginie. L'emprise de ces deux familles sur les territoires les plus riches en magie est reconnue partout dans le monde. Et bien que les familles Shadow et Moon brillent toutes deux par les postes éminents occupés par leurs membres dans la hiérarchie établie, les Forest, ma famille à moi, ne sont pas en reste.

Notre dynastie aussi est ancienne, mais elle est plus discrète. Seule sa longévité à travers les siècles lui doit d'être une famille reconnue par la communauté. Nous n'avons rien d'extraordinaire, excepté notre amour pour la nature et notre aptitude à jouir des bénéfices qu'elle apporte. Une existence que je chéris à présent, alors qu'elle m'avait paru insipide quelques années auparavant. L'adolescence... Et la mienne fut à la fois longue et tardive. Je me souviens de cette époque, et de mon histoire avec Lennox...

— Il y a bien eu un loup, confié-je à Perry, tandis que mes doigts parcourent son crâne rasé, mais l'histoire ne s'est pas bien terminée.

Tyler relève la tête, fourre son nez dans mes cheveux et pose un baiser dans mon cou.

— Les loups du Nord sont fous.

— Nous devrions remercier les loups du Nord, suggère Perry.

Je pouffe.

— Les loups du Nord ne sont peut-être pas tombés sous mon charme, mais faut croire que les loups du Sud ont bon goût.

Les deux se mettent à rire et m'enlacent. *Bordel...* Je sais déjà que je vais succomber. En réalité, telle que je suis, peau contre peau, au milieu des deux Bêtas de la meute, je l'ai déjà fait. C'est à cet instant que je réalise que les lois des sorciers ont été gravées dans le marbre sans qu'on en connaisse les véritables raisons. Du moins, si, nous les savons. Elles sont même enseignées dès la première année à la Wiccard Academy. Les loups, les vampires et les sorciers se sont fait la guerre, il y a plus de deux cents ans.

Depuis, ces lois communes corsètent les relations entre les trois races magiques. Deux cents ans. Ça date, tout de même. Aujourd'hui, les loups n'ont pas l'air si différents des sorciers, si ce n'est par leur mode de vie. D'ailleurs, je souhaite en savoir plus à ce sujet.

— Vous avez été élevés dans cet endroit ?

— Dès notre naissance, répond Perry.

— Comment ça ?

— Une louve qui met au monde des louveteaux se doit de les guider, de les éduquer. L'apprentissage porte principalement sur la manière de se comporter dans la meute, l'histoire de notre communauté, mais aussi la chasse et tout ce qui a trait à notre part animale. Cela n'est-il pas ainsi, dans le Nord ?

Je mets un peu de temps à répondre avant de dire :

— Bien sûr que si.

Puis je pense à ma mère. Elle n'est pas louve, mais je la vois encore se promener avec moi dans la forêt. Je suis petite et je cours. Ma mère rit et chante. Nous sommes en communion avec la nature. Soudain, elle me manque. Mon humeur s'assombrit. Que doit-elle penser de ma disparition ? Et mon père ? Ce grand sorcier terré dans les bois, qui préfère la pêche aux réunions du coven...

— Elinor, Sixtine et toi, vous serez bien parmi nous, dit Tyler, me sortant soudainement de mes pensées.

— Pour le moment, rien ne peut me l'assurer, rétorqué-je.

Perry se redresse, Tyler aussi. Soudain, je me sens exposée. Nue devant eux, des loups que je ne connais pas, qui me toisent et me retiennent. Mais me retiennent-ils vraiment ?

— Ce que je veux dire, poursuis-je, c'est que je n'ai pas vu Elinor. Je ne sais pas ce qu'il est advenu de Sixtine, et vos corps somptueux sont en train de me faire dévier de mes objectifs.

— Et quels sont-ils ? Tes... objectifs ?

Me cacher. Comprendre pourquoi on veut nous tuer, mes amies et moi. En savoir plus sur les loups. Car oui, je veux en savoir plus. Même si notre accueil méritait plus de délicatesse, quelque chose dans cette caverne m'inspire confiance. L'envie de partager des moments avec Tyler et Perry. L'envie de connaître ce monde qu'on me dépeint comme hostile depuis mon enfance.

— J'ai faim. Premier objectif : manger.

Les lèvres de Tyler se retroussent. Perry s'esclaffe. Puis ils se lèvent et enfilent un pantalon et un tee-shirt. Je les imite avec les vêtements que le premier m'a apportés. Tyler se rapproche et me tend son bras. Perry en fait autant. Je secoue la tête et les attrape, et voici que je sors de la chambre des cousins pour investir les couloirs que j'ai arpentés un peu plus tôt en tant que louve. Je n'ai aucun mal à me rappeler les cuisines, et je comprends que Perry et Tyler en ont parfaitement conscience, puisque j'arrive dans la vaste pièce sans qu'on m'ait bandé les yeux. Devant le piano flambant neuf, où cette fois mijote une unique marmite, se tient le vieux monsieur que j'ai croisé lorsque je cherchais Elinor.

— Popeye, tu as quelque chose à servir à notre invitée ?

Le vieux loup se tourne et m'adresse un grand sourire.

— Une vraie rousse ! Je le savais.

Perry et Tyler s'installent à la grande table et, d'un geste de la main, Popeye m'invite à en faire autant.

— Il va te falloir prendre des forces si tu veux partager la couche de ces deux gamins, me lance-t-il.

— Hey ! s'insurge Perry. Commence pas à casser notre coup, Popeye !

— Laisse, Perry, il est vieux et jaloux.

Popeye frappe l'arrière de la tête de Tyler d'une tape amicale et s'esclaffe.

— La jalousie ? dit-il. Oui, ça doit être ça. Quand vous aurez mon âge, vous comprendrez, les enfants. Profitez bien en attendant.

Popeye me dresse une assiette et y verse une salade composée qui m'a tout l'air d'être délicieuse. Je me jette dessus, après avoir refusé la viande que le cuisinier me proposait. Je suis végétarienne, bien que curieusement, je ressens une envie presque irrépressible de planter mes crocs dans le steak qui vient de disparaître de sous mes yeux.

— Merci, c'est super bon !

— À ton service, ma toute belle.

Nous sommes interrompus par une troupe de loups, dont Jake, qui marque un temps d'arrêt quand il me voit à table avec les cousins. Une femme athlétique, aux longs cheveux châtains, lui prend la main, tandis qu'il analyse la situation.

— Moi, c'est Macha, la compagne de Jake.

— Salut. Moi, c'est Neeve.

Je lui adresse un sourire. L'air bienveillant sur son visage me rassure.

— Vous allez vraiment vivre avec elle ? demande Jake en haussant un sourcil.

Tyler et Perry se calent en même temps sur le dos de leurs chaises et l'observent. Un silence pesant s'éternise, alors je me fais un devoir de répondre à leur place, puisqu'après tout, je suis la première concernée.

— On apprend à se connaître, affirmé-je. Rien n'est gravé dans le marbre, n'est-ce pas ?

Un petit rire aigu s'échappe de ma bouche, sans que je puisse le retenir.

— Voilà, tu sais tout, Jake, déclare Perry. On apprend à se connaître.

Jake plisse les yeux, nous observe tous les trois, puis s'esclaffe avant d'aller saluer Popeye.

— C'est quoi, ici ? m'enquiers-je. Votre cantine ?

— Ouais.

Mon regard parcourt la vaste salle. La roche imparfaite des murs, le plan de travail, les appareils électroménagers, et la grande table où je suis installée. L'endroit est atypique. Des loups viennent et repartent après avoir mangé un morceau. Ils ne traînent pas longtemps, et Popeye observe tout et tout le monde d'un œil affûté.

— Je suis encore bon pour demander à Jake d'aller en ville faire des courses.

J'éclate de rire. Les fronts de mes hôtes se plissent face à mon hilarité. Faut dire que je vois mal Tyler et Perry pousser un chariot dans les rayons. Je me reprends et demande :

— Vous allez à Fallen Creek faire vos courses ?

— Eh bien, oui, c'est le plus près d'ici.

Je comprends alors que j'ai sans doute déjà croisé des

loups sans le savoir. Je me risque à explorer un peu le sujet.

— Mais… n'est-ce pas le fief des sorciers de Caroline du Nord ? J'ai entendu dire qu'ils y sont nombreux.

— Oui, c'est le cas, répond Popeye d'un air énigmatique. Les plus anciennes familles de sorciers y vivent.

— Vous les connaissez ?

— De nom, seulement. On ne se mélange pas, tu le sais, Neeve. N'est-ce pas ?

— Oui, bien sûr. Je voulais simplement être certaine que c'était pareil dans le Sud.

— C'est pareil partout dans le monde ! lâche Perry. Ta mère ne t'a pas appris ça ?

— Si… mais je n'ai pas beaucoup voyagé.

— Je te déconseille de le faire en dehors de nos territoires. Les sorciers sont abjects.

— Des créatures répugnantes, achève Tyler.

Je tente de contenir l'effet que ces mots provoquent en moi. Le sang a quitté mon visage.

— Les sorciers sont ce qu'ils sont, les tempère Popeye. Il ne faut pas les approcher. Les Moon et les Shadow se feraient un plaisir de vous transformer en chèvres à la première occasion. C'est pour cette raison que nous restons discrets quand il s'agit de nous approvisionner. Trois loups. Plus, et nous serions repérés et exposés.

Quand j'entends les noms de famille d'Elinor et Sixtine, je suis à deux doigts de suffoquer.

— Les sorciers n'ont jamais été de véritables dangers jusque-là, m'explique Perry, après avoir terminé son assiette, contrairement à ces putains de vampires.

— Les vampires vous posent des problèmes ?

— Les vampires posent toujours des problèmes.

— Comment ça ?

— Ils tuent. Et comme les environs de Fallen Creek sont protégés par la magie des sorciers, les vampires du coin ont tendance à visiter la forêt durant les nuits de pleine lune. Nous comptons chaque fois des disparitions.

— Ils tuent des loups ?

— En tout cas, nous pensons que c'est eux. Des femelles, à chaque fois. Mais ce que nous ne comprenons pas, c'est comment ils nous trouvent. Peu de temps avant votre arrivée, nous avons cru que c'était à cause de la meute de Virginie. Karl a ordonné de capturer deux loups et un éclaireur de cette meute pour en avoir le cœur net. Ils avaient tendance à oublier les frontières de leur territoire. Mais on a fait chou blanc, et avant d'avoir pu pousser les interrogatoires, Robin a fait le con et les a libérés.

— C'est pour ça qu'il a failli être condamné à l'exil ?

— Ouais. C'est la sentence pour trahison.

— Qui s'est commué en lynchage, remarqué-je en pinçant les lèvres.

— Ce que Robin préfère, crois-moi. Ta copine Sixtine a donné à Karl une occasion en or de modérer le verdict, sans passer pour un faible auprès de la meute. Ce qui l'a soulagé. C'est son frère, après tout. Robin a beau être un Oméga, Karl y tient.

— Mais les responsabilités d'un Alpha doivent passer avant les considérations familiales, affirme Tyler. Elles le doivent, pour le bien de la meute.

J'ai l'impression que le sujet est sensible. Aussi, je décide d'en changer rapidement.

— S'occupe-t-il bien d'Elinor ?

Tyler et Perry échangent un sourire que je ne comprends pas, mais tous deux hochent la tête, rassurants. Je les imite et me lève. Mes mains se dressent devant chacun d'eux. Il ne leur faut pas longtemps pour comprendre que ce geste est une invitation. L'invitation silencieuse d'une sorcière tombée sous le charme de deux loups.

CHAPITRE 16

LENNOX

*J*e ne me rappelle plus à quand remonte notre dernier coven. Si mes souvenirs sont bons, cela fait plus de trois ans. C'était à l'occasion de ma nomination en tant qu'Amnistral du clan des sorciers de Caroline du Nord. Je me souviens de cette date et de ce qu'elle représente à mes yeux. De ce jour où Charles Baltus m'a transmis ses pouvoirs : celui d'avoir la capacité de provoquer l'oubli, et de me téléporter où bon me semble, par un portail, par la voix des airs ou par projection astrale.

Le respect que l'on me voue, depuis que j'ai été élu à cette fonction, me rappelle le temps où je n'osais espérer un tel destin. Un temps où Neeve faisait partie de ma vie. Je n'avais aucune ambition à cette époque, seuls m'importaient les jours que je passais avec celle que je croyais être la femme de ma vie. C'était avant cette nuit-là. Cette fameuse nuit. Et me voici maintenant à tenter de lui sauver l'existence en sachant que chaque parole prononcée lors de ce coven sera déterminante pour son avenir. Pas seulement pour celui de Neeve, d'Elinor et de Sixtine, d'ailleurs. Mais pour celui des sorciers. Je le ressens au plus profond de mes tripes, chaque matin depuis ce fameux jour où Neeve m'a appelé pour que je fasse oublier l'attaque du sorcier qui a attenté à sa vie. *Il est derrière tout ça, j'en suis presque certain. Mais comment le prouver...*

— Ma fille n'est pas de celles qui ne préviennent pas ses parents si elle doit s'absenter plus de quelques jours ! beugle Paul Shadow, le père de Sixtine.

L'inquiétude que je lis dans son attitude emportée se devine sur ses traits tirés. Son épouse, Lydia, n'a pas l'air d'avoir dormi depuis des siècles.

— Elinor ne serait pas partie sans nous prévenir, non plus, assène Remus Moon, le Witchcraft de notre communauté et père d'Elinor.

Ce dernier se tient, droit, à mes côtés, de façon à faire valoir son statut de chef des sorciers auprès de nos semblables. Je suppute qu'il réalise qu'il ne va pas être évident pour lui d'asseoir sa position à ce coven réuni dans l'urgence. Il est manifeste qu'il aurait été plus aisé d'imposer ses vues s'il avait daigné nous réunir plus souvent. Mais depuis quelques années, Remus Moon ne s'implique plus autant dans la communauté des sorciers de Caroline du Nord. Cela a commencé à lui valoir la défiance de quelques-uns des nôtres, et à en croire le regard de Paul Shadow, il est aisé de deviner que le mal est déjà fait.

— Je ne dis pas que Neeve nous aurait avertis, lance Josephine Forest, mais que les trois disparaissent en même temps, cela n'est pas une coïncidence.

— Tu es le dernier à l'avoir vue, Lennox, que t'a-t-elle

dit ? demande lord Raven, le frère de Paul Shadow, oncle de Sixtine et Witchcraft du coven de Virginie. S'agissait-il de vampires ? De loups ?

Mes yeux se détournent vers lui. J'ai évidemment déjà songé à ce que je pourrais avouer lors de ce coven, mais je ne suis pas prêt à mettre la vie des filles en danger en confiant trop de détails aux miens.

— C'étaient des sorciers, lâché-je sans ambages.

— Des sorciers ?!

L'effarement traverse l'assemblée. Je scrute l'attitude de mes semblables avec attention.

— Comment le sais-tu ? s'enquiert Derreck Forest, dont la chevelure longue et rousse n'est pas sans rappeler celle de sa fille.

Son épouse, Josephine, une brune aux cheveux courts et aux yeux d'un vert glacé, se lève.

— Si un sorcier est à l'origine de cette perfidie, les vieilles traditions vont devoir refaire surface parmi nous. Je ne laisserai pas un tel acte impuni !

La mère de Neeve est une femme au tempérament bien trempée, qui ne sort que très rarement de sa maison perdue au milieu des bois. Elle est considérée comme une guérisseuse dans la communauté. Guérisseuse du cœur et de l'esprit. C'est une personne à qui beaucoup rendent visite pour lui confier leurs problèmes. Une psy pour sorciers, si on peut dire. Généreuse, elle conseille les nôtres et s'occupe d'eux avec ses mots. Mais mettez en danger sa fille, et cette femme se transforme en une lionne que personne n'aurait envie d'avoir sur le dos.

— Je ne sais pas ce que vous entendez par vieilles

traditions, Josephine, mais ce que j'ai vu semble indiquer qu'il s'agit d'un groupe isolé de sorciers.

— Pourquoi s'en prendre à nos filles, alors ?

— Il semble qu'elles aient été témoins d'un crime.

— Un crime ?!

Je marque une pause devant la surprise des membres du coven.

— J'ai retracé ce qu'avaient fait vos filles la veille de leur disparition. Elles sont allées à la police pour enregistrer une déposition. Une femme s'est jetée d'une fenêtre à l'angle de la rue piétonne de Willsborough, à Fallen Creek. Le corps s'est écrasé juste devant elles.

— Quel est le rapport entre ce suicide et leur disparition ?

— J'ai creusé la question en enquêtant sur la victime de cette chute spectaculaire, continué-je, et il s'agit d'une sorcière. C'est l'une de vos cousines éloignées, monsieur Shadow. Fausta Summers, la connaissiez-vous ?

— En effet, rétorque Paul Shadow, ahuri. J'ai appris sa mort, mais je ne savais pas que Sixtine en avait été témoin !

— Elle n'aura pas eu le temps de vous en parler, je suppose. C'est pour cette raison que j'ai demandé au Witchcraft Moon de réunir le coven. Je pense que Sixtine, Elinor et Neeve n'ont pas été enlevées, mais qu'elles se cachent.

— J'ai tenté tous les sorts de localisation, cela ne donne rien, annonce le père de Neeve.

— Peu de choses peuvent bloquer des sorts de localisation, commente Remus Moon.

C'est on ne peut plus vrai, mais mon esprit de déduction me permet soudain de réussir là où ces familles éplorées ont échoué.

Le coven se termine deux heures plus tard. Rien n'est finalement décidé. Tout le monde compte sur moi pour retrouver les filles et les coupables de leurs agressions. Qu'ils me confient ce rôle m'arrange. J'ai hâte que la réunion s'achève depuis le moment où le Witchcraft a prononcé les mots : *« Peu de choses peuvent bloquer des sorts de localisation. »* À ce moment-là, j'ai compris où elles se trouvent. Si ma supposition est exacte, elles ont eu une idée de génie ! J'ai déjà jeté de nombreux sorts pour les localiser, mais aucun n'a abouti. La solution qui vient de m'apparaître, simple et lumineuse, bien que terriblement dangereuse, me paraît alors la plus probable.

Je passe un manteau à col haut, car la nuit est fraîche dans les bois. Puis j'invoque la magie et ma projection astrale disparaît dans un souffle. Devant la caverne du clan Greystorm, je ne décèle pas de protections. Je sais alors que je pourrai me dissimuler à ma guise dans le sanctuaire des loups. Je me lance en arpentant les couloirs, invoquant un sort qui me permet de retracer la magie. Une magie que je connais depuis de très nombreuses années. La magie de Neeve. Le sort que je lance crée une sombre nébuleuse, un phénomène que je suis seul à voir. La trace de Neeve est encore récente. Invisible aux yeux des habitants de cet endroit, je me faufile dans un dédale de couloirs jusqu'à une porte entrouverte. Je la pousse légèrement de manière à pouvoir me glisser à l'intérieur de la pièce. Je me cale dans un coin, dos à Neeve qui se tient au milieu de la pièce, et face à deux grands hommes très près d'elle. *Trop* près d'elle. L'un dévoile ses crocs, comme pour la mordre. Je n'ai pas le temps de comprendre ce qu'il se passe que ces canines se rétractent et que l'homme dépose un baiser au creux de sa nuque. Sa langue parcourt sa peau jusqu'à l'oreille. J'entends un soupir de Neeve tandis que l'autre s'empare de ses lèvres et l'embrasse. Ma respiration se fait plus rapide. Mes yeux se plissent. Je guette la porte par laquelle je suis entré et m'apprête à rebrousser chemin quand Karl Greystorm, l'Alpha du clan, que je connais du fait de ma fonction d'Amnistral, entre subitement. Je fais un pas en arrière et me glisse derrière la porte.

— Je suis venu te donner des nouvelles de tes amies, dit-il, visiblement à l'attention de Neeve.

Il ne paraît nullement gêner de l'instant intime qu'il vient d'interrompre. Les loups et leur absence de pudeur…

— Comment vont-elles ?

— Elinor semble se remettre, mais a encore besoin de beaucoup de repos. Et Sixtine restera dans sa cellule.

— Mais, pourquoi ?! s'étonne Neeve, effarée.

— Je n'ai aucune raison de l'accueillir dans la meute. Elle s'est dressée face à moi en défendant mon frère et n'a pas fait la moindre tentative pour s'intégrer. Je vais lui faire installer un lit et elle aura des vêtements confortables. Mais pas question qu'elle sorte !

— Tu ne peux pas la laisser enfermée comme ça, la défend Neeve, encore ahurie par cette nouvelle. Elle n'a rien fait de mal !

— Elle a défendu un traître devant une meute de loups et s'est opposée à la décision d'un Alpha. Ma décision est prise, et tu ferais mieux de t'y conformer si tu ne veux pas la rejoindre.

Puis il claque la porte, laissant Neeve plantée en plein milieu de la vaste chambre occupée par deux grands lits.

— Il ne va pas la libérer, n'est-ce pas ?

— Elle lui a donné l'occasion d'assouplir la peine de Robin sans passer pour un faible, lance un des deux hommes, alors il ne tardera pas à lui rendre sa liberté, j'en suis presque certain.

Après ces mots, les bras de l'homme se lovent autour du corps de Neeve. Elle le laisse faire, et moi j'observe cela avec dégoût. Un loup… deux loups, même…

— Pourriez-vous intervenir en sa faveur ? demande Neeve.

— On le fera.

— Maintenant, je veux dire.

— Tout ira bien pour elle, je te l'ai dit. Ne t'en fais pas, il ne la gardera pas longtemps enfermée.

— Plus tôt elle sera libre, mieux ce sera. S'il vous plaît. Je vous attendrai dans le bassin.

La supplique de Neeve est accueillie avec des sourires. Les deux loups lui mangent dans la main. Le comprendre m'irrite, et je réprime un soupir.

Ils sortent une minute plus tard, laissant Neeve seule. Ses yeux se lèvent en direction d'une pièce adjacente. Elle s'en approche et y entre. Je ne l'ai plus en ligne de mire. Je bouge et passe le seuil qu'elle vient de traverser. De la buée floute ma vision.

— Espèce de sale voyeur !

Je sursaute en entendant la voix de Neeve derrière mon oreille. Je me retourne et lui fais face. Je matérialise ma projection et la découvre très proche de moi, alors je recule d'un pas.

— Que fais-tu ici, Lennox ?

— Je suis venu voir comment vous allez toutes les trois. Le coven s'est réuni au sujet de votre disparition.

— Nos parents vont bien ?

— Oui, mais ils sont inquiets.

— Quelqu'un sait qui veut nous tuer ?

Je secoue la tête en signe de dénégation. Elle est déçue.

— Dans trois semaines, on sera de nouveau exposées, me dit-elle.

Je devine quel sort elles ont invoqué pour intégrer la meute. Son effet disparaîtra à jamais après la prochaine pleine lune.

— Venir ici était une brillante idée, lancé-je. Cela laissera le temps au coven de diligenter une enquête. D'ailleurs, elle a déjà commencé.

— Comment ça ?

— La femme qui s'est tuée devant vous était une sorcière. Elle était de la branche des Shadow. On part du principe que ce n'est pas un suicide et plutôt un meurtre. Par conséquent, vous êtes en danger. Il faut que l'on comprenne qui était vraiment cette femme pour en savoir plus.

— Tu t'en charges ? demande Neeve.

— Entre autres.

— Merci, murmure-t-elle, la voix plus douce.

Son regard se baisse sur le sol. Elle porte une chemise de nuit blanche. Je devine ses mamelons sous le tissu fin. Ses cheveux roux cascadent sur ses épaules. Elle est belle.

Je l'ai toujours trouvée belle. Comme si elle lisait dans mes pensées, ses yeux se relèvent et s'ancrent dans les miens. Le silence s'éternise. Puis elle me contourne et plonge ses pieds dans le bassin. Son vêtement lui colle à la peau quand elle immerge le haut de son corps. Sa peau laiteuse se devine par transparence. Je me force à ramener mon regard sur son visage.

— Va-t'en, Lenny.

— Neeve…

— Reviens quand tu auras du neuf. Pas avant.

— Neeve… ce sont des loups. Nos lois sont…

— Bonne soirée, Lennox, assène-t-elle sans me quitter des yeux.

Je serre la mâchoire et les poings. Quand je disparais, les deux hommes sont sur le point de la rejoindre. Une boule se forme dans ma gorge et je ne suis pas mécontent de fuir cet endroit.

CHAPITRE 17

ELINOR

À nouveau, je sors de ma torpeur. Combien de fois déjà me suis-je réveillée dans cette chambre ?

Dans le délire qui était le mien, je me souviens avoir vu des inconnus, une femme, jeune et jolie, les traits aimables. Un homme aussi, qui m'auscultait. Et puis... Karl, l'Alpha de la meute. À cette seule pensée, un trouble étrange, comme une flamme fragile, s'allume dans ma poitrine et me libère de mes dernières tensions. Mais je refuse de penser à cela. Pour le moment, mon esprit est à peu près clair, et je sens un regain de force parcourir mes membres courbatus.

J'ai un mystère à résoudre. Une urgence à laquelle répondre. Où sont mes amies ? Où est Neeve ? Où est Sixtine ? C'est moi qui les ai entraînées dans cette histoire délirante, et si jamais il leur est arrivé quelque chose de grave, je ne me le pardonnerai pas.

En hâte, je m'extirpe de l'immense lit sur lequel je gis depuis... quand ? Je ne pourrais même pas le dire.

J'aperçois sur une chaise non loin de moi un petit tas de vêtements bien pliés. J'imagine qu'ils me sont destinés. À qui d'autre, sinon ? Je m'empresse de les étaler sur les draps défaits. Parfait, un jean, un tee-shirt blanc, des dessous simples et confortables, des baskets blanches, tout ce que j'aime.

Mais avant de m'habiller... Oui, il y a bien une salle de bain attenante à ma chambre-prison. Je m'y précipite, fais couler de l'eau brûlante, me glisse dans la luxueuse douche à l'italienne ornée de petits carreaux dans des tons dorés, et gémis de bonheur. Je n'ai pas beaucoup de souvenirs des dernières heures – ou des derniers jours, d'ailleurs –, mais là, tout de suite, je me sens mieux que jamais. Mon corps est las, certes, mais m'être purgée de tous les produits qui obscurcissaient mon esprit et empoisonnaient mon corps est sûrement la meilleure chose qui me soit arrivée depuis bien longtemps.

Malgré tout, je ne m'offre pas le luxe de trop longues ablutions. Je sors rapidement, enfile les vêtements trouvés un peu plus tôt. Devant la porte de la chambre, j'hésite. Je suis à peu près certaine qu'elle est fermée et que je suis prisonnière. Karl n'avait pas l'air de me vouloir du mal, mais il ne m'a pas semblé du genre conciliant.

En prenant une grande inspiration, je pose ma main sur la poignée et actionne la clenche. Mes yeux s'arrondissent de surprise, et mon cœur se met à danser la sarabande. La porte s'ouvre ! Je vais pouvoir sortir d'ici !

Je me glisse à l'extérieur en étouffant un gloussement presque hystérique. Je sais bien que je devrais être un peu plus sur mes gardes, mais un vent d'excitation m'emporte. Si on y réfléchit bien, je vis une situation inédite : je suis une sorcière déguisée en louve, se dissimulant au sein d'une meute au chef réputé impitoyable. Et je vais pouvoir explorer les coins et les recoins de leur tanière, observer leur mode de vie... Je me souviens soudain que j'étais passionnée par les loups, durant mon enfance. Mais mon enthousiasme avait vite été douché par l'effroi de mes proches. *On ne se mélange pas*, la loi première et absolue... Qui sait, j'aurais pu être une sorte d'ambassadrice, plutôt qu'une enseignante en burn-out...

Je chasse ces pensées tandis que je marche d'un pas rapide dans les couloirs sans fenêtres de la tanière des Greystorm. Les murs défilent autour de moi, mes pas résonnent sur le parquet sombre et brillant. Je ne croise personne. C'est impressionnant, l'endroit a l'air immense, un vrai labyrinthe.

Finalement, une odeur divine vient titiller mes narines et mon estomac crie famine. Depuis quand n'ai-je pas fait un vrai repas ? Je veux dire, un repas qui ne soit pas uniquement composé de Xanax et de cocktails fortement alcoolisés...

Je décide de suivre les effluves de nourriture et me laisse guider dans le dédale de couloirs. Des éclats de voix – de rire ? – les accompagnent, et je ralentis. Merde, est-ce que j'avais vraiment le droit de sortir de ma chambre ? Et si ces loups me sautaient à la gorge en me voyant débouler dans leur cuisine ? Il paraît qu'ils n'aiment pas qu'on leur dispute leur repas...

Mais j'en ai assez de me laisser impressionner, d'avoir peur de mon ombre, sans cesse, et de me réfugier dans le brouillard. Il est temps que cela cesse, et je compte bien profiter de mon sevrage brutal et inattendu pour régler le maximum de problèmes.

Quand je pousse la porte de la pièce, je reste sans voix. La cuisine est immense, tout son centre est occupé par une majestueuse table de bois massif, et un impressionnant piano de chef cuisinier trône contre le mur en face de moi. Juste devant se trouve un vieux loup aux cheveux blancs et au large sourire. D'ailleurs, heureusement que mes yeux se posent sur son expression bienveillante, parce que les autres personnes présentes dans la pièce font aussitôt silence. *Putain, je suis repérée, je crois...*

Je me sens rougir violemment, et toutes mes belles résolutions, aussi fragiles que du cristal, volent en éclats. Je vais pour rebrousser chemin, quand une poigne résolue m'attrape par le bras.

— Ne bouge pas d'ici, gronde une voix grave et profonde que je reconnais sur le champ.

Karl Greystorm. L'Alpha, le chef de cette meute, le loup qui s'est apparemment lié à moi, sans que je parvienne encore à comprendre comment une telle chose a pu arriver.

Je me retourne et lève les yeux vers lui, comme pour me raccrocher à la seule chose tangible dans cet univers inconnu. Mais il détourne la tête, comme incapable de supporter le poids de mon regard.

— Voilà donc l'une de nos nouvelles protégées, se réjouit l'homme souriant que j'ai aperçu en entrant.

Vêtu d'un tablier maculé de taches diverses, il se dirige vers moi et me tend son coude pour me saluer. En effet, ses mains sont couvertes de pâte à pain.

— Bonjour, jeune fille. Je suis Popeye, le cuistot de

cette meute. Excuse ma tenue, mais il faut bien nourrir tout ce petit monde. Allez, viens t'asseoir, je vais te servir quelque chose qui va te remonter.

Sans me laisser vraiment le choix, il passe derrière moi et me pousse vers la table. Comme par magie, une place se libère. Il n'y a pas beaucoup de candidats pour s'installer à côté de moi. Étrange, n'est-ce pas ?

Je m'assois avec docilité, avant de relever brutalement la tête en sentant le contact d'une cuisse contre la mienne. Karl s'est installé tout contre moi, les yeux rivés dans les tréfonds de sa tasse de café. Protecteur, mais pas à l'aise non plus.

— Je suis heureux de voir que tu vas mieux, me souffle-t-il tout de même.

— Oui…

Et je suis censée dire quoi de plus, en fait ? On ne se connaît pas, même s'il croit que nous sommes liés à jamais… Intérieurement, je gémis : je viens de m'imaginer toute une vie en compagnie d'un type qui n'aurait aucune conversation. Si c'est le cas de Karl Greystorm, achevez-moi tout de suite, par pitié !

Il se racle la gorge, avant de passer une main crispée dans ses cheveux. Super, il est aussi gêné que moi. On n'est pas sortis des ronces.

— Hey ! Salut, je me suis occupée de toi quand tu étais inconsciente, je suis…

— Macha.

Oh. Mon. Dieu. J'ai dit tout haut ce prénom improbable. La situation pouvait-elle devenir plus gênante qu'elle ne l'était déjà ? Apparemment, oui. Rien ne me sera épargné.

Face à moi, je découvre le visage aimable et doux d'une jeune fille aux longues boucles châtaines. Elle me contemple de ses grands yeux noirs, et je ne peux m'empêcher de la trouver sympathique. Est-ce que ça existe, le syndrome de Stockholm envers une personne qui vous a mise à poil, hein ? Peut-être pas. Mais alors, je suis à peu près certaine que ça doit porter un nom, et que c'est une terrible perversion.

— Je... euh... Merci.

Elle me renvoie un immense sourire, qu'aucune gêne ne vient obscurcir. Finalement, les loups ne sont peut-être pas pudiques, à force de se transformer et de se retrouver à courir les fesses à l'air en pleine forêt... Mon attention se déporte malgré moi vers mon voisin, et je rougis. Je crois que ce n'est pas du tout une bonne idée de l'imaginer gambader tout nu entre des arbres centenaires.

— De rien, me rappelle à l'ordre la jeune louve. C'était un plaisir de rendre service. Si tu as besoin de quelqu'un pour te faire visiter les lieux, n'hésite pas, je suis à ta disposi...

Karl grogne. Enfin, je veux dire, littéralement. Il grogne en retroussant les lèvres et en découvrant ses dents. C'est terrifiant. Et peut-être un tout petit peu excitant.

— Elinor n'est pas autorisée à jouer la touriste. Nous ne savons toujours pas le fin mot de cette affaire.

Ahem. Oui. C'est vrai que nous en sommes toujours là. Pourtant, je n'aurais pas refusé un petit tour dans le quartier. Histoire de retrouver mes amies et de repérer les issues.

Je soupire, légèrement dépitée.

— Écoute, Karl. Je t'ai dit tout ce que je pouvais te

dire. Et je te jure sur la tête de mes amies que nous ne sommes pas là pour vous nuire.

Mais peut-être qu'en venant nous réfugier chez vous, on va vous entraîner dans nos ennuis. Évidemment, je me mords la langue très fort pour ne pas prononcer ces dernières paroles.

— Je n'ai pas pour habitude de faire confiance à des inconnus.

— J'ai cru comprendre que je n'étais pas n'importe quelle inconnue, ne puis-je m'empêcher de lui répondre sur un ton acerbe.

Une seconde, j'ai la sensation qu'il est prêt à me sauter à la gorge. La lueur dangereuse qui danse dans son regard doré me fait reculer, et je me heurte à un corps aux muscles durs comme de l'acier. De surprise, je me retourne et découvre l'un des deux types qui m'ont traînée quelques jours plus tôt hors de ma geôle. Juste à côté de lui se trouve son presque clone. Dingue comme ces deux types peuvent se ressembler.

— Qu'est-ce que vous voulez ? grogne Karl.

Décidément, c'est une manie. Personne ne lui a appris à s'exprimer avec courtoisie ?

— On vient… euh… de la part de la louve du Nord.

L'Alpha ne peut s'empêcher de sourire avec ironie.

— La louve du Nord… Parce que vous croyez vraiment à cette histoire, les gars ?

— Pas vraiment, mais en attendant…

Leur chef hoche la tête, à présent attentif. Est-ce que je ne devrais pas profiter de ce moment pour m'éclipser discrètement ? Loupé, Karl attrape mon bras et ne semble pas décidé à me lâcher, comme s'il avait deviné mon intention.

— Neeve veut que...

— Neeve ? je m'exclame aussitôt. Comment va-t-elle ? Où est-elle ? Je veux la voir, tout de suite !

La poigne de Karl se resserre un peu plus sur mon bras, et je grimace en tentant de me dégager. Mais il me tire à lui et son regard furieux me tétanise. Mince, je croyais que notre *lien* le rendrait doux comme un agneau, mais il n'a pas l'air d'apprécier notre proximité imposée.

— Tais-toi. On en discutera plus tard. Je t'avais prévenue, c'est donnant-donnant.

Il reporte son attention sur le colosse qui nous fait face.

— Que veut-elle ?

— Elle veut que son amie, Sixtine, soit libérée, et...

— C'est non.

Je jette un regard horrifié à Karl Greystorm. Comment ça, c'est non ? Et comment ça, Sixtine est encore en prison ? Mais ça ne va pas du tout !

D'un mouvement sec, je me dégage de sa poigne en acier trempé. Oui, j'ai fait quelques années de self-defense, et ça peut s'avérer utile en toutes circonstances. Même contre un Alpha de mauvais poil.

— Sixtine DOIT sortir de prison.

— Non. Elle m'a défié publiquement et il est hors de question que je passe l'éponge aussi facilement sur son affront.

— Oh ! Un petit problème d'ego, donc ?

Dans mon dos, je sens les deux hommes de main de Karl retenir leur respiration. Mais tant pis, je suis allée trop loin pour m'arrêter en si bon chemin. Mon *lié* a peut-être tout pouvoir sur sa meute… mais je ne suis pas de sa meute. Neeve et Sixtine non plus.

— Elinor… gronde-t-il, visiblement à bout de nerfs.

— Je trouve que tu as un drôle de sens de l'hospitalité, tout de même. Tes loups trouvent trois de vos semblables dans les bois, et tu donnes l'ordre de les jeter dans une cellule insalubre. Tu t'en octroies une, tu donnes la seconde à tes sbires, et tu laisses croupir la troisième. Bravo. Vraiment, on ne pouvait s'attendre à meilleur accueil…

Karl me foudroie du regard. Je le sens déchiré entre l'envie de me punir pour mon impertinence et… autre chose, que je ne parviens pas à définir. Quelque chose qui allume un brasier dans mon ventre et me donne la chair de poule.

Mais il se reprend, détourne son regard de moi. Étrangement, je me sens comme abandonnée, et les larmes me montent aux yeux. Ce doit être les effets de mon sevrage brutal, je ne suis pas aussi impressionnable, en temps normal. Enfin, si, mais je n'ai plus l'habitude d'affronter mes émotions depuis bien trop longtemps.

— Ramenez Elinor dans sa chambre. Et fermez cette putain de porte à clef.

Les mots, froids et durs, tombent de la bouche de Karl et me heurtent comme s'il me frappait. Hébétée, je laisse les deux colosses me pousser vers la sortie.

CHAPITRE 18

SIXTINE

Que c'est long ! Même les audiences les plus ennuyeuses ne m'ont jamais paru durer autant ! Et bien que ce lit qui remplace mon ancienne couchette soit un peu moins dur, il reste aussi inconfortable que les bancs de bois spartiates de la Cour de justice.

Les filles s'ennuient-elles aussi ? Pourquoi avons-nous été séparées ? D'abord Eli puis Neeve... Est-ce une tentative pour nous déstabiliser ? Vivent-elles un calvaire plus insoutenable encore ? Sont-elles suppliciées ? Abusées peut-être ?

Ça suffit, Sixt ! Cesse d'extrapoler, si ça se trouve, elles vont bien...

Elles vont bien...

Elles vont bien.

Elles vont... bien.

Incapable de rester statique, je saute du lit et piétine dans ma minuscule cellule de quatre mètres carrés. Ça a au moins le mérite de me réchauffer, on se gèle dans cette cave !

Un tour. Deux tours. Trois tours.

Les pierres érodées et suintantes pour seul spectacle.

Au moins, ces nouvelles fringues ne sentent plus le moisi, mais les plantes fraîches. J'imagine qu'ils sont écolos, ces loups, puisqu'ils vivent au cœur de la forêt et que leur lessive est a priori constituée de lierre et de plantes en tout genre. On a au moins ça en commun. Juste ça, en fait.

Quatre tours. Cinq tours.

— Ouvrez la porte, s'il vous plaît.

Cette voix, rauque et chaude, je la reconnais ! C'est la seule chose que j'ai trouvée d'à peu près amical et réconfortant dans cette maudite tanière : Robin ! Qu'est-ce qu'il vient faire ici ? N'a-t-il pas retrouvé sa place à la cour de son frère ?

La porte grince atrocement et me fait vriller les tympans. Quelques gouttes d'huile ne seraient pas du luxe. Mais il n'y a jamais personne pour s'occuper de ce genre de choses.

— Bonjour, Sixtine, me salue Robin en s'accroupissant avec difficulté devant ma cellule.

Son visage est tavelé de marques jaunes et bleues, vestiges des violents coups qui lui ont été portés la veille. C'est à la fois impressionnant et rassurant : s'il semble souffrir, ces blessures donnent néanmoins l'impression d'être déjà à un stade de guérison avancé. D'ici peu, elles seront totalement résorbées. Mais même dans cet état, je le trouve captivant. Mon cœur tambourine entre mes côtes, mes jambes flageolent face à son regard vert incandescent.

L'émotion qui me traverse la poitrine attise le feu à mes joues.

— Euh... salut, balbutié-je. Qu'est-ce que tu viens faire ici ?

— Ma présence te dérange ? ironise-t-il.

— Non, non ! Pas du tout !

Je me sens si seule que n'importe quelle visite suffirait à combler ce vide qui m'habite. Alors, la sienne est inespérée ! D'habitude, enfin quand je ne suis pas prisonnière d'une meute de loups sauvages, je baigne dans une foule d'anonymes ou alors je suis accompagnée de Neeve et d'Eli ; je n'ai pas l'habitude de la solitude. Me trouver en tête à tête avec le seul loup fréquentable du coin, c'est une aubaine, même si elle n'est que temporaire.

— Est-ce que ça va ? demandé-je en désignant ses plaies.

Il acquiesce, un large sourire sur son visage tuméfié.

— Merci, se contente-t-il de répondre.

— Merci pour quoi ? C'est toi qui me rends visite.

— Pour ton intervention salvatrice.

— Je n'ai fait que défendre ce qui me paraissait juste. Enfin, m'opposer à ce qui me paraissait injuste, plutôt.

— Tu as fait plus que ça. Tu as permis à Karl de m'aider sans perdre la face devant la meute.

— T'aider ? Toutes ces... violences t'ont aidé ?

— Elles m'ont épargné une vie de loup solitaire.

Est-ce qu'il croit vraiment à ce qu'il dit ? Ce Karl est prêt à occulter leur lien pour préserver son statut d'Alpha et lui, Robin, pense naïvement que son frère vient de le sauver ?

— Il n'aurait jamais dû songer à t'infliger une telle peine. Tu es de son sang !

— Ce n'est pas ainsi que cela fonctionne, tu le sais. Il est lui-même prisonnier de sa condition, soumis à une forme de protocole à la rigidité extrême. Ce que la meute veut, il se doit de le lui offrir, même s'il en souffre à titre personnel.

Ça n'a aucun sens ! Qui accepterait de sacrifier ses proches et de se soumettre à une règle aussi absurde ? Même dans notre coven, nous ne sommes pas aussi butés, bien qu'il arrive que la logique de certaines décisions m'échappe.

— Tu ne lui en veux pas, alors ?

— Non. Même si nous sommes rarement d'accord, nous avons grandi ensemble. Il a fait ce qu'il a pu pour me préserver, mais là, je suis allé trop loin. Et surtout, je me suis fait prendre. Ta téméraire intervention a permis de faire pencher la balance de mon côté, et je t'en suis reconnaissant.

Sa voix adopte un ton plus chaleureux encore que lors de nos précédents échanges, plus profond, plus sincère aussi. Les lueurs boréales de ses yeux s'intensifient en même temps que son sourire éclatant.

— Et j'admire ton courage, ajoute-t-il en esquissant un sourire en coin qui me fait fondre. Personne n'avait jamais pris ma défense avec autant de conviction. Personne ne fait ce genre de choses ici, en fait. Le sort d'un individu n'a que peu d'importance, lorsqu'il s'agit de garantir la sécurité de la meute.

— J'y peux rien... Déformation professionnelle.

— C'est-à-dire ?

— Dans le Nord, j'étais avocate. Ma... meute m'y autorisait, j'agissais pour la défense de son environnement. Ça a toujours été plus par vocation que par choix : j'éprouve une aversion viscérale pour l'injustice. Je suis incapable de me taire lorsque je suis confrontée à une situation injuste. Cette fois, ça t'a été utile, mais parfois, le résultat est plus mitigé, pour ne pas dire catastrophique.

— À ce point ? Raconte !

— Mon dernier combat, la lutte contre l'abattage d'arbres centenaires. Eh oui, je suis un brin écolo aussi. Bref, un gros lobby voulait raser trois chênes emblématiques de notre territoire pour ériger à leur place un centre commercial et un parking, tu te rends compte ! Le temple de la décadence... Je n'ai pas supporté de les voir abattre sans que ça n'émeuve personne, j'ai fondé un collectif qui s'y est enchaîné. Moralité, nous avons tous fini en garde à vue. Quant aux arbres, ils ont été vendus aux plus offrants...

— C'est bien triste que les humains ne comprennent pas leur rôle et s'obstinent à usurper celui de la nature.

Wow ! Cette phrase, j'aurais pu la prononcer ! Il lit dans mes pensées ou quoi ?

— Tu es surprenante, Sixt.

Pourquoi, quand il prononce cette phrase, et ce surnom d'habitude si anodin, j'ai le cœur qui s'emballe ? *Sixt*. Il m'a appelée Sixt. Et en plus, il me trouve surprenante !

Je me plonge dans son regard et lui souris d'un air niais, incapable de répondre.

— C'est l'heure !

Mon geôlier interrompt cette communion silencieuse et reconduit Robin à la porte.

— À demain, Sixt.

À demain ?

Ne rêve pas trop, ma fille. Demain, il aura retrouvé une vie normale et oubliera comment revenir dans ce cachot puant.

Pourtant, jour après jour, Robin débarque dans mon couloir étriqué et se pose avec nonchalance contre le mur, juste devant la grille rouillée qui nous sépare. Rapidement, ses bleus s'estompent et sa peau retrouve sa couleur dorée d'origine.

— Des nouvelles des filles ?

— Pas vraiment, répond-il, mais on m'a assuré qu'elles vont bien.

Presque rien ne filtre, j'ignore toujours où Neeve et Elinor se trouvent. Je me raccroche aux visites régulières de Robin, qui est tenu à l'écart des discussions de la meute. Je ne vis plus que pour le voir passer la porte rivetée, dont j'apprécie à présent le grincement. Privée de repères et de mes plus proches amies, je n'ai plus que lui pour donner du sens à cet emprisonnement sans fin.

J'ai peur.

Que se passera-t-il lorsque le charme cessera de fonctionner, que je redeviendrai une sorcière dépourvue de mes attributs de louve ? Serai-je éliminée ? Les liens que nous tissons Robin et moi pourront-ils survivre à nos inconciliables différences ?

On ne se mélange pas.

Si seulement nous nous y étions tenues, nous nous serions épargné ce cauchemar.

— Raconte-moi ce qui se passe dehors.

— Qu'aimerais-tu savoir, cette fois ?

— Surprends-moi.

— La routine. Chaque jour a un goût assez proche du précédent.

— Donc tout va bien ?

— Plus ou moins. J'ai cru comprendre que les disparitions se multiplient.

— Les disparitions ? Tu veux dire que des membres de votre meute s'évaporent ?

— À peu près.

— Comment est-ce possible ? Tu crois qu'ils se font kidnapper ?

— Non. Je crois qu'ils sont décimés par les vampires.

Sa voix a pris une tonalité tranchante et s'est teintée d'un profond dégoût, qu'il ne tente même pas de dissimuler.

— Les vampires ? Mais pourquoi ? Ne respectent-ils pas les Lois ?

— Ils les interprètent et s'en émancipent avec une facilité déconcertante.

Ahem, ouais nous aussi on s'en est émancipé.

— Comment savez-vous qu'ils sont coupables si vous ne disposez d'aucun indice ?

— Qui d'autre aurait suffisamment de force pour s'en prendre à des loups ? Et puis, tout le monde sait qu'ils nous sont hostiles, Sixt. S'ils détestent les sorciers, pour les loups, c'est encore pire ; ils les méprisent et les considèrent comme de la vermine qu'il convient d'éradiquer !

Vraiment ?

— Leur chef est un monstre. Un être cruel et sanguinaire.

Un peu comme celui des loups, quoi.

— Il a juré que les vampires domineraient les autres espèces et s'en donne tous les moyens. Peu importe ce qu'il en coûtera. Un de ces jours, nous devrons les affronter.

Brrr. Ça fait froid dans le dos. J'espère ne jamais le rencontrer. Les loups m'ont suffi. Je veux juste retrouver notre vie parmi les humains, notre coven, notre loft et nos sorties entre filles, loin de cette guerre qui ne nous concerne pas. Nous ne sommes même pas des louves, après tout !

En même temps, je ne me vois pas quitter cet endroit et y abandonner Robin, alors qu'il est le seul à m'avoir tendu la main, quand les siens m'ont jetée aux oubliettes. Je me suis habituée à cette lueur dans ses iris dansants, à la chaleur de ses mots et à sa présence qui exerce sur moi un magnétisme évident.

Je me redresse, passe mes joues entre les barreaux glacés que j'agrippe de mes doigts crispés, couverts du revers des manches de mon pull. Prenant garde à ce que mon visage n'entre pas en contact avec l'argent, je laisse mes yeux se plonger dans les siens. Même si j'en rêve, retrouver notre existence d'avant est dorénavant impossible : je ne saurais l'oublier et chasser ce filtre qu'il a placé entre moi et la fade réalité.

Robin s'approche. Ma respiration se fait plus saccadée. Mes yeux ne peuvent plus quitter les siens, je me raccroche à leur lueur pour ne pas sombrer dans l'obscurité.

— Qu'as-tu ? demande-t-il, et son souffle agréable me réchauffe les joues.

— Je... Non, rien.

— Dis-le-moi.

Les battements de mon cœur s'accélèrent. Il se rapproche encore. Je ne respire plus.

— Ne me fais-tu pas confiance, Sixtine ?

Écarlate, j'opine de la tête. Une douce chaleur enveloppe ma poitrine. Ses mains tièdes se posent sur les miennes. Trop occupée à voguer dans les volutes boréales de ses prunelles, je n'avais pas prévu le tsunami d'émotions que ce simple contact provoquerait en moi. Un frisson délicieux remonte le long de mon échine. Je tremble encore lorsque, pendant un bref instant, il pose ses lèvres sucrées sur les miennes. Je plane. Ressentant son baiser jusqu'aux tréfonds de mon âme. C'est agréable. Doux, chaud et... si délectable. Comme j'aimerais que ce moment dure, que le temps se fige. J'aimerais qu'il ne reparte pas dans son élan interminable et m'emprisonne dans une boucle infinie.

C'est trop en demander apparemment, car Robin s'éloigne. Je déglutis quand je réalise les sentiments qui me traversent quand ses lèvres me délaissent.

— On se retrouve demain ?

Je hoche à nouveau mollement la tête, déjà accablée par son absence.

J'entends quelqu'un à la porte. *Il arrive !*

Je tente de discipliner ma tignasse en y passant les

doigts et fixe la porte. La poignée tourne, le battant s'ouvre… Et c'est Neeve qui apparaît dans l'entrebâillement !

— Neeve !

— Sixt ! Je suis tellement contente de te voir ! Comment ça va ?

— À merveille, comme tu vois, ironisé-je en faisant un petit tour sur moi-même pour lui montrer l'horreur de la tenue peu seyante que je porte. Et toi ? Est-ce qu'on te traite bien là où tu es ?

— Oui, ça va.

— Eli ?

— Il paraît qu'elle va de mieux en mieux…

Je pousse un soupir de soulagement de savoir mes meilleures amies en vie et bien portantes, avant de soudain relever un élément dans sa phrase.

— Il paraît ?

— Les cousins, Perry et Tyler, ce sont eux qui m'ont…

— Ils t'ont quoi ? Ils espionnent pour toi ? Même Robin n'a pas vraiment su me dire comment vous alliez ni où vous étiez retenues !

— Eli est enfermée dans les appartements de Karl Greystorm. Et en ce qui me concerne, j'ai été confiée aux bons soins de Perry et de Tyler.

— Chez eux ?

— Chez eux.

J'en reste bouche bée. La colère s'élève en moi tel un serpent venimeux s'enroulant autour de sa proie. Mes yeux se plissent et fusillent Neeve qui, j'en suis à présent certaine, profite de la situation tandis que je végète dans un trou puant. Mes mots sont acerbes quand je clame :

— Il n'y a donc plus que moi en taule ? Et personne ne s'est dit qu'il faudrait interférer pour m'en faire sortir ? Mais qu'est-ce que vous magouillez avec ces loups, les filles ?

— Pas si fort, me souffle Neeve, craignant manifestement d'être découverte. J'ai essayé, crois-moi, mais d'après ce que m'ont dit les garçons, Karl ne peut pas te faire sortir maintenant ; il perdrait la face devant la meute.

— Mais je m'en fous moi, de ce Karl et de ses craintes débiles ! Sans moi, il aurait perdu son frère, il peut bien me remercier, non ? Ou alors il attend que je me chope une pneumonie ?

C'est une blague, c'est ça ? Elle se fout de ma tronche et elle va sortir un trousseau de clefs ?

Mais non. Je bous. Qu'est-ce qui m'échappe, là ?

— Et toi ? Qu'est-ce que tu fais avec ces types ?

— Moi ? Rien, je me cache, comme Eli et toi, Sixt.

— Tu te caches, mais bien sûr ! Dans les draps de ces types, c'est sûr que personne ne te trouvera !

Elle me regarde comme si je lui avais collé un uppercut sous la mâchoire. Je suis tellement en colère contre elle que je reconnais que j'aurais bien aimé pouvoir la frapper pour de vrai.

Ai-je définitivement perdu mes amies ?

CHAPITRE 19

LENNOX

Le jeune Cole Matheson habite aux abords d'un ruisseau de Fallen Creek. Je l'ai su grâce au frère de Neeve. Son aide dans cette enquête est inestimable. Je lui fais confiance. C'est l'une des rares personnes à qui je l'accorde dans cette affaire.

La maison de Cole est nichée entre les arbres. C'est à peine si j'en discerne la porte lorsque je me téléporte près de son entrée. Il fait nuit, et aucune lumière ne passe les fenêtres.

Redoutant son absence, je ferme les yeux et inspire. La magie coule en moi. Je ressens alors une présence derrière ces murs. Il est tard, alors je suppose que le propriétaire doit dormir. Mes pas m'amènent sur le seuil de la porte sur laquelle je tambourine du poing. Au bout de quelques secondes, j'entends :

— C'est bon, j'arrive, putain !

Je réprime le sourire qui menace de s'épanouir sur mes lèvres. Le sorcier, vingt ans à peine, le front plissé et visiblement contrarié par cette visite nocturne, ouvre. Quand il me reconnaît, ses yeux s'écarquillent, le sang quitte son visage.

— Amnistral ?

Je hoche la tête en guise de salut et entre dans sa bicoque sans y être invité. Il est obligé de s'écarter, le regard encore ahuri par mon apparition.

— J'ai à te parler, Cole.

Je le connais depuis trois ans, date à laquelle j'ai pris mes fonctions de directeur de la Wiccard Academy. Le plus jeune directeur de tous les temps. Une fonction que j'ai obtenue le jour où j'ai hérité du titre d'Amnistral. Car qui serait mieux placé qu'un homme doté de tant de pouvoirs pour administrer une école de magie ? Mon cursus était sans taches, du moins jusqu'à cette nuit-là… En y repensant, un tic déforme les traits de mon visage. *Neeve…*

— Je vous jure que je n'ai pas fait exprès de transformer cette chèvre en ours, lance Cole, paniqué. Je m'entraînais !

— Je ne suis pas là pour ces broutilles, asséné-je, tout en prenant place dans l'unique fauteuil miteux de son salon.

Matheson, éberlué, me propose un thé que je refuse d'un geste sec de la main. Puis il s'assoit sur une chaise, patientant avec curiosité que je lui explique les motifs de ma venue.

— J'aimerais que tu me parles de Kyle Summers, déclaré-je.

— Kyle ? répète-t-il, surpris.

— Oui, Kyle.

— Euh… C'est mon ami, mais je ne l'ai pas vu depuis… je ne sais pas, je dirais depuis une quinzaine de jours.

Ma magie ressent les battements de son cœur qui s'emballent. Je devine instantanément qu'il me cache quelque chose, et à la couleur de ses joues, ce n'est pas difficile à deviner.

— Ton ami ou ton amant ? je demande, placide.

Son visage vire cette fois à l'écarlate.

— Je ne juge pas tes mœurs, Cole, le rassuré-je. Et si tu souhaites que cette information reste entre nous, je le respecterai. Bien que je ne voie pas où est le mal.

Je lis le soulagement sur son visage.

— Ce n'est pas ça, dit-il. C'est… Enfin, Kyle devait l'annoncer à sa mère dans l'espoir de me présenter. Mais je n'ai pas de nouvelles depuis, alors… Je ne sais pas vraiment si nous sommes encore ensemble.

— Tu ne l'as pas appelé ?

— Si. N'y tenant plus, j'ai laissé plusieurs messages sur son portable, mais il ne m'a pas répondu. Je suppose que ça ne s'est pas bien passé.

Ses yeux se baissent sur ses mains. Je lis le chagrin que ces pensées lui procurent.

— Étiez-vous heureux, tous les deux ?

Il relève la tête, les pupilles embuées.

— Je croyais que nous l'étions, oui.

Un silence s'étire tandis que je réfléchis. Kyle est dans la région depuis un an, tout au plus. La prochaine question devrait m'éclairer.

— Où habite son père ?

— Aux environs de Cliffwells, au nord de la Virginie, d'après ce que je sais.

— Tu as déjà vu sa mère ?

— Non. Je sais que ses parents sont divorcés, mais rien de plus. Elle vit là-bas, elle aussi.

— Hum…

Beaucoup de membres de la branche des Shadow vivent en Virginie ou en Caroline du Nord. Ces informations ne sont pas d'un grand secours, je ne suis pas beaucoup plus avancé. Je me lève du fauteuil, prêt à partir. Bien sûr, je ne peux éviter les questions qui brûlent les lèvres de Cole.

— Qu'est-ce qu'il s'est passé ? Pourquoi êtes-vous ici, Amnistral ?

Un soupir remonte ma gorge, avant que je ne me tourne vers lui.

— La mère de Kyle est morte dans un accident tragique.

— Un accident ?

Non, bien sûr que non…

— Oui, un accident.

— Mais… quand ?

— Il y a deux semaines. Il semblerait qu'elle se soit suicidée.

Le visage de Cole se mue en une profonde affliction. Le regard épouvanté qu'il me lance me laisse deviner toute son inquiétude.

— Et Kyle ? Kyle ! s'écrie-t-il.

— Je n'ai pas réussi à le trouver. Mais s'il te contacte, dis-lui bien de venir me voir dès que possible. C'est entendu ?

Cole opine de la tête, les yeux baignés de larmes.

Je quitte sa maison le cœur lourd. Non pas que je sois un indéfectible romantique, mais j'ai dans l'idée que Kyle n'est plus de ce monde. Et comme je sais la dévastation que provoque la perte d'une âme chère, je ne peux refouler l'étrange sentiment qui me tort les entrailles.

Mais Neeve n'est pas morte, elle. Même si je l'ai quand même perdue.

Mes pensées me ramènent dans la tanière aux loups, où deux hommes à la peau d'ébène, un sourire carnassier aux lèvres, sont prêts à la rejoindre.

Elle ne va pas le faire… Non. *On ne se mélange pas…*

Puis je réalise que je me fourvoie. C'est Neeve. Son comportement diffère de celui des autres femmes. Des autres sorcières. Et j'en suis le fautif. C'est moi qui l'ai poussée à devenir ce qu'elle est. Et sa nature a fait le reste. Mes souvenirs m'emportent vers cette nuit-là, ce cauchemar qui a tout changé.

« *Lenny, aide-moi !* »

« *Lenny, fuis !* »

Je chasse la larme qui menace de couler d'un revers de manche. Ce n'est pas digne d'un homme tel que moi. Et surtout pas digne d'elle. Une longue enquête m'attend, alors je dois rester concentré.

Mais je sais… ou crois savoir.

Et je crains… je crains pour elle.

Et pour le monde des sorciers.

CHAPITRE 20
NEEVE

J'observe Sixtine, hébétée. *Elle se fout de ma gueule ?!* J'ai bataillé avec les cousins Falck pour obtenir ne serait-ce que cinq minutes avec elle ! OK, sa situation est moins enviable que la mienne, mais putain, je ne m'attendais pas à des paroles aussi acerbes !

— Figure-toi que j'essaie de trouver un moyen de te faire sortir depuis ta fameuse démonstration de justicière ! lancé-je, contenant difficilement ma colère.

— Eh bien, on peut dire que t'as rencontré un franc succès, Neeve !

— On se cache, bordel ! OK, t'es enfermée, mais ça pourrait être pire.

— Pire ? Pire ! s'étrangle-t-elle.

— Ouais, *pire*. Je ne sais pas si t'as vu le match à la télé, Sixt, mais des mecs tentent de nous tuer, dehors ! Et on ne sait toujours pas qui, ni comment, ni pourquoi. Les loups nous protègent. Greystorm nous protège !

— Il nous retient prisonnières ! rétorque-t-elle, à bout de souffle.

C'est à ce moment précis que ma meilleure amie se met à rugir. Je recule d'un pas quand ses crocs dépassent de ses lèvres retroussées. Un tic au coin de ses yeux me fait comprendre que le phénomène est douloureux.

— Laisse tomber ! reprend-elle, me fixant de ses prunelles grises et acérées. Retourne t'amuser avec tes amis, moi, je vais retrouver mes potes les rats. Avec un peu de chance, je crèverai avant de redevenir une sorcière et de me faire déchiqueter vivante par la meute !

— Putain, mais t'es grave, sérieux ! C'est pas ma faute si t'as voulu jouer les avocates des causes perdues avec ton crush du moment. Si tu l'avais fermée, on n'en serait pas là.

— Donc quoi ? Je devais laisser faire, c'est ça !

Je lève les yeux au ciel.

— Ouais, c'est ça ! asséné-je. Ce Robin, tu ne le connais pas.

— Pas besoin de le connaître pour savoir qu'il est différent de ses congénères.

— Mais putain, tu ne sais même pas comment sont les loups, Sixt !

— Je sais comment est Robin, clame cette dernière, un ton plus haut. Les loups, je m'en moque !

— Eh bien, tu ne devrais pas. Ils ne sont pas ce que…

— On ne se mélange pas ! La loi n'est pas assez claire pour toi, Neeve ?

Je me pince l'arête du nez. Si elle continue, on va se faire repérer. Je chuchote après un soupir :

— Ce qui est clair, c'est que si tu ne redescends pas de

dix étages, ma belle, tu vas croupir ici un moment. Montre-toi plus docile, et je suis certaine que tu pourras nous rejoindre.

— Nous ? Nous ! Il n'y a plus de NOUS !

Cette fois, c'en est trop. Je ne peux plus me retenir.

— Sixt, je t'aime. T'es ma meilleure amie, comme Elinor, mais tu fais chier, là ! Cela fait maintenant quinze jours qu'on est enfermées dans cette tanière et, sauf erreur de ma part, ils ne nous ont rien fait de mal ! Mets-toi à leur place, on débarque de nulle part et on s'incruste, tu t'attendais à quoi ?

— À un peu plus de liberté !

— On est menacées, bordel ! C'était le plan, d'être enfermées et à l'abri !

— Je ne me rappelais pas que le plan était de pactiser avec nos ennemis.

— Nos ennemis ? soulevé-je en éclatant d'un rire caustique. C'est vrai que ta façon de reluquer Robin respire l'animosité, c'est certain.

— Robin est différent !

— Les autres aussi. Si tu ouvrais les yeux cinq minutes sur notre situation, peut-être que tu t'en rendrais compte !

— Oh, je les ouvre, les yeux, dit-elle avec une ironie mordante. Neeve-la-nympho a encore flashé sur deux gravures de mode et s'envoie en l'air toutes les nuits, au mépris de toutes les lois qui régissent nos vies.

— Tu m'emmerdes avec tes lois, Sixtine ! Et je n'ai pas couché avec eux, merde !

— Menteuse !

Cette fois, ce sont mes crocs qui percent mes gencives et mes ongles qui deviennent des griffes. Je tourne les talons et me dirige vers la sortie en grognant comme un chien enragé. *Putain, ça picote !* Mais avant de passer la porte, je fais volte-face et lui balance :

— Tu veux que je te dise ? Va te faire foutre, Sixtine. Tu peux toujours te donner des grands airs de justicière irréprochable, on sait toutes les deux que tu planques un godemichet dans ton sac à main. La vérité, c'est que tu te sens seule. Tu te sens toujours seule. Même avec nous. Les loups ne sont pas différents de nous, et si tu enlevais tes œillères trois minutes et que tu discutais avec eux, tu finirais bien par en convenir.

— J'en reviens pas que tu me dises un truc pareil !

— Tu ne te gênes jamais pour me juger, toi, alors désormais, je m'accorde le droit d'en faire autant.

Un silence persistant suit ma remarque corrosive. Mon souffle est saccadé, ma poitrine se soulève trop vite. Je suis grave énervée, là, et qu'elle lève les yeux au plafond ne m'aide pas à me calmer.

— Réfléchis un peu, merde, poursuis-je, et profite de ce temps dans ta putain de cellule miteuse pour te remettre les idées en place, toi, la soi-disant personne la plus tolérante de cette planète !

— Il ne s'agit pas de tolérance, Neeve, c'est la loi ! Mais tu t'affranchis toujours de tout, n'est-ce pas ? Un avantage pour quelqu'un qui place sa libido avant ses propres amies ! Une loi vieille de plusieurs siècles ne fait pas le poids face à une Neeve en rut !

Je la toise, le cœur battant à tout rompre et les larmes dévalant mes joues. Puis ma main se pose sur la poignée de la porte.

— Pense ce que tu veux de moi. De mon côté, je me

garde le droit de penser que certaines lois sont mauvaises et mériteraient d'être changées. Bon séjour en taule, Sixt.

Puis je me casse.

Mes pas résonnent dans les couloirs. Je cours presque quand j'arrive près de la chambre des cousins, le cœur au bord des lèvres. Jamais je ne me suis disputée avec mon amie avec une telle virulence. Je lui en veux. Je m'en veux. J'en veux à toute cette putain de situation. Mais je sais au fond de moi que je ne regrette rien. Depuis que je partage la chambre de Tyler et Perry, j'en apprends un peu plus chaque jour sur le mode de vie des loups. Comme les sorciers, ils tombent rarement malades. Un mal mystérieux a emporté quelques femelles durant un temps, mais d'après Perry, ce n'est pas arrivé depuis de nombreuses années. Les loups n'ont pas besoin de se protéger durant leurs rapports, leur métabolisme rejette les virus humains. S'ils sont blessés, ils guérissent rapidement, et leur vie est plus longue que celle de mes semblables. Les sorciers peuvent se guérir eux-mêmes, mais la durée de leur existence est équivalente à celles des humains. Finalement, c'est pas si mal d'être un lupin ! J'envie aussi leur esprit de famille, leur façon de compter les uns sur les autres, en vivant ensemble, prêts à tout pour protéger les leurs. Seule la meute compte, et toutes leurs règles ne sont destinées qu'à la préserver. En même temps, je suis en colère que Sixtine soit encore enfermée ; je suis en colère de ne pas avoir vu Elinor depuis des jours. Les cousins m'ont assuré qu'elle allait bien, en compagnie du chef de clan, mais Sixtine... Comment aider Sixtine ? Avec un tel comportement, serait-il judicieux de la laisser sortir de sa cellule ? Et une autre question se pose : quand la nouvelle lune viendra – ce qui ne tardera pas –, qu'allons-nous faire ? La menace pèse sur nos têtes et nous ne savons toujours pas pourquoi nous sommes menacées par les nôtres. J'aimerais hurler tant mes pensées se heurtent et se bousculent sous mon crâne. Quand je passe la porte de la chambre des Falck, je suis abattue et terrifiée. Tyler se lève aussitôt du canapé sur lequel il était assis en compagnie de Perry, puis se jette sur moi.

— Qu'y a-t-il ? me demande-t-il, alarmé.

Mes yeux se lèvent et s'ancrent aux siens.

— Je... je suis fatiguée.

Perry se lève à son tour. Chacun d'eux me prend par un bras et m'accompagne vers le pied du lit de Tyler ; je m'assois sur la couche moelleuse. Il est tard et je refoule l'envie de m'y étendre. Puis la conversation houleuse avec Sixtine me revient en pleine poire. « *Dans les draps de ces types, c'est sûr que personne ne te trouvera !* ». Me remémorer ces mots me blesse. La culpabilité me ronge. *Sixtine...*

Les cousins se placent à mes côtés. Ils m'entourent de leur aura réconfortante tandis que la main de Perry se pose sur mon dos. Ses doigts en caressent lentement les lignes. Tyler pose sa tête sur mon épaule et glisse ses doigts entre les miens.

— Sixtine ne va pas bien, lâché-je, sanglotante, tout en observant la main de Tyler qui se resserre sur la mienne.

— Je suis certain que Karl la fera bientôt sortir, tente de me rassurer Perry.

— Il est obligé d'agir de cette façon, vis-à-vis de la meute, renchérit Tyler. Bientôt, ce sera oublié.

— Ouais, mais c'est quand « bientôt » ?

Seul le silence me répond et m'accable. Mon amie va péter un plomb si on ne la sort pas de là. Puis je me rappelle que dans une dizaine de jours, nous serons obligées de nous enfuir de cet endroit. Sixtine tiendra. Il *faut* qu'elle tienne. Je redoute cependant que cet épisode dans nos vies laisse des traces indélébiles sur notre amitié. Y penser fait à nouveau rouler des larmes sur mes joues. L'une d'elles s'écoule sur l'oreille de Tyler qui se redresse. Son regard coule dans le mien tandis que, d'un doigt, il m'essuie le visage.

— Tout va s'arranger, Neeve du Nord, murmure-t-il.

Je ne quitte plus ses yeux. Ses yeux auxquels je me raccroche pour ne pas m'effondrer.

— Je... j'aimerais voir Elinor, balbutié-je, étouffant un sanglot. J'ai besoin d'elle.

Tyler et Perry se dévisagent, avant que le premier ne finisse par me dire :

— Je suis certain que ça va pouvoir s'arranger.

Je hoche la tête. Jusqu'à maintenant, j'ai harcelé les cousins pour qu'ils concentrent leur requête auprès de Karl sur Sixtine, il est temps d'utiliser mon énergie à retrouver Elinor. Je la sais en meilleure posture que Sixt, mais je dois voir mon amie le plus vite possible et m'assurer que je ne l'ai pas perdue, elle aussi... Parce que, dans un coin de mon esprit, j'ai comme le sentiment d'avoir perdu Sixtine dans cet endroit, et cette pensée me rend triste.

Perry se lève et me prend dans ses bras, m'invitant à m'allonger sur le lit. Je ne proteste pas et me positionne en chien de fusil. Quand ils s'apprêtent à me laisser seule, j'attrape sa main et me redresse.

— Non.

Perry plisse les yeux, avant de rencontrer ceux de Tyler.

— Non, quoi ? demande-t-il avant de revenir vers moi.

Je déglutis un peu avant de m'exprimer.

— Ne partez pas.

Un sourire à la fois doux et ravi se dessine sur le visage de Perry. J'essaie d'y répondre en l'imitant, mais mes lèvres s'y refusent. Il décide alors d'ôter ses chaussures et vient se blottir contre moi. Tyler en fait autant et se positionne derrière mon dos.

— Nous resterons tant que tu auras besoin de nous.

Mon cœur se gonfle. J'apprécie de plus en plus ces deux loups. Ils sont ma lumière dans cet endroit qui en est tant dépourvu. Le soleil me manque. La nature me manque. Ma famille me manque. Sixtine et Elinor me manquent. Et mes larmes redoublent… Perry considère la goutte qui sinue sur mon nez, avant de poser un baiser dessus. La chaleur de ses lèvres sur mon visage est salvatrice. Alors, quand il se recule, je ne peux m'empêcher de lui retourner son baiser, mais sur la bouche cette fois. Un baiser timide et délicat. Un baiser qui lui dit *« embrasse-moi pour que je ne pense plus à mon chagrin »*. Quand je m'écarte, ses yeux se mirent dans les miens. Son souffle me caresse la peau. Il ose un autre baiser, tandis que Tyler pose son front sur l'arrière de mon crâne, son bras ceignant mes hanches.

Je sais que je ne devrais pas. *On ne se mélange pas…* Mais au milieu de ces deux hommes, je trouve un réconfort dont je ne veux pas me passer. Je me sens en sécurité. Consolée… Depuis que je suis sortie de ma cellule, ils me protègent et prennent soin de moi. Jusqu'à maintenant, notre relation n'a été ponctuée que de quelques baisers, de quelques caresses, de quelques murmures rauques, échangés ici et là. De nuits passées à leurs côtés… Mais, à cet instant, perdue dans le regard de Perry et éprouvant la chaleur réconfortante du corps de Tyler, j'ai besoin de plus. Je veux plus.

Alors je me risque de nouveau à l'embrasser. Perry me répond avec ses lèvres, lovant ses bras autour de ma poitrine. La main de Tyler se pose sur mon genou et remonte lentement la robe que je porte, jusqu'à atteindre mon ventre. Perry glisse sa langue dans ma bouche. Tyler pose la sienne sur ma nuque et remonte jusqu'à mon oreille. J'accueille leurs caresses avec un soupir qui s'échappe de ma gorge. Je recule mon bras et pose ma main sur la taille de Tyler. Perry se rapproche encore. Leurs corps me cernent, me protègent. Je m'allonge sur le dos. Les lèvres de Perry sont remplacées par celles de Tyler. Son cousin s'assoit sur le matelas en position tailleur et retire son tee-shirt, avant de se pencher au-dessus de moi. Sa bouche retrouve la mienne quand l'autre l'imite pour ôter son pantalon. Je ne peux encore contempler son corps nu, tant mon attention est rivée sur Perry. Un feu ardent se répand dans mes veines, et Tyler ne fait que l'attiser quand ses doigts remontent le long de mes jambes.

— Tu es si belle… me susurre Perry tout contre mes lèvres.

Tyler fait glisser ma culotte jusqu'à mes pieds. Je laisse échapper un hoquet. La tête me tourne. Mes joues brûlent.

Perry attrape les pans de ma robe, qu'il ne tarde pas à me retirer, avant de rapidement retrouver mes lèvres. Ma respiration devient difficile. Je suis nue quand Tyler pose des baisers à l'intérieur de mes cuisses. Je m'embrase quand sa bouche serpente jusqu'à mon sexe, et je feule quand sa langue l'explore. Les doigts de Perry me caressent les épaules, descendent lentement sur ma poitrine et se posent sur un sein. Ses lèvres les suivent avant d'avaler un mamelon. Avidement, presque sauvagement, avant d'y appliquer des baisers doux et délicats. Son autre main caresse ma gorge et s'empare de mon autre sein. Tyler aspire mon clitoris tout en glissant un doigt à l'intérieur de mon sexe. Je gémis et me laisse soudain emporter par une vague de plaisir intense. Un tsunami de sensations qui me fait décoller. Mon corps se cambre tandis que Tyler réitère son geste, le visage plaqué contre mon entrejambe. C'est trop. Trop. *Pas assez*. J'attrape le cou de Perry et l'invite à m'embrasser. Tyler se redresse et m'observe d'un regard avide. Mes yeux vrillent vers lui sans que ma bouche se décolle de celle de son cousin.

— Es-tu prête, Neeve du Nord ?

Pour seule réponse, je me détache des lèvres de Perry et me redresse, mes bras se lovant autour du cou de Tyler. Il m'embrasse avec fougue, tout en repoussant mon buste sur le matelas, et se sert de l'une de ses mains pour écarter mes jambes. Je respire à peine et ne le quitte pas des yeux quand il me pénètre lentement. Cette sensation délicieuse provoque un frisson exquis sur ma peau enflammée. Perry dépose des baisers sur ma joue, puis sur mon cou, ses mains explorant toujours ma poitrine dans des caresses suffocantes, et me mordille un téton dressé d'excitation.

Mes larmes ont disparu. Le regard de Tyler quand il pousse ses premiers coups de reins me captive. Le feu dans mes veines s'intensifie, mon ventre entre en ébullition, ma gorge laisse échapper un cri. Alors Perry se penche sur mon visage et m'embrasse encore, tandis que Tyler accélère entre mes jambes. Puis son cousin se contorsionne pour retirer son pantalon. Qu'il quitte ma bouche provoque chez moi une émotion désagréable, alors Tyler le remplace aussitôt. Quand Perry est enfin nu, il cale ses genoux sur le matelas. Mes yeux vrillent vers son membre dressé à mon intention, puis se relèvent vers lui.

— Viens, dis-je entre deux complaintes, tandis que ma main le contourne et se pose sur sa fesse ferme et galbée.

Le sourire qu'il m'adresse me fait fondre, comme si c'était encore possible. Il se dresse, proche de mon visage qui se tourne sur son sexe érigé. Mes lèvres ne tardent pas à s'ouvrir pour l'accueillir. Son corps se met en mouvement, pénétrant ma bouche, alors que Tyler ralentit la cadence, épiant mon visage, mes lèvres surtout, avec des pupilles dilatées de désir. J'étouffe des gémissements, alors que je m'adonne à cet instant de luxure, et m'abandonne aux mains expertes des deux cousins. Puis Tyler se retire et Perry extirpe lentement son membre de mes lèvres avant de changer de place. Je sens mon goût quand ma bouche glisse sur celui de Tyler. Perry rue en moi, les yeux fixés sur mon visage.

— Si excitante, dit-il.

— Si envoûtante, dit l'autre.

Les grognements des deux cousins s'intensifient. Les coups de boutoir se multiplient entre mes jambes et entre mes lèvres. Mes yeux se lèvent sur Tyler, tous crocs dehors tandis qu'ils me contemplent lui donner du plaisir, si j'en juge sa respiration haletante. Mes lèvres se détachent de son sexe et mon regard se tourne vers Perry dont les mouvements brusques m'envoient au paradis.

— Neeve... Neeve... glisse-t-il, à bout de souffle.

Je le dévisage un instant avant d'en revenir au plaisir de Tyler. La main de ce dernier attrape une mèche de mes cheveux, juste avant que son corps ne se cambre et qu'il se répande dans ma bouche dans un cri guttural. Il n'en faut pas plus pour que Perry le suive et exprime à son tour le plaisir intense qu'il ressent, grognant contre ma nuque tandis que la jouissance l'emporte.

Nous sommes en sueur. Nos corps sont engourdis par notre union. Mes lèvres dessinent un sourire quand Tyler se love à mes côtés, aussitôt imité par son cousin. Et nous restons ainsi avant de sombrer dans le sommeil.

Mes larmes ne coulent plus.

Mon sourire est revenu.

Avant de m'endormir, je dépose un baiser sur le haut de leur crâne et murmure :

— Merci.

CHAPITRE 21

KARL

Je fais face à cette porte de bois massif que je n'ose ouvrir.

De la chambre qui se trouve juste derrière me parviennent des cris hystériques et des bruits de porcelaine brisée. Putain, elle a du caractère, cette louve sortie de nulle part. Cette seule pensée fait éclore un sourire sur mes lèvres. Je le chasse aussitôt, pour me recomposer une mine plus appropriée. Je ne dois pas m'attendrir sur le comportement de cette étrangère. Même si... maintenant que je me suis imprégné d'elle, puis-je encore la traiter comme un élément extérieur à ma meute ? En suis-je seulement capable ?

Ces questions-là aussi, je les refoule. Je suis un Alpha. Le chef de cette meute. Tant de choses m'échappent en ce moment. Les disparitions, la probable implication des vampires, les rumeurs, la trahison de mon propre frère... Et maintenant, ces louves... Je le sais, il n'y a pas de coïncidences. Jamais. Tout est lié, même si rien ne m'apparaît encore clairement. Pour le bien de ma meute, de ma famille, pour notre survie, je dois rester sur mes gardes. Ne pas me laisser distraire.

Les mâchoires crispées, j'ouvre la porte. Pour attraper un vase au vol, avant qu'il ne s'écrase sur mon crâne. Autour de moi, c'est le chaos. Elinor se l'est joué rock star et a dévasté sa chambre. Les draps ont été arrachés du lit, les meubles sont renversés, la décoration… enfin, il n'y a plus vraiment de décoration, pour être honnête.

Alors que mes mains tiennent encore le vase de prix que je viens de sauver d'une fin certaine, ma liée se fige face à moi.

— Que veux-tu ? me lâche-t-elle, glaciale. Tu t'es décidé à me laisser voir mes amies ?

Je la dévisage un long moment. Mon regard court sur sa longue chevelure pâle et emmêlée, sur ses joues lisses, striées de larmes, ses yeux clairs et ses lèvres frémissantes, puis accroche son expression si déterminée. Dans ma poitrine, mon cœur s'emballe. Je n'ai qu'une envie, celle de franchir les quelques mètres qui nous séparent pour l'enlever dans mes bras, l'emprisonner dans ma chair. La marquer et la faire mienne, enfin. Pourtant, qu'elle est agaçante, à me provoquer ainsi ! Alors pour seule réponse, je grogne un avertissement.

— Super, c'est vachement constructif, de discuter avec toi, ne peut-elle s'empêcher d'ironiser.

D'un geste souple, elle s'empare d'un presse-papiers et me le jette au visage. Par réflexe, je lâche le vase qui s'écrase à mes pieds. Fait chier, putain !

En quelques pas, je suis sur Elinor. Les crocs sortis, je me penche sur elle. Mais l'odeur de sa peau me prend aux tripes, me retourne et, sans savoir comment ni pourquoi, je pose mon front sur le sien. Contre moi, elle reste immobile.

— Je ne peux… soufflé-je.

Elle ne bouge toujours pas. Elle attend, immobile, dans l'attente de ce que j'ai à lui dire. Ou peut-être que son cœur à elle aussi est en train de ravager sa poitrine ?

Finalement, au bout de longues secondes de silence, elle finit par demander :

— Tu ne peux pas quoi ?

Sa voix est douce, et n'a plus rien d'acerbe. Elle éloigne son visage du mien, plante ses yeux d'onde claire dans les miens. La tempête en elle semble s'être éloignée.

— Je ne peux pas…

Quoi ? Je ne sais pas, je ne sais plus. Je ne peux pas libérer Sixtine sans perdre la face, je ne peux pas l'autoriser à déambuler partout avec Neeve, je ne peux pas me laisser aller à mon désir d'elle, je ne sais même plus si je suis capable de protéger les miens face aux menaces que je devine tapies dans l'ombre… Il est beau, l'Alpha de la meute Greystorm. À deux doigts de tout perdre, au bord du précipice…

Alors que ma respiration s'emballe, les effluves sucrés d'Elinor me parviennent avec encore plus de force. Mes mains, sans que je puisse les contrôler, montent à son visage et l'emprisonnent. L'imprégnation est censée être réciproque, alors pourquoi tremblé-je à l'idée qu'elle me repousse ? Qu'elle ne veuille pas de moi.

Mais non, elle ne bouge toujours pas. J'ai pourtant besoin qu'elle réagisse. Qu'elle me foudroie du regard, qu'elle me bouscule, qu'elle jette sur moi tous les objets de cette maudite pièce, peu m'importe, tant qu'elle ne se comporte pas comme une poupée dénuée de vie.

Mû par l'urgence, je m'empare de ses lèvres. Brutalement, avec toute la fureur qui est la mienne, comme si tout, dans mon existence chamboulée, dépendait de ce baiser. À ma grande surprise, Elinor se laisse faire. Et même, même, je sens les tensions de son corps se fondre contre moi, comme si toutes les barrières érigées entre nous se dissolvaient dans le silence mouillé de notre échange.

Comme par magie, toutes mes craintes s'envolent. Je me sens fort, prêt à tout, à ma place. Oui, Elinor est ma place, ma forteresse, celle qui me mettra à l'abri des doutes et m'aidera à surmonter toutes les difficultés, je le sais, j'en suis sûr. Emporté par la passion, mes mains descendent lentement le long de son cou, effleure ses seins, et je la sens gémir entre mes lèvres. Enfin, mes doigts s'agrippent à ses hanches, cherchent à tâtons l'ourlet de son tee-shirt blanc, pour passer dessous, accéder enfin à sa peau que je devine si douce…

Et pourtant, l'instant se brise. Dans un cri déchirant, Elinor m'assène une gifle monumentale. La douleur cuisante sur ma joue n'est rien en comparaison de la souffrance qui envahit mon cœur et mon esprit. Comment a-t-elle pu…

Je parviens à soutenir son regard. J'y lis un étrange mélange de peur, de regret et de courage. De désir aussi. Le même désir qui me dévaste, mais alors pourquoi…

— Va-t'en, lâche-t-elle, le souffle court.

Comment pourrais-je lui dire, si elle me repousse ainsi, à quel point elle est belle en cet instant ? À quel point elle est majestueuse dans sa détermination, à quel point j'ai besoin d'elle, aujourd'hui et à jamais ?

Misérable, presque honteux, je fuis cette chambre et cette louve qui me rend fou.

CHAPITRE 22

ROBIN

— Merci Popeye. Faut que j'y aille.
— Je sais où tu vas, mon garçon...
— Ah oui ?
Il hoche la tête, l'air inquiet.
— Méfie-toi, me met-il en garde.
J'acquiesce vaguement et me détourne. Je sais qu'il croit bien faire, mais je n'ai pas besoin que quelqu'un interfère dans ma relation avec Sixtine. Je veux simplement profiter de ce que le présent a à m'offrir.

Alors que je quitte la cuisine, mon regard croise ceux, foudroyants, des Bêtas Jake et Angus, adossés de chaque côté de la porte. Toujours à fouiner partout et à jouer les commères pour mon Alpha de frère, ces deux-là. À croire qu'ils n'ont rien de mieux à faire que de me tomber dessus à la moindre occasion. Ce n'est pas pour rien qu'ils sont là en même temps que moi, et ce n'est sûrement pas pour manger. Je me faufile entre eux, l'air de rien, et me glisse dans le couloir.

Sixt.

Il n'y a qu'elle qui m'importe dans le désordre de ma vie d'Oméga. Elle est la seule donnée à peu près certaine dans ce futur cerné de culpabilité et de doutes. Je lui dois d'avoir conservé ma place dans la meute, après tout.

Le filtre de ma belle devant les yeux, je me dirige machinalement de couloir en couloir, croisant des louveteaux et leurs parents qui se dirigent vers l'étage d'instruction, avant de rejoindre sa geôle. Quand sera-t-elle libre, enfin ? Le souvenir de notre baiser fugace ne quitte plus mon esprit, tout comme son goût sur mes lèvres et la chaleur de son souffle envoûtant. Mon cœur s'emballe tandis que je m'imagine plonger mon visage dans ses cheveux brillants, respirer son odeur et laisser mes doigts glisser sans entraves sur sa peau laiteuse et délicate. Comme j'aimerais la sentir frémir contre moi, me perdre dans ses bras, découvrir ses courbes dissimulées sous cette tenue qu'elle n'a pas choisie.

Un choc douloureux m'oblige à revenir à la réalité.

— Tu ne peux pas regarder où tu vas ? aboie Karl, aussi surpris que moi.

— Et toi ?

Ça m'a échappé. En même temps, c'est vrai, il ne m'a pas vu non plus ! Il est étrange en ce moment. Lui habituellement si posé, si maître de lui-même, semble désormais anxieux, comme si quelque chose le tracassait. Serait-ce dû aux disparitions qui se multiplient ? À ma situation peu confortable ? À moins que je n'aie loupé quelque chose ?

— Ne me dis pas que tu vas rendre visite à cette *louve du Nord* ?

Je hausse un sourcil narquois.

— Si, c'est justement ce que je m'apprête à faire.

— Je m'y oppose.

Il n'est pas sérieux, là ?

Ses traits se durcissent. Si, apparemment, il l'est. Quelques rides soucieuses se dessinent même au coin de ses yeux ; il a pris un coup de vieux, depuis peu, accablé par ses responsabilités et les contradictions qu'elles engendrent entre ses sentiments et ses obligations. Si ma situation n'est pas enviable, je reconnais que la sienne ne l'est pas non plus.

— Je peux savoir pourquoi ?

— C'est trop risqué. Nous ne savons rien d'elle ni de ses intentions. La meute…

— Vraiment ? Tu me ressors ce leitmotiv ? À moi ? Tu réalises à quel point c'est hypocrite, j'espère ?

Il tente de protester, affichant un air contrarié, mais je poursuis sans lui laisser l'occasion d'aller plus loin :

— Tu ne vas pas me faire croire que tu gardes Elinor captive dans tes appartements juste par bonté d'âme ? Quant à Sixtine, tu es le seul responsable de son emprisonnement, c'est un peu fort de me le reprocher. Il ne tient qu'à toi de la faire sortir.

— Je n'aspire qu'à te protéger, Robin, tempère-t-il en éludant mon attaque.

— Oui, comme tu protèges le reste de la meute.

— Non. Je *te* protège du reste de la meute. Nous ne savons rien de ces filles. Tu n'es pas passé loin de l'exil, cette fois ! La prochaine pourrait t'être fatale…

— Nous ne sommes plus des louveteaux, Karl ! Je n'ai plus besoin de ta protection ! Tu m'étouffes avec ta perfection, tu comprends ça ?

Il tente de le masquer, mais je vois bien que ces quelques mots le blessent. Comprenant qu'il ne saura me faire entendre raison avec de si faibles arguments qui, je le sais, sont sans doute valables à ses yeux.

— Robin... dit-il encore, l'émotion vibrant un peu dans sa voix. Tu es mon frère. Et je...

Mais il ne parvient pas à terminer sa phrase. J'aurais pourtant tant aimé qu'il le fasse. À la place, il s'écarte pour me laisser passer, et je suis déçu parce qu'entendre ces mots auraient peut-être tout changé. Je le salue en silence, la mâchoire serrée, et m'enfonce dans le couloir, décidé à rejoindre la seule personne qui me trouve encore des qualités.

Mes pas sont plus lourds, plus lents aussi. Cette rencontre impromptue a rompu la magie de ces retrouvailles tant attendues. Pourquoi faut-il que la moindre discussion entre mon frère et moi nous oppose ? Cette situation m'oppresse. Je ne me sens plus appartenir à cette meute intolérante qui se plie volontiers aux règles les plus rigides, pourvu qu'elles les débarrassent d'éléments perturbateurs, comme moi. Et pourtant, je ne me vois pas la quitter. Quant à mon frère...

De toute manière, où irais-je ? Je redoute l'exil depuis toujours, comme une épée de Damoclès brandie à la moindre occasion pour me faire rentrer dans le droit chemin. En vain. Les cases auxquelles je dois m'adapter sont trop étriquées pour que je parvienne à m'y conformer.

Et là, à quelques pas à peine, m'attend celle qui pourrait faire voler ma vie en éclats. Elle n'est pas la bienvenue dans notre clan. Et je me refuse à la voir souffrir plus longtemps, alors qu'elle pourrait profiter de sa liberté ailleurs. Mais je suis aussi incapable de la laisser partir, si c'est pour ne plus jamais la revoir. Elle laisserait un trou béant dans mon cœur déjà éprouvé. Y survivrais-je seulement ?

Les choix qui s'offrent à moi sont peu nombreux : la voir dépérir et maintenir mon statut de souffre-douleur de cette communauté qui m'offre la sécurité, ou la voir quitter nos terres au risque d'un exil qui me serait fatal. Dans un cas comme dans l'autre, l'un de nous y laissera sa peau.

Je pousse la porte, avide de la voir sourire malgré la situation. Mais ses lèvres sont scellées. Ce ne sont pas de douces paroles qui m'accueillent, mais de longs sanglots, entre rage et désespoir. Sixtine est au plus mal. Tandis que ses larmes coulent, ce qu'il reste de mon âme déjà abîmée se brise devant l'évidence : je ne peux rien pour elle. Ni pour moi.

— Robin, hoquette-t-elle en m'apercevant.
— Qu'y a-t-il, Sixt ?

J'attrape sa petite main et y dépose un baiser.

— C'est Neeve... Nous nous sommes disputées...

Neeve ? Elle a vu son amie ? Qu'a-t-elle pu lui dire de si terrible pour qu'elle se retrouve dans un état pareil ?

— Je vais finir seule ici, explique-t-elle tandis que ses sanglots redoublent d'intensité.

— Je suis là.

— Jusqu'à quand ? Qu'est-ce qui se passera quand tu retrouveras la place que tu mérites parmi les tiens ? me demande-t-elle sans me laisser le temps de lui répondre. Tu m'oublieras et moi, je resterai seule, prisonnière de cet endroit...

— Je ne ferai jamais ça, Sixt. Je te le jure, tenté-je de la rassurer alors que ses intarissables pleurs s'amplifient.

Sa détresse me foudroie.

Je resserre mes doigts sur les siens et glisse mon autre bras au travers des barreaux pour l'attirer contre moi. Elle ne résiste pas. Entre résignation et envie, elle s'approche, son visage baigné de larmes, et m'étreint, fébrile. Je pose à mon tour mes mains sur ses reins et frôle son nez humide du mien, déposant de temps à autre de tendres baisers sur ses lèvres rouges et charnues. Sans ces grilles glacées d'argent, je l'aurais serrée de toutes mes forces contre moi pour lui démontrer mon attachement, dont elle ne mesure certainement pas l'étendue. Je l'aurais peut-être mordue aussi...

Je suis un loup solitaire par nature, je n'ai jamais ressenti ce besoin viscéral de m'imprégner d'une louve. De la faire mienne, de la posséder, de la marquer. Et pourtant, alors que mes doigts se déploient sur la peau douce de son dos, je n'aspire plus qu'à ça : la garder à jamais auprès de moi.

Et si la solution était là ? S'il ne s'agissait pas de choisir entre sa vie et la mienne, mais de nous unir pour retrouver ensemble notre liberté ?

— Sixt.

— Oui ?

— Sèche tes larmes, ma douce. Nous quitterons le domaine des Greystorm ensemble, je te le promets...

Elle relève doucement sa tête et plonge ses yeux noyés

de larmes dans les miens. Malgré son désespoir, c'est une profonde gratitude que je lis dans son regard avant qu'elle ne dépose à son tour un baiser ardent sur ma bouche. Ses lèvres brûlantes s'emparent des miennes, malgré les barreaux qui nous séparent encore. Son souffle glisse en moi et donne la mesure à mon cœur, qui bat avec une telle violence que je sens mes côtes craquer. C'est délicieusement douloureux, cette sensation de vivre qui m'étreint pour la première fois. Ses doigts avides remontent dans mon dos et me plaquent contre les barreaux avec une force inimaginable. Il ne fait aucun doute qu'elle est une louve. Et encore moins qu'elle est celle qui m'est destinée. Je peine à reprendre mon souffle sous ses assauts, mais je m'en fous. Je veux bien mourir d'asphyxie, si c'est pour me consumer avec elle. D'ailleurs, ma peau contre l'argent me brûle, mais je tolère cette souffrance tout en laissant le phénomène me vider de mon énergie. Je veux bien le supporter toute une vie, si c'est le prix à payer pour rester à ses côtés.

Pourquoi attendre pour nous émanciper de ces contraintes qui nous desservent ? Pourquoi demeurer prisonniers de mon frère et des siens quand l'aventure nous tend les bras et que seules quelques grilles nous en séparent ?

Je m'arrache péniblement à ses lèvres qui me dévorent, déterminé à en jouir pour l'éternité :

— On y va.

— Maintenant ? me demande-t-elle, son regard gris exprimant une profonde surprise.

— Maintenant.

Tu es dingue.

Oui, je suis dingue. D'elle.

Tant pis si cette folie me tue, au moins j'aurais vécu.

CHAPITRE 23

NEEVE

Dès que les cousins Falck partent vaquer à leurs occupations, je m'étire dans le lit. Le drap glisse sous ma poitrine, alors je le remonte sur moi et hume l'odeur de mes deux loups. Elle m'envoûte instantanément, et le souvenir de nos ébats traverse mon esprit. La nuit lovée dans les bras de ces deux éphèbes m'a laissée groggy. Un sourire se dessine sur mes lèvres en repensant à la sensation de la peau d'ébène de Tyler sous mes doigts, et aux baisers langoureux de Perry, tandis que nous fusionnions tous les trois. J'éclate de rire et porte ma main à mes lèvres. *C'était trop bien !*

— Moi qui croyais te trouver au trente-sixième dessous, tu m'as l'air plutôt guillerette.

Cette voix m'arrache à mes pensées torrides. Je grimace avant de me lever brusquement et de me retrouver nez à nez avec Lennox.

— Lenny ?!

Ses lèvres se courbent. Au voile scintillant qui

recouvre son corps mince, je devine qu'il s'agit de sa projection astrale. Quand il se matérialise, on n'y voit plus que du feu. Il a l'air bizarrement de bonne humeur, ce qui ne manque pas de me surprendre, car Lennox est plutôt du genre taciturne. Cet effet est encore accentué par ses cheveux sombres et légèrement bouclés, qu'il porte aux épaules, par son regard vert et ténébreux, le tout supporté par un corps pâle, fin et musculeux. Un corps que j'ai connu… et que j'ai étreint, il y a déjà longtemps de cela.

— T'as trouvé les commanditaires, c'est ça ?

Il contourne le lit sans me quitter des yeux. Je m'assois en retenant le drap sur mon buste.

— J'avance dans l'enquête, annonce-t-il.

— Et ?

— Nos recherches nous ont menés à un groupe de sorciers d'un autre État. Je vais m'y rendre dans la journée pour en savoir plus. Je voulais te prévenir avant de quitter Fallen Creek.

— Donc, on ne sait toujours pas qui veut notre peau, c'est ça ?

— J'ai bon espoir de résoudre ce mystère sous peu.

Je soupire. Devinant mon inquiétude, Lennox s'assoit à côté de moi.

— Ne t'inquiète pas, je vais trouver qui vous veut du mal. Les Shadow, les Moon et ta famille sont aussi sur le coup. C'est ton frère Mark qui a trouvé cette piste.

— Mark…

Penser à mon frère fait refluer une émotion chagrine dans ma poitrine. Il me manque.

— Comment va-t-il ?

— Il va bien, mais comme tes parents, il s'inquiète.

— Tu ne leur as pas dit où je me cachais, n'est-ce pas ?

— Je n'ai pas pris ce risque. Moins de personnes sont au courant de votre localisation, plus vous êtes en sécurité.

— Il ne reste que neuf jours... murmuré-je.

— Je sais.

Sa main repousse une mèche derrière mon oreille. Le contact de ses doigts sur ma joue entraîne de ma part un mouvement de recul. Lennox écarquille un peu les yeux, se racle la gorge, comme s'il venait de réaliser son geste. Il se relève, soudain mal à l'aise.

— Bref, je pars aujourd'hui. En attendant, ne quittez pas cet endroit.

— Comment veux-tu que nous le quittions ? Elinor est séquestrée par l'Alpha et Sixtine est au cachot.

— Avec la magie, vous n'auriez aucune difficulté à vous enfuir.

— Mais si on utilise la magie, nous sommes mortes. Les loups ont déjà du mal à nous intégrer, alors que nous sommes censées être de leur race. S'ils découvrent le pot aux roses, on est mal.

— Vu la puissance de vos pouvoirs à toutes les trois, ce serait plutôt à eux de s'inquiéter, tu ne crois pas ?

— On prendrait le risque d'être détectées si on les utilise et... je n'utiliserai pas mes pouvoirs contre eux.

À cette remarque, une expression contrariée se déploie sur les traits de Lennox.

— Je ne comprends pas, dit-il.

— Ils sont... sympas, en fait.

— Qui ?

— Les loups.

Son visage devient livide. Son corps est agité de tremblements quand il se repose à mes côtés.

— Tu déconnes, là ?

— Non, je suis sérieuse. Les loups sont plutôt cool, si on y regarde de plus près.

Lennox a subitement un geste d'humeur et tire le drap qui me couvre jusqu'à mes pieds. De surprise, je n'ai pas réussi à contrer son geste et me retrouve entièrement nue et à la merci de son regard. C'est un regard intéressé au début, avant que ses sourcils ne se froncent, devinant enfin pourquoi je ne porte aucun vêtement. L'expression sur mon visage ne fait que confirmer ce qu'il redoute. Je m'interroge. Qu'a-t-il cru, la dernière fois qu'il m'a vue ici ? Que je jouais un rôle pour sauver mes miches ? Que je ne serais jamais assez folle pour aller plus loin ? Je réalise qu'à ce moment-là, moi aussi je le pensais. *Mais plus maintenant.* Plus maintenant que je me suis attachée aux deux grands loups à la peau d'ébène, aux caresses si magnétiques, aux bras si rassurants.

— T'as couché avec ces types ?! s'exclame Lennox avec colère.

Je me plie en deux pour attraper les pans du drap et le remonte sur moi. L'agacement me gagne tandis que je lui lance des boules de feu avec mes yeux.

— Ça ne te regarde pas ! rétorqué-je.

— Je suis l'Amnistral, Neeve. Bien sûr que ça me regarde, bordel ! Tu risques la peine de mort !

Qu'il utilise un langage familier me surprend. Ce n'est pas son style. Je ne le vois pas venir quand ses doigts se calent sous mon menton et le serrent avec force.

— Tu risqueras plus que des tentatives de meurtre, si ça arrive aux oreilles du coven.

Je fais un geste sec du bras pour me débarrasser de son emprise.

— Personne ne le saura, putain !

Ma remarque ne fait que l'énerver un peu plus. Lennox se lève et s'apprête à s'éclipser, quand je l'interpelle pour l'en empêcher.

— Lenny, attends !

Je vois déjà son corps se dissoudre dans la brume.

— Lenny ! répété-je, tandis que je sors du lit pour m'approcher de sa silhouette fumeuse.

La vue de mon corps nu le stoppe un instant. Puis une lueur de tristesse se lit dans son regard, et il disparaît.

Je reste hébétée face au vide qu'il laisse dans la pièce. *Merde…*

Une heure plus tard, je serre encore les poings et fais les cent pas dans la chambre. La venue de Lennox m'a chamboulée et mes nerfs sont tendus. Je tente d'éclaircir mes pensées les unes après les autres :

Il ne nous reste que neuf jours, et nous ne savons toujours pas qui veut notre peau.

Elinor et Sixtine sont enfermées, et il ne nous est pas possible d'établir un plan.

Que va-t-il nous arriver quand on va sortir de la tanière des loups, si Lennox échoue dans sa quête ?

Que va-t-il se passer quand nous allons retrouver les sorciers ?

Puis-je continuer comme avant et reprendre mes œillères concernant cette loi débile qui nous empêche de nous lier à une communauté qui n'a pas l'air si terrifiante, finalement ?

Et si l'on découvre que j'ai couché avec Tyler et Perry, que va-t-il m'arriver ?

Soudain, je pense à ma famille et à l'opprobre qu'on jetterait sur eux si le récit de mes frasques parvenait aux oreilles des sorciers. Les Moon et les Shadow soutiendraient-ils ma famille si j'étais démasquée ? J'ai dans l'idée que non. Les croyances dans le monde des ombres sont enracinées depuis si longtemps que je passerais pour une hérétique et finirais sur un bûcher sous les yeux de mes proches.

La panique m'envahit. Puis je me rappelle la douceur des cousins. La beauté charnelle des moments que nous avons partagés. Je ne peux le regretter... J'avais besoin d'eux. J'avais *envie* d'eux. C'était une émotion naturelle et pure. Loin de tous les préceptes établis par nos ancêtres... Des ancêtres peu tolérants, selon moi.

Mon ventre gargouille. Je n'arrive toujours pas à me détendre. Je sors de la chambre au mépris des recommandations des cousins Falck. J'ai faim !

Lorsque j'arrive aux cuisines, je suis accueillie par Popeye. Il me salue d'un hochement de tête avant de m'inviter à m'asseoir à côté de celle qu'il nomme Macha. *Macha ?* L'athlétique jeune femme aux pupilles noires me lance un grand sourire, avant d'enfourner dans sa gorge un morceau de viande presque crue. Dès qu'elle l'a ingurgité, elle m'adresse un sourire jovial. De nature méfiante, je crispe les lèvres et lui adresse une expression signifiant « *Euh... j'ai quelque chose sur la tronche ?* ».

— Alors c'est toi, Neeve du Nord, dit-elle de sa voix claire.

— Hum, lâché-je tout en mâchant un toast de chèvre chaud que Popeye vient de me servir.

— Les cousins ne font que des louanges à ton sujet.

J'avale ma bouchée et déglutis un peu face à l'ironie joyeuse que je lis sur ses traits. Ma réaction l'amuse, alors qu'elle pose une main sur celle de Jake. Je comprends alors la relation qu'ils entretiennent au sein de la meute. Le regard enamouré de Jake confirme l'attachement qu'il porte à celle que je devine être sa compagne.

— Ah ouais ?

Elle s'esclaffe, aussitôt imitée par Jake, puis par Popeye qui se joint à l'hilarité générale.

— OK, quoi ? demandé-je, un peu livide.

— Oh non, rien, répond Macha.

Je plisse les yeux, l'invitant à déballer ses pensées. Je ne mets pas longtemps avant d'être satisfaite… *ou pas.*

— Perry et Tyler étaient fourbus ce matin. Et on les a rarement vus aussi joyeux.

Dans la seconde, mes joues deviennent écarlates. Jake se pisse presque dessus et Popeye n'en peut plus de rire. Mon regard effleure les feuilles de salade disposées dans mon assiette.

— Je ne vois pas pourquoi, affirmé-je, sentant bien que je ne suis pas crédible dans le genre sainte nitouche.

— Tyler avait même quelques courbatures, renchérit Jake.

Putain...

— Ne t'inquiète pas, Neeve, reprend Macha. Si on te taquine, c'est juste parce que nous sommes heureux pour nos frères de meute. Ça fait longtemps qu'ils n'avaient pas trouvé une femelle à leur goût.

— Ah...

Une conversation peut-elle être plus gênante ? C'est quoi, le truc ? Chez les loups, on confie avec qui on couche dès le réveil ? Il me prend soudain l'envie de quitter la table quand les cousins Falck font irruption dans la pièce.

— Quand on parle des loups ! s'exclame Popeye en posant une main amicale sur mon épaule.

Mes yeux se tournent vers les cousins et les fusillent. Loin de s'en émouvoir, Tyler se baisse et m'embrasse sur la bouche, suivie par Perry qui s'attarde même un peu plus longtemps sur mes lèvres. Mes yeux sortent presque de leurs orbites face à tant d'impudeur. Je suis déjà en ébullition quand Macha balance :

— Torride...

Bordel de merde !

Cette fois, je me lève, mes joues prêtes à entrer en combustion, mon bas-ventre parcouru de picotements inconvenants.

— Tu t'en vas déjà ? me demande Perry.

— Euh... ouais...

Ma conversation est d'une richesse, ce matin... Mes yeux se tournent vers Popeye.

— Merci, Popeye, c'était succulent.

— Je t'en prie.

Je fais volte-face et m'apprête à quitter la cuisine, quand Tyler m'attrape la main.

— Je t'accompagne.

Son clin d'œil veut tout dire. Perry pose une main dans le creux de mon dos.

— Tu sais bien qu'on ne peut pas te laisser te balader seule dans les couloirs, n'est-ce pas ?

Il se passe la langue sur les lèvres. J'opine bêtement de la tête, ce qui le fait sourire. Je fonds sur place quand il me pousse vers le large couloir de la tanière. Ce n'est qu'après quelques mètres que les rires de Macha, Jake et Popeye se fondent dans le calme de la caverne.

— J'en reviens pas que vous ayez tout raconté à la meute ! lâché-je, une fois que je suis certaine qu'on ne nous entend plus.

Perry glousse, m'embrasse sur une joue et resserre son étreinte sur ma taille.

— On ne se cache rien, ici. Et Macha est comme une sœur.

— Ouais, bah, j'aurais aimé être au courant de cette information avant de…

— Avant de quoi ? soulève Tyler.

— Avant… Rien, laisse tomber.

Je soupire. Ils s'esclaffent.

— Avant de succomber à nos charmes, peut-être ?

— Comme c'est mignon, Perry, remarque Tyler qui se gausse.

— Délectable, même.

— On se détend, les cabots ! clamé-je. Vous n'êtes pas si charmants que ça. Je me sentais seule, c'est tout.

— T'as une drôle de manière de rompre ta solitude, Neeve du Nord.

— Moi, ça me va, souffle Perry à mon oreille, me faisant comprendre ainsi qu'il est tout à fait prêt à recommencer.

Je vais pour répliquer, quand Tyler me soulève de terre et m'emporte au pas de course.

— Tu fais quoi, bordel ? lancé-je, effarée.

— À ton avis ?

Il ne lui faut pas plus de quelques secondes avant d'atteindre notre antre et encore moins avant que je ne me retrouve sur le lit, cernée par mes deux amants insatiables. Les sourires sur leurs visages me font fondre. Leurs lèvres posées sur ma peau m'ébouillantent. Puis je repense à ce que j'ai dit à Lennox. À son regard quand il a compris que je m'étais *mélangée*... La langue de Tyler sur mon cou m'arrache à cette pensée et je préfère ressentir les émotions du baiser de Perry, plutôt que celle qui me traverse la poitrine au souvenir de mon ex, et au « crime » que je suis en train de commettre.

Comment tant de tendresse, tant de désir et de beauté peuvent-ils être considérés comme punissables ?

Alors non, je ne suis pas prête à m'arrêter.

Alors oui, je m'abandonne à leurs bras.

Et je n'y pense plus.

Je ne veux pas y penser. *On devrait tous se mélanger...*

CHAPITRE 24
ELINOR

Je tourne en rond. Oui, c'est tout à fait ça, des heures que je tourne en rond. Il n'y a plus rien à détruire dans cette pièce, en plus. Je m'en suis moi-même assurée.

Alors que je fais les cent pas, mes pieds se prennent dans les draps qui gisent au sol.

— Fait chier, bordel !

Mon plus gros problème ? C'est que je ne suis plus une pauvre nana défoncée aux anxyos. Mon sevrage brutal, couplé à la force qui court dans mes veines depuis ma transformation en louve, a achevé ma transition. Je suis forte, et en pleine possession de mes moyens. Et l'inactivité, l'impuissance me paraissent des épreuves insurmontables.

Et quand je pense qu'en plus de tout cela, ce... Karl, cet Alpha de mes deux, ose maintenir mes amies en détention et me faire jeter dans cette pièce quand bon lui semble...

Non, mais qu'est-ce qu'il croit ? Qu'il peut venir ici, m'embrasser – m'embraser... – et ensuite jouer au petit chef tyrannique ? Je compte bien lui montrer de quel bois je me chauffe. Je n'ai aucune idée de la place des femelles dans cette meute, mais il est hors de question que je me laisse faire.

Il faut que je sorte d'ici. Il faut que je retrouve Sixt et Neeve, que je les libère... Après tout, c'est moi qui les ai plongées dans cette histoire de fou. C'est à cause de moi qu'on en est là, et je dois tout faire pour redresser la situation.

Mais comment ? Tambouriner des heures durant sur la planche de bois qui clôt cette cage dorée, déjà fait, inutile, et douloureux pour mes poings. Faire les yeux doux à Karl quand il reviendra – car il reviendra, c'est certain –, je ne peux m'y résoudre. Ou je ne veux pas m'y risquer, me souffle la petite voix de ma conscience, celle que j'essaie d'étouffer depuis des années à coups de Xanax et de cocktails colorés.

Oui, je me sens attirée par ce Greystorm. Mais ce n'est rien, je suis plus forte que ça, je ne suis pas comme Neeve, et je sais ce que c'est que de résister à une pulsion. *On ne se mélange pas...*

Alors, que me reste-t-il, comme options ? Vaguement hébétée, je lève mes mains devant mes yeux et les fixe un long moment.

La magie... Je pourrais utiliser mes pouvoirs. Certes, la lune n'est pas visible depuis ces maudits couloirs souterrains, mais son énergie est partout. J'ai toujours su me connecter à l'astre nocturne, en toutes circonstances, et avec une facilité déconcertante.

Mais si tu utilises ta magie, tu vas te faire repérer par ceux-là mêmes que tu fuis... Peut-être pas, après tout. Les loups n'ont pas l'air très sensibles à la magie, déjà. Et d'autres sorciers, dont j'ignore la localisation, pourraient-ils me repérer ? Je décide soudain que c'est un risque à prendre, d'autant plus que le sort que j'envisage n'est pas très puissant. Aussitôt, un grand calme m'envahit. Une sérénité comme seul le pouvoir de la lune peut m'offrir. Dans un coin de ma tête, je me fais la promesse de pratiquer plus, dès que toute cette histoire sera finie. C'est le problème de vivre en grande partie avec les humains. *On ne se montre pas.* Alors, on dissimule notre vraie nature. Et ça a dû finir par me monter au cerveau et détraquer des choses en moi. Je n'étais pas comme ça, quand j'étais plus jeune.

Calmement, je prends le temps de respirer. Les vagues de pouvoir montent en moi comme une lente marée opalescente qui prendrait d'assaut une plage lointaine... ou comme un amant à la peau pâle qui découvrirait le corps accueillant de sa partenaire. Je me sens apaisée, en phase avec ma nature profonde. Entre mes mains naît une boule d'énergie d'un blanc très doux.

De mes doigts, je la manipule, la fais tourner, en extrais quelques longs filaments scintillants, que je dirige avec aisance vers la serrure de la lourde porte.

En quelques secondes – trop vite, trop tôt –, je suis libre. C'était donc si facile... Quand je pense que mes amies auraient pu se libérer elles-mêmes, mais qu'elles n'ont pas osé le faire... Ou peut-être n'ont-elles simplement pas souhaité le faire.

Pour autant, je ne dois pas m'attarder. Je me précipite

dans le couloir, hésite un instant. Lors de ma dernière tentative, je me suis contentée d'errer sans but, et je suis tombée sur les cuisines. Mais ce n'est pas là que je veux me rendre, à présent. Une nouvelle fois, je vais chercher au plus profond de moi-même.

Neeve...

Je cherche son aura que je connais si bien. Nous partageons tant de choses depuis si longtemps. Un léger écho répond à ma sollicitation mentale. Un écho... enthousiaste ? Peu importe, je me précipite dans le premier couloir sur ma droite, laisse ma main courir sur les pierres à nu. De façon incongrue, je me demande si je pourrais vivre à jamais dans un tel endroit. Ne pas voir le ciel... Mais les loups voient le ciel. Ils courent dans la forêt et hurlent à la lune. Si j'étais vraiment une louve, mes besoins seraient tous comblés.

Je passe devant de nombreuses portes closes et ne croise personne. Je cours de plus en plus vite, la présence de Neeve envahit tout mon espace mental. Mon cœur bat la chamade à l'idée de retrouver mon amie. J'ai besoin d'elle, j'ai besoin de l'entendre rire, j'ai besoin qu'elle me serre dans ses bras.

Enfin, je m'arrête devant une porte. Elle ne se distingue en rien des autres, mais je sais que je touche au but. Je lève la main, prête à pousser le battant, quand mon geste s'interrompt.

Des bruits me parviennent de l'intérieur. Des bruits... indécents, voilà. Une rougeur soudaine envahit mes joues. *Merde, Neeve... Mais qu'est-ce que tu fous ?*

Un instant, mon souffle se coupe et mes yeux s'écarquillent. Je ne sais pas si j'ai honte de l'entendre s'envoyer en l'air, ou si je suis en colère. J'ai eu tellement peur pour elle, alors qu'en fait, mademoiselle prenait du bon temps ! Mais si ce n'était pas elle, si mon sort débloquait... Il faut que j'en aie le cœur net !

Alors tant pis, je pousse cette foutue porte. De toutes mes forces... Mais ce que je découvre me sidère... De rouge écarlate, je me sens passer à un blanc de craie, et mes jambes flageolent... *C'est pas vrai, bordel...*

Est-ce que je m'attendais une seule seconde à trouver mon amie dans une telle... situation ? Non, évidemment. Mais force est de constater que quand Neeve fait quelque chose, elle ne le fait jamais à moitié. Elle le fait plutôt en double, en fait.

Neeve est en pleine partie de jambes en l'air, et j'ai clairement du mal à compter le nombre de jambes en présence. Six, me souffle ma petite voix, toujours là pour rendre service. En effet, tandis que l'un des deux cousins Falck s'active entre les cuisses fuselées de mon amie, l'autre la couve d'un regard gourmand, tout en lui caressant langoureusement les seins.

— Mais c'est pas vrai ! m'écrié-je à haute voix, sans que je puisse même m'en empêcher.

Aussitôt, les trois amants se figent, et leurs regards me transpercent, à la fois choqués et accusateurs. Ah, parce que ce serait à moi de me sentir mal à l'aise, donc ?

Au bout d'un temps qui me paraît infiniment long, les deux cousins se dégagent enfin de leur étreinte. Ils ont le bon goût de paraître gênés. En moi, l'enseignante de base se retient de leur faire la morale et de les mettre au piquet. Quoique, ils y sont déjà...

— Sortez, tout de suite, me contenté-je de balancer d'une voix glaciale.

Je n'ai pas compromis notre sécurité à toutes les trois pour m'apercevoir que ma copine avait trouvé une meilleure occupation, non ?

Les deux loups obtempèrent sans discuter. Ils m'adressent même un petit sourire goguenard en quittant la pièce, nus comme des vers. La pudeur, c'est vraiment un truc culturel, et je comprends mieux pourquoi Neeve est sur la même longueur d'onde qu'eux.

Néanmoins, ils se permettent une petite réflexion acide en sortant :

— Nous vous laissons… mais pas longtemps. Karl ne va pas être content de te savoir en dehors de ta chambre.

Je décide de les ignorer. À peine ont-ils claqué la porte derrière eux que je lance l'attaque, ignorant le sourire ravi que m'adresse mon amie :

— Mais qu'est-ce que tu fous, Neeve ?

— Euh… Ben t'as vu… me répond-elle, à peine confuse, en ramenant le drap sur elle.

Mais le sourire s'est fané sur son beau visage ; je l'ai vexée, je le comprends, mais tant pis.

— Ah bah ça, pour voir, j'ai vu ! Mais tu t'es crue où, là ? Dans un lupanar ?

— Je ne fais rien de mal ! s'insurge-t-elle enfin. Qu'est-ce que ça aurait changé, de toute façon, si j'étais restée bien sage en vous attendant ?

Merde… Qu'est-ce que je réponds à ça ?

— Je ne sais pas, t'aurais pu essayer de t'occuper de Sixt. Où elle est d'ailleurs ? Comment elle va ? Ou alors, tu vas me dire que les loups viennent de l'inviter, elle et son godemichet, à participer à une méga partouze ? Mmmh ?

L'expression de mon amie s'assombrit. Ah. Pas de partouze pour Sixtine alors. Elle grommelle quelques mots incompréhensibles.

— Répète, s'il te plaît.

— Sixtine est toujours dans les geôles, dit-elle plus fort et plus distinctement.

— Eh bien, figure-toi que je le sais ! D'où mon étonnement de te trouver là en train de prendre du bon temps !

Neeve se lève, drapée dans son drap comme une reine en exil, sa longue chevelure rousse cascadant sur sa peau pâle et ses yeux noisette flamboyant.

— Ça va, hein ! T'as pas de leçons à me donner ! Après tout, si on est là, c'est à cause de toi !

Je soupire, à moitié vaincue. J'hésite à aller m'asseoir sur le lit, mais… Non, je préfère éviter, finalement. Alors je me frotte le front.

— Je sais, Neeve. Crois-moi, je le sais, et je m'en veux assez comme ça. C'est pour ça que j'ai décidé de nous faire sortir de là.

Neeve écarquille les yeux, toute colère la désertant soudainement.

— Quoi ?

— J'ai utilisé ma magie pour sortir de ma chambre, et je crois que les loups n'y sont pas sensibles. Sinon, j'aurais déjà toute la meute au cul, tu ne penses pas ?

— Euh… si, mais… c'est hyper risqué… et nos amis les sorciers ?

Je hausse les épaules.

— J'ai utilisé une quantité très faible de pouvoir… Et

on va dire que l'épaisseur de roche et de terre autour de nous doit en atténuer les répercussions. Écoute, habille-toi, et on va chercher Sixt. On va retrouver notre vie. Enfin presque, parce que je n'ai plus envie de retrouver mes petites pilules magiques.

— Mais non ! On ne peut pas faire ça ! proteste-t-elle.

— Si. Et on va le faire. C'est trop dangereux, ici.

— Tu te trompes ! C'est dehors que c'est dangereux. Ici, chez les Greystorm, on est à l'abri !

— Attends, attends, Neeve. On ne sait même pas si on était vraiment en danger, avant de débarquer ici. Lennox s'est peut-être trompé et…

Elle se rapproche de moi en deux pas, le drap qui la couvre glisse sur le sol, puis elle m'attrape par les épaules et me secoue fermement.

— À toi de m'écouter ! J'ai vu Lennox, j'ai pu lui parler et il a une piste. Nous étions vraiment en danger, et nous le sommes toujours, même si je ne sais pas encore ce qu'il se passe exactement.

J'ouvre la bouche de surprise, mais aucun son n'en sort. Elle a vu Lennox ? Mais comment ?

— Je ne peux pas tout t'expliquer maintenant. Pas ici, en tout cas. Mais tu dois me croire. Nous sommes en sécurité pour encore quelques jours, et nous devons en profiter. Et espérer que les nôtres trouvent rapidement une solution.

— Mais Sixtine…

Neeve a un geste agacé. Elle ne me dit pas tout, j'en suis sûre.

— Sixtine… Laisse-la où elle est. Au moins, elle ne peut pas y faire de conneries.

— Mais…

— Crois-moi, elle est bizarre. Je sais pas si c'est ce loup, Robin, qui lui a fait tourner la tête, mais vraiment je ne la reconnais pas. On la récupérera avant de partir, et elle finira bien par s'en remettre.

— Elle va nous en vouloir.

Mais Neeve hausse les épaules. Je vois bien que ça l'ennuie, mais pas au point de chambouler ses plans. Et si c'était moi, dans les geôles ? Est-ce qu'elle me laisserait aussi ? Et elle ? Est-ce qu'elle ne s'illusionne pas sur ses raisons de nous tenir à distance ?

— Neeve... Qu'est-ce que tu fous ? Vraiment ? Tu as oublié nos lois ?

— On ne se mélange pas, et toutes ces conneries ? Franchement, Eli, je me pose un max de questions. On nous a bourré le mou avec ces histoires, mais... je les aime bien. Et je ne parle pas que des cousins.

Elle a le bon goût de s'empourprer en prononçant ces mots. Quant à moi, je ne peux m'empêcher d'être choquée.

— Tu les aimes bien ? Mais... ce sont des loups ! Et nous sommes des sorcières !

— Et alors ? Qui a dit qu'on ne pouvait pas s'entendre ?

— Qui ? Qui ? Eh bien, tout le monde ! Nos traditions...

— Les traditions, c'est de la merde. Je fais ce que je veux avec mon cœur et avec mon cul. Et franchement, tu ferais peut-être bien d'en faire autant.

— Qu'est-ce que tu veux dire ?

— Oh, arrête de faire ta prude. Tout le monde ne parle que de Karl et toi. Il paraît que l'Alpha de cette meute t'a dans la peau. Qu'il passe toutes ses nuits à surveiller ta chambre. Pas mon genre, mais j'avoue qu'il est carrément beau gosse, quand même.

Je recule d'un pas, horrifiée. Je repense au baiser que j'ai échangé avec l'Alpha, à la gifle monumentale que je lui ai infligée, à ses propos au sujet de l'imprégnation… et au désir que je ne peux m'empêcher de ressentir pour cet homme. Pour ce loup. *Ce. Loup.* Je ne dois pas oublier que nous ne sommes pas de la même espèce…

— Neeve, tu vas trop loin…

— Et toi, pas assez.

— T'as craqué, ma pauvre fille…

— Tu devrais essayer. Ça fait vachement de bien, fanfaronne-t-elle.

Cette fois, c'en est trop pour moi, et je m'enfuis, laissant Neeve les poings serrés, le front buté, enracinée dans ses nouvelles convictions. D'un geste rageur, j'essuie les larmes qui dévalent mes joues. Comment en sommes-nous arrivées là, bordel ? Recherchées pour être assassinées sans que nous sachions pourquoi, Sixtine emprisonnée, Neeve qui bafoue toutes nos lois, et moi… Moi, je ne sais plus où j'en suis.

À force d'errer, je finis par me retrouver à nouveau dans la cuisine. L'immense pièce est vide. Seul le fameux Popeye, qui m'avait promis un repas, est assis à la grande table, devant une tasse de café fumant. Quand il me voit arriver, ses grosses moustaches blanches frémissent.

— Ah ! Te revoilà ! Je savais bien que tu finirais par revenir me voir. Allez, viens, j'ai gardé ton assiette, je vais te la faire réchauffer.

Comme une poupée de chiffons, je m'affale sur une

chaise. Je laisse tomber ma tête entre mes mains. Je me sens perdue, et je ne sais plus quoi faire.

— Quand ça ne va pas, j'ai l'habitude de dire que la meilleure chose à faire est de partager un bon repas avec un ami.

Un ami ? Quel ami ? Je crois que même pendant mes épisodes de dépression, je ne me suis jamais sentie aussi seule. Je pousse un soupir à fendre l'âme. Comme s'il lisait dans mes pensées, Popeye reprend :

— Tu peux me considérer comme un ami. La confiance viendra petit à petit. Sache seulement une chose. Je suis un vieux loup. J'en ai vu, des choses... Karl est un très bon Alpha, l'Alpha idéal pour cette meute, mais il n'a pas encore tant d'expérience que ça. Moi, je sais qui tu es.

Choquée, je relève brusquement la tête. Quoi ? Il sait...
Face à mon expression apeurée, il rit doucement.

— Ne t'inquiète pas. Je ne dirai rien. Je crois que toi et tes amies êtes la meilleure chose qui soit arrivée à cette meute depuis bien longtemps. Sorciers, vampires, loups... Nous sommes tous sclérosés dans nos habitudes, nos traditions, et il serait temps que tout ça bouge un peu.

Il appuie son propos d'un clin d'œil malicieux et me pousse mon assiette sous le nez. Aussitôt, de délicieux effluves me parviennent aux narines. À quand remonte mon dernier repas, bordel ? Je me jette sur mes couverts et engouffre chaque morceau de viande fondante avec gourmandise. C'est étrange, c'est pas trop mon truc, la viande, d'habitude. Est-ce que mon sortilège a modifié mon régime alimentaire ? Mais ça ne doit pas être tant le cas que ça, parce que Popeye ajoute, l'air de rien :

— Pour toi, j'ai fait cuire la viande un peu plus.

Mmmpf. Bon, je pensais faire couleur locale, mais c'est loupé. Tant pis, ça ne m'empêchera pas de savourer ce repas.

— C'est bon, articulé-je, la bouche pleine.

— Merci. C'est ma mission, tu sais, de nourrir tous ces jeunes loups. Et au passage, si je peux partager mon expérience...

— Tu viens d'où ?

— Du Nord, me répond-il avec un clin d'œil.

Un instant, j'interromps ma mastication. Il se fout de moi, là ?

— Détends-toi, je plaisante, ajoute-t-il en me voyant au bord de l'apoplexie. Tu n'as rien à craindre de moi. Et, si tu veux mon avis, tu n'as rien à craindre de personne, ici.

— Mes amies...

— Elles vont bien. J'entends que leur situation ne soit pas idéale, encore que pour la grande rousse, cela semble plus... Enfin, elle n'a pas l'air d'avoir froid aux yeux, la végétarienne, si tu veux mon avis... Mais bref, elles vont bien. Elles sont au chaud, elles sont nourries, et elles sont à l'abri du danger.

— Du danger ? répété-je en plissant les yeux.

Hum. Ce Popeye me déstabilise totalement. Il a l'air de savoir beaucoup de choses, mais pour autant, je ne parviens pas à déterminer ce que je peux lui confier sans crainte. Si ça se trouve, c'est une ruse de Karl pour m'inciter à parler. Hors de question que je tombe dans ce petit jeu.

Néanmoins, je suis lasse de tout ça. Lasse des conflits et de la dissimulation. Attristée de ma dispute avec Neeve. Après tout, nous sommes séparées depuis si longtemps déjà. Qu'est-ce que je sais de ce qu'il s'est vraiment passé pour elle depuis que nous nous sommes quittées ? Alors... Alors, je me laisse aller, un peu. Juste un peu.

— Tu as raison, soupiré-je. Mais j'aimerais tant... retrouver une vie normale. Retrouver mes amies.

— Je comprends, opine Popeye. Mais laisse-toi du temps. Tu as encore des choses à faire ici, et...

Il s'interrompt. Lève les yeux vers la porte de la cuisine. Son expression bienveillante s'est rembrunie. Que se passe-t-il ?

Tous mes sens aux aguets, je me tourne aussi, pour voir débarquer un chef de meute aux cheveux ébouriffés, l'air furibard. Aussitôt, les poils se hérissent sur mes bras, et une tension douloureuse prend naissance dans mes gencives.

— Qu'est-ce qu'elle fait là ?

Popeye s'est recomposé un air tranquille.

— Elle mange.

En deux pas, Karl fond sur moi et balaie mon assiette d'un revers de la main. Il m'attrape par le bras et me force à me lever.

— Hey, mais ça va pas ! Popeye, dis-lui de me lâcher.

Mais le vieux loup nous observe avec... un petit sourire ! Mais ils sont tous fous, dans cette putain de tanière !

— Je t'ai dit que tout allait bien se passer, jeune fille. Fais confiance à un vieux briscard comme moi.

— Mais...

Je n'ai pas le temps de rajouter un mot de plus que Karl me traîne hors de la pièce, en mode homme des cavernes.

C'est quand même pas le respect des femmes qui les étouffe, ces connards de loups.

Retour case départ. Cette chambre ressemble de plus en plus à une prison. J'ai la sensation qu'on vient de me surprendre en train de taper dans un pot de crème, et qu'on me punit comme une gamine de huit ans.

Pour ne rien arranger, Karl n'est pas reparti et fait les cent pas juste sous mon nez. Agacée, je lève les yeux au ciel et gonfle les joues.

— Tu vas finir par creuser un trou dans ton parquet.
— Quoi ?

Manifestement, son corps est là, mais son esprit est ailleurs.

— Le sol. Toi. Beaucoup marcher. Risquer abîmer.

Il grimace. Bon, j'avoue, c'était pas drôle. M'enfin, la situation laisse peu de place à mon talent comique.

Avec un soupir, je me lève du lit sur lequel je m'étais assise.

— Qu'est-ce qui se passe ? Tu veux pas me dire, au lieu de tourner comme un lion en cage ? Tu m'agaces, tu sais.

— Hein ? Moi, je t'agace ? Mais qui s'est barrée de sa chambre fermée à double tour pour aller se balader dans *ma* tanière, hein ?

Ah. Oups. Il faut que je trouve une explication, et vite.

— Euh… La porte n'était peut-être pas si bien fermée que ça ?

Sans que je puisse réagir, Karl se jette sur moi.

— Tu mens ! Et surtout, tu me caches des choses ! Si tu as pu sortir d'ici, c'est que quelqu'un t'a aidée... Qui ? Je veux savoir de qui il s'agit ? S'il y a un traître parmi mes loups...

Ma tanière, mes loups... Ce type a clairement des soucis d'ego. D'autant plus qu'il semble m'inclure dans la liste de ses biens, vu son attitude envers moi.

— Il n'y a pas de traître.

— Tu mens ! répète-t-il.

OK. Et on parle de son délire paranoïaque aussi, ou bien ? Pour l'occasion, j'adopte ma voix de maîtresse. Celle que j'utilisais avec mes élèves pour leur signifier que les limites étaient outrepassées.

— Écoute, Karl. J'ai l'impression que tu traverses une période difficile. Mais sache que ce n'est pas une raison pour s'en prendre aux autres. Tout ceci n'est pas nécessaire. Alors tu vas prendre le temps de réfléchir un peu à tout ça et...

— Ne me parle pas comme si j'étais un gosse, Elinor ! rugit-il soudain, les yeux injectés de sang.

Entre ses lèvres, je vois poindre ses canines, et les doigts qu'il tend vers moi sont crispés d'une étrange façon. Pfff, de toute façon, j'ai toujours su que j'étais naze, en tant qu'enseignante.

— OK, OK. Calme-toi. Je te jure que la porte était mal fermée. Je te jure que je n'avais pas de mauvaises intentions. Je voulais simplement retrouver mes amies. Si tu nous permettais de...

Mais il ne me laisse pas finir. Avec un grognement de bête sauvage, il se jette sur moi. Je suis pétrifiée de terreur et vacille sous le choc. Pour m'empêcher de tomber, il me retient entre ses bras, forts, puissants. Toute envie de plaisanter me déserte.

Ma respiration s'accélère, mon pouls s'emballe, tandis que je sens ses lèvres chaudes, et la pointe acérée de ses dents, me chatouiller le cou. J'aimerais riposter, me défendre, mais mon corps s'y refuse. Une vague de désir mêlé de peur me submerge. Dans la gorge de Karl, le grognement bestial s'adoucit, se fait presque doux, suppliant. Mais que se passe-t-il ?

Il me redresse soudain pour me plaquer contre lui. Ses cheveux frôlent ma joue. Ma respiration se suspend, et je sens que la sienne aussi. Dans ma tête ressurgit la vision de Neeve entourée des deux cousins Falck. Je tente de la repousser, en vain. Est-ce que moi aussi je vais enfreindre notre loi la plus fondamentale ?

— Elinor... gémit-il dans mon cou.

Où est-il passé, le chef impitoyable ? Où est-elle, la créature sauvage et colérique ? Malgré moi, malgré mes doutes, malgré cette crainte ancestrale qui me hante, je lève une main pour caresser ses cheveux, et il vient blottir sa tête dans mon cou. Il resserre son étreinte, encore plus fort.

— Tu me fais mal, je souffle.

Aussitôt, il se redresse et plante son regard dans le mien. Ce que j'y lis me coupe la respiration.

— Jamais je ne te ferai de mal.

Et là, mue par une impulsion que je ne pourrais expliquer, je me dresse sur la pointe de mes pieds pour poser mes lèvres sur les siennes. Je le saisis par la nuque, et il me rend mon baiser avec une passion dévorante. L'excitation monte en moi, j'ai la sensation de ne pas m'être sentie aussi vivante depuis… depuis quand ?

Nous nous laissons emporter par cette marée puissante, exaltante, tandis que nos souffles se mêlent et que nos mains se cherchent, sans que jamais nos bouches ne se quittent. Titubante, étourdie, et peut-être déjà vaincue, je recule avec lui, l'entraînant à ma suite.

— Elinor, gronde-t-il encore, alors que nous basculons en arrière.

Il a posé ses mains de chaque côté de ma tête, semble hésiter. Mais déjà, mes cuisses s'écartent et mon bassin se meut à sa rencontre. La respiration courte et rauque, je l'empoigne par les cheveux. Je veux qu'il vienne. Maintenant.

— Karl !

Ce n'est pas ma voix qui résonne soudain dans cette chambre. Ce n'est pas ma voix qui brise cet instant parfait. Non.

— Karl ! On a besoin de toi tout de suite. La prisonnière s'est enfuie.

CHAPITRE 25

SIXTINE

Depuis quand courons-nous dans la forêt ? Où allons-nous ? Y a-t-il quelqu'un qui dirige ce navire, ou nous dérivons sans avoir la moindre idée d'où nous nous trouvons ?

Qu'est-ce que t'as foutu, Sixt, bon sang ?!

Se fier à son intuition, ce n'est pas se laisser entraîner par le premier homme qui te montre de l'intérêt !

Il n'y a plus rien qui me protège de cette menace dont nous ne savons toujours rien. Et les filles ? Que va-t-il leur arriver ?

Je cesse de courir.

L'image de mes amies s'imprime devant mes yeux avant d'être troublée par les larmes qui dévalent mes joues. La pression est trop forte. Je suis perdue dans une forêt inconnue, avec un loup dont j'ignore presque tout, loin de celles qui ont toujours assuré mon équilibre. Nous avons besoin les unes des autres, sans quoi nous finirions toutes les trois par terre.

Merde, t'es trop conne, sérieux !

Les spasmes de mes irrépressibles sanglots sont si forts qu'ils m'obligent à m'asseoir. Nous sommes foutues. Déjà que solidaires, ce n'était pas gagné, mais séparées, nous sommes cuites.

Robin s'est arrêté, lui aussi. Il s'accroupit et se penche tendrement vers moi.

— Je suis là, Sixt. Tout ira bien, je te le promets, me chuchote-t-il d'une voix douce.

— Qu'est-ce que t'en sais ? hoqueté-je dans un flot de larmes.

— Je vais veiller sur toi. Toujours…

— N'importe quoi ! Tu ne peux rien faire pour moi ! m'emporté-je, désespérée.

Soudain, mon inconséquence me saute aux yeux. Le regard captivant de Robin me transperce, mais pas autant que le couteau dans le cœur que je me suis moi-même planté. *J'ai abandonné mes amies…*

— Je suis un loup. Je te protégerai.

— Mais de quoi crois-tu me protéger ? De ta meute ? Ils te détestent à présent. À cause de moi, tu…

Je sanglote de plus belle, accablée par la culpabilité qui m'étreint avec une telle violence que j'en suffoque. Car lui aussi, je l'ai entraîné dans ma déroute.

— Ça n'a rien à voir avec toi, me lance Robin, une pointe d'incrédulité traversant son visage aux traits si doux. Je suis la soupape, la variable d'ajustement. Un Oméga. Ça peut paraître choquant dit comme ça, mais c'est ainsi que fonctionnent les loups.

— C'est horrible ! Comment tu peux accepter une telle chose sans protester ?

— Je n'ai pas eu le choix, déclare-t-il, un peu surpris par mon effarement.

— On a toujours le choix.

— Tu m'as offert ce choix.

— Tu ne comprends rien. Mes amies...

Le hoquet me reprend, plus intense encore.

— Elles vont bien, crois-moi, tente-t-il de me rassurer.

S'il savait...

— Je sais ce que tu penses, mais elles ne vont pas bien. Elles sont en danger. Et cette fuite ridicule ne fait qu'aggraver la situation !

— Tu regrettes ?

Son regard trahit une tristesse profonde, son aurore s'est ternie et a cessé de danser. Elle ressemble à présent à un tas de compost en décomposition. Il est perdu, lui aussi. Et le pire c'est qu'il ne sait même pas pourquoi. Un nouveau flot se déverse de mes yeux sans que je puisse le maîtriser. Comme tout le reste.

— Je dois te dire quelque chose...

Mes mots se bloquent dans ma gorge gonflée par l'émotion. Je suis une horrible personne, j'ai abandonné mes amies et provoqué l'exil d'un loup qui ne demandait qu'à m'aider. C'est affreux.

Je prends une grande inspiration et balance d'un coup, tant que j'en ai le courage :

— Je suis une sorcière.

Il me regarde avec incompréhension, ce qui a le don de m'agacer tout en attisant mes larmes.

Quel mot tu n'as pas compris ?

C'est facile de faire des promesses quand on ne sait pas tout... Persistera-t-il à les honorer maintenant qu'il dispose de toutes les données de l'équation ? Ce n'est pas sa faute, cela dit... Je lui ai menti et ai violé nos lois fondamentales pour protéger mes intérêts. Comment aurait-il pu savoir ?

— Je suis une sorcière, Robin. Je suis désolée.

— Tu veux dire que... bégaie-t-il.

Il semble si effrayé à présent qu'il ne peut achever sa phrase. Il n'a même plus l'air de savoir quoi penser. Il s'est atrophié d'un coup, adoptant une posture défensive, ses yeux cernés d'un halo orangé qui me laisse présager qu'il va se métamorphoser sous peu.

— Nous étions en danger, et c'est le seul moyen que nous ayons trouvé pour survivre.

— Chez les loups ? Mais vous êtes dingues !

Le dégoût s'immisce dans sa voix. Elle n'est ni chaude ni réconfortante, elle exsude le mépris. Et ça fait mal... Cette loi semble bien ancrée partout, il n'y avait que nous pour faire un strike sans y prendre garde.

— Nous espérions seulement survivre. Pas causer de tort à qui que ce soit.

— C'est une blague ? Tu m'as trahi ! hurle-t-il, tout en se transformant soudain en un loup monumental.

Est-ce qu'il va m'achever ?

Je lis dans son regard bestial un mélange de défiance et de déception. De la crainte aussi. Alors, c'est comme ça que ça va se finir ?

Ce que tu peux être naïve, parfois ! C'était sûr que ça finirait mal : un loup et une sorcière, enfin ! C'était évident !

J'ai beau le savoir, ça me fait mal. J'ignore pourquoi, mais j'y ai cru. Je me sentais si bien, plongée dans les lueurs boréales de ses iris, que j'ai cru y avoir enfin trouvé mon chez-moi. Et voilà qu'une simple révélation fait s'effondrer mon fragile château de cartes.

Il me fixe quelques secondes avant de détaler entre les troncs.

Tout cela n'était qu'une illusion. C'est douloureux quand la vérité éclate, j'aurais dû mieux le deviner. D'un coup, je me sens un peu moins coupable de l'avoir entraîné dans cette galère. Et beaucoup plus d'avoir délaissé mes amies pour lui.

Elinor, Neeve, j'ai besoin de vous.

Je suis secouée par un frisson qui me parcourt l'échine tandis que mon ventre se tord. Ça caille en plus ! Et j'ai terriblement faim !

Comment vais-je m'en sortir, seule, cernée par ces arbres ? Je ne sais ni m'orienter ni chasser, moi ! Je n'ai jamais eu besoin de faire ce genre de choses… Entre magie, GPS et livraisons à domicile, pourquoi m'y serais-je essayée ? Qu'est-ce que je vais faire ? Est-ce que je vais mourir aussi bêtement que ça, au milieu de nulle part ?

Voilà qu'un vent lugubre se lève et fait danser les arbres torturés. Les rafales dans les feuilles répandent des cris déchirants dans l'air glacial. Je n'ai rien à faire là ! Je veux retrouver les filles, je veux retrouver notre vie d'avant, notre coven, mes parents, et même mon oncle si insupportable.

Sortez-moi de là !

Je ne sais même pas à qui j'adresse cette pitoyable prière. C'est pathétique. Et d'une tristesse… Mes larmes redoublent. Encore. Mais cette fois, une terrible douleur me déchire : sous cette lune qui commence à s'arrondir, j'adopte malgré moi la forme d'une louve. À mesure que s'opère la métamorphose, ma vision se trouble et mon esprit s'efface. C'est douloureux, mais je lutte sans conviction, et soudain, je perds le peu de contrôle qu'il me restait.

Je me réveille, recroquevillée au pied d'un arbre majestueux, chatouillée par un rayon de soleil lénifiant. Le jour se lève.

Qu'est-ce que j'ai fait cette nuit ? Comment se fait-il que je n'en garde aucun souvenir ? Tout ce dont je me souviens, c'est Robin m'abandonnant là et ma métamorphose qui a suivi. Rien d'autre. Pire qu'une gueule de bois !

Je m'appuie sur une racine proéminente pour me relever. Mais je suis nue, en plus ! Incapable de cacher mon intimité tout en me déplaçant, j'abandonne. Je ne croiserai personne ici, sauf peut-être des loups, ou d'impitoyables meurtriers qui n'auront que faire de mon apparence. Je déambule entre les troncs, puis m'arrête. Quelle direction dois-je suivre pour retrouver la tanière des Greystorm ?

Il y a urgence, ma grande, trouve un truc ! Vite !

Comment retrouver les filles ? Comment retrouver les filles ?

Allez, réfléchis !

La magie. Il n'y a que la magie qui pourra me mettre sur leur piste.

Est-ce que ça ne va pas foutre en l'air le sort de protection d'Eli ?

Mais si je ne les retrouve pas, de toute façon, tout est foutu !

Concentre-toi ! Allez !

Je place mes mains l'une face à l'autre, la pulpe de mes doigts s'effleurant à peine et improvise une formule :

— *Que les ombres me viennent en aide et me guident jusqu'à celles que mon cœur pleure. Que mes pas me conduisent à la tanière des Greystorm par le chemin le plus court et le plus sûr. Que de leur opacité, les ombres me dissimulent de ceux qui pourraient me vouloir du mal.*

En quelques secondes à peine, une petite boule d'ombres tourbillonnantes apparaît entre mes mains. Une nébuleuse noir et violet, d'où s'échappe une lueur envoûtante.

— Conduis-moi à Elinor et Neeve, ordonné-je, fébrile.

Elle avance d'abord doucement entre les arbres puis accélère. Je cours à présent sur une couche épaisse de feuilles sèches, m'enfonçant de temps à autre une bogue dans la plante des pieds.

Une odeur à la fois étrange et familière me parvient tandis que je poursuis toujours la nébuleuse qui s'enfonce entre les branches. Un loup. Et pas n'importe lequel, le seul que j'ai jamais humé avec avidité : Robin. Qu'est-ce qu'il fout dans les parages ? Est-il retourné en rampant demander grâce auprès de son frère ? Où m'attend-il pour me livrer aux siens, dans l'espoir de retrouver une place plus acceptable ?

Je n'ai pas le temps de trouver un plan qu'il m'interpelle :

— Sixt ! Enfin !

Il semble moins remonté que la nuit dernière.

— Excuse-moi, balance-t-il sans préambules. Excuse-moi. Je... J'ai été surprise, mais c'était idiot de m'emporter ainsi. Je m'en rends compte à présent.

Il me fixe, et balaie mon corps nu sans le moindre embarras.

Ça va, te gêne pas !

Déjà que je ne suis pas particulièrement à l'aise, cette inspection en bonne et due forme me pétrifie encore plus. Dans d'autres circonstances, ça ne m'aurait pas déplu, mais là c'est franchement dérangeant !

Je le dévisage sans savoir quoi dire. Sa réaction m'a blessée, mais ce qui m'importe dorénavant, c'est de retrouver mes amies.

— Neeve et Elinor... articulé-je, décontenancée.

— Je t'y aiderai.

— Comment ?

— Je connais la tanière comme ma poche, je t'aiderai à les faire évader.

— Pourquoi ?

— Parce que tu es celle que mon cœur et mon loup ont choisie, Sixt. Il n'y a plus aucun retour en arrière possible me concernant. J'irai jusqu'au bout, quelle que soit ta nature véritable.

Son regard pétille d'une détermination que je ne lui connais pas. Il n'est plus le loup résigné et soumis que j'ai rencontré, il s'est transformé en une sorte de cerbère dévoué à ma cause. C'est du moins l'impression qu'il donne. Est-ce que je peux lui faire confiance ?

Il s'approche de moi. Malgré mes doutes, ma respiration se suspend à son souffle. Le point de rupture n'est pas loin, lâcher prise serait à la fois fabuleux et stupide. D'autant qu'il n'a pas hésité à m'abandonner lorsqu'il a découvert ce que j'étais. Mon cœur s'emballe, comment lui résister ? D'autant que son aide est bienvenue, puisque je ne sais pas vraiment comment m'y prendre pour exfiltrer mes amies.

Il penche sa tête et plonge ses yeux dans les miens. Je sens ses lèvres frôler les miennes et mon cœur manque un battement. Mon sort s'estompe. Mes joues me brûlent. J'entrouvre la bouche, au supplice de mêler ma langue à la sienne.

— Intéressant !

Merde ! Qu'est-ce que c'est que ça, encore ?

— Emparez-vous d'elle ! Et débarrassez-nous de cette bestiole !

CHAPITRE 26

NEEVE

Je suis encore sous le coup de l'émotion, alors que mon altercation avec Elinor a eu lieu la veille, et c'est sans parler de la révélation des Falck ! Sixtine a disparu et a foutu le camp avec Robin, le rebelle de la meute. *Putain !*

On était déjà dans la merde, mais là c'est le pompon ! Les cousins s'apprêtent justement à partir à sa recherche, avec tout un bataillon de loups pas très commodes. Que vont-ils lui faire s'ils la retrouvent ? Que va-t-il se passer si elle révèle ses pouvoirs ? Visiblement, mes copines ont oublié de faire preuve de prudence. Utiliser la magie va nous condamner à mort, aussi bien chez les sorciers que du côté des loups, quand ils sauront ce que nous avons fait. *Ce que j'ai fait...* J'entends encore Perry dire à Popeye : « *Les sorciers sont une sale engeance ! Pas pire que les vampires, je te l'accorde* ». Je me souviens d'ailleurs que le cuisinier m'a ensuite fixée d'un regard intense. Pendant une minute, j'ai cru être démasquée et un frisson m'a parcourue. J'en frémis encore.

Nous risquons gros, et Sixtine s'est tirée sans savoir que la menace à l'extérieur est pire encore que celle qui pèse sur nous dans la tanière.

— Détends-toi, Neeve du Nord, me lance Tyler, qui dépose un baiser sur mes lèvres, avant de prendre la direction de la sortie, tout de suite imité par Perry.

Il est marrant, lui ! Si seulement c'était si simple. J'en ai presque les larmes aux yeux tant je me sens trahie. Par Sixtine. Par Elinor, aussi. Peut-être n'ai-je pas eu la bonne réaction face à cette dernière. J'étais si heureuse de la revoir après ces semaines de séparation. Ce n'était peut-être pas réciproque…

Une fois Perry et Tyler partis à la recherche de Sixtine et de Robin, je me lève avec la ferme intention de trouver Eli. Elle qui m'a craché ces mots horribles au visage, sans savoir ce que j'ai vécu ces dernières semaines. Sans savoir que j'ai tout tenté pour trouver des solutions à notre situation. Qu'a-t-elle fait, elle ? Comment peut-elle juger ma conduite avec les cousins, alors qu'elle ne sait foutre rien ? Je ne me sens pas coupable d'avoir cédé à la tentation. Depuis le début, les cousins me protègent. Depuis le début, ils me consolent… Je n'ai pas demandé à ce que l'on se retrouve dans ce bourbier.

J'arpente les couloirs d'un pas lourd, ruminant ma déception et ma colère. Nous devons retrouver Sixtine, nous n'avons pas le choix. Mais va falloir la jouer fine. Je passe devant les cuisines où les loups se sont rassemblés. Ils doivent prendre des forces avant la chasse qui s'annonce. Ça me fait froid dans le dos. *Sixt…* J'avance à pas feutrés devant la grande porte ouverte. Personne ne me prête attention. Les cris de colère contre Robin les occupent bien assez. Mais je n'ai pas fait deux mètres que je me fige. Le sang déserte mon visage.

Cette sensation...

Elle remonte de la terre, parcourt le sol, me lèche les jambes et investit ma poitrine. Je suffoque.

Magie...

Beaucoup de magie.

Je hurle :

— Sixtine !

Faisant volte-face, je me retrouve nez à nez avec toute la meute. Ils sont en rangs serrés dans le couloir et me toisent avec des yeux de merlans frits. Karl dégage un passage et se plante devant moi.

— Tu fais quoi, là ? s'enquiert-il sèchement.

Mon cœur rate un battement. Il faut vite retrouver Sixtine. *Mais la magie...* Que puis-je dire ? S'ils découvrent ses pouvoirs, que vont-ils lui faire ?

La sensation reflue. Ma gorge se serre. *Pas le choix...*

— Partez tout de suite ! beuglé-je.

Tyler et Perry se fraient un chemin jusqu'à l'Alpha, comme pour le protéger.

— Neeve... commence Perry, inquiet.

— Bébé, on va les trouver, ne panique pas, me lance Tyler, avec un regard déterminé.

Si, je panique ! Je sens la magie de la terre, et elle est puissante. Très puissante. Mon esprit longe les parois de la tanière, jusqu'à la sortie. Il poursuit son chemin jusqu'à ce que je ressente la présence de mon amie. Mon cerveau me crie *« Danger »*.

— Les gars, faites-moi confiance, leur dis-je, tentant de contenir ma frayeur. Elle… elle est au sud de la caverne, à six ou sept cents mètres d'ici et…

— Comment sais-tu ça ? me coupe Karl, dont l'intonation devient plus grave.

Je baisse les yeux. Son côté loup m'incite à lui offrir mon cou en signe de soumission, mais je m'y refuse. Il se crispe et m'attrape le bras.

— COMMENT SAIS-TU ÇA ? répète-t-il.

Je me dégage de sa prise, le cœur au bord des lèvres, subissant pour la première fois son autorité de plein fouet.

— Allez-y maintenant, ou ton frère et mon amie vont mourir ! Dépêchez-vous, et je vous promets de tout vous raconter à votre retour. Faites vite, par pitié. Partez maintenant !

L'Alpha plisse les yeux, puis regarde Tyler. Un hochement de tête de sa part me confirme qu'ils se sont parlé par la pensée. Je sais qu'ils peuvent faire ça entre membres d'une même meute. On l'apprend en première année à la Wiccard.

— En route ! hurle Tyler à l'assemblée. Mais ne vous transformez pas tant qu'on n'en sait pas plus sur ce qu'il se passe.

Ils s'apprêtent à tous partir en courant, quand je m'écrie :

— Emmenez-moi avec vous !

Il *faut* que j'aille avec eux. Contre de puissants sorciers, ils risquent de tous y passer. Or, je ne veux pas qu'un loup de cette meute perde la vie pour nos conneries. Ils ne méritent pas ça. Sans le savoir, ils nous ont protégées. Nous leur sommes redevables.

Karl se coupe dans son élan et se retourne vivement.

— Pas question, bordel ! clame-t-il en me menaçant de son index. Tu restes là, et ne t'avise pas de sortir. Prépare tes explications, Neeve du Nord, car si elles ne me satisfont pas, c'est fini la belle vie avec tes étalons. Les cachots seront ta nouvelle demeure. C'est compris ?

Je hoche la tête, je ne peux pas faire autrement. Il me fait peur avec sa grosse voix, ce con !

La seconde d'après, ils partent tous en me laissant seule dans le couloir. J'en profite pour courir jusqu'à la chambre d'Elinor. La porte est fermée. Dans l'urgence, j'utilise la magie pour la déverrouiller. Plus la peine de se poser de questions, on est déjà localisées.

— Eli !

Elle est allongée dans un lit aux proportions exagérées, en position fœtale. Dès qu'elle m'entend, elle se redresse et son front se crispe en découvrant l'inquiétude sur mes traits. Une pensée me vient : si elle me connaît tant que ça, si elle est capable de deviner mon angoisse, pourquoi n'a-t-elle pas pris la peine de s'attarder sur les circonstances de ma conduite ? Suis-je si délurée pour qu'elle pense que dans une situation pareille, je me sois vautrée dans la luxure sans prendre notre situation en compte ? N'a-t-elle pas la conviction, comme moi, que nos lois sont archaïques et débiles ? Puis je pense à Karl. Il ne l'a peut-être pas bien traitée, et dans ce cas, ma conduite est condamnable à ses yeux. *Merde...*

— Qu'est-ce qui se passe ? dit-elle, effrayée.

— Sixt est en danger !

— Je sais. Je n'arrête pas d'y penser. Karl est parti à sa

recherche. D'après lui, ils ne mettront pas beaucoup de temps à tracer son odeur.

— Non, t'as pas compris. Elle est attaquée par des sorciers. Il faut l'aider !

Ses yeux s'écarquillent de stupeur. Elle bondit hors du lit et enfile rapidement des chaussures, avant de partir en courant à mes côtés.

Nous filons à une allure folle, jusqu'à ce que nos regards effarés remarquent des lueurs chamarrées émerger au-dessus des feuillages, un peu plus loin dans la forêt. Lorsque nous parvenons à cet endroit, le souffle court, une bataille fait rage. Des membres de la meute sont à terre. Sept sorciers se protègent de la vingtaine de loups qui luttent encore, tentant de jeter des sorts pour les arrêter. Mais il n'est pas facile de toucher une cible mouvante et aussi rapide que l'un de ces fauves. Et être assaillis avec tant de violence ne favorise pas la concentration nécessaire à l'élaboration d'une formule. Les sorciers n'ont pas pensé à ramener des armes en argent, et cela peut faire pencher la balance à notre avantage.

Elinor s'écrie :

— Sixtine !

Mon regard suit le sien. Notre amie se tient nue, le corps couvert d'ecchymoses, derrière un grand loup au pelage sombre. *Robin*. Ses yeux épouvantés me font comprendre son dilemme. Devant la meute, impossible de dévoiler sa magie. Mais je l'ai pourtant ressentie. Celle de

Sixtine est singulière, je ne peux pas m'être trompée. L'a-t-elle révélée à Robin ?

Je n'ai pas le temps de m'appesantir sur cette pensée que la voix rocailleuse d'un homme retentit juste derrière nous.

— Eh bien, voilà, le trio est enfin au complet !

— Vous êtes qui, vous ? demande Eli en reculant d'un pas.

— Celui qui vous cherche depuis un long moment, mes jolies !

— C'est vous le... celui qui veut nous tuer depuis le début ? balbutie mon amie, tandis que j'examine ce grand homme à la mine sombre et aux longs cheveux gris et sans éclat.

Il s'esclaffe et s'approche encore. Eli et moi reculons. Le calme revient dans la forêt, précédant la tempête qui s'annonce. Les loups ont stoppé leurs attaques. Les sorciers attendent les ordres de celui qui semble être leur maître. *Mais putain, c'est qui ce mec ?*

Un rictus répond à ma question muette, puis sa voix obscure s'élève :

— Tuez-les tous !

Je n'ai pas le temps de me retourner qu'un sort m'atteint. Un sort de lacération. La douleur sur ma poitrine et mes bras me fait hurler.

— NEEVE ! crient les cousins.

Du sang coule des larges plaies qui strient mon abdomen. Elinor est attaquée à son tour, mais elle contre le sort en élevant la paume de sa main. En émerge immédiatement un mince filet blanc, comme un rayon de lune qui s'élance contre le chef de nos ennemis. Il l'emprisonne et le saucissonne, tandis que Sixtine brandit son pouvoir contre d'autres sorciers. Certains sont happés par les ombres et explosent dans un bruit dégueulasse, quand d'autres se jettent sur elle par les côtés. Malgré la douleur, je m'élance d'un pas vif et touche le premier arbre à proximité. Ses branches s'allongent et attrapent par le cou les sorciers qui la menacent, puis se rétractent aussitôt et leur infligent la pendaison. Leurs jambes s'agitent dans le vide, et leurs yeux jaillissent de leurs orbites.

Sixtine en profite pour abréger leur souffrance en réitérant son sort explosif. Mon regard se tourne alors vers Elinor, qui s'approche du chef des sorciers, prête à le questionner. Mais à peine est-elle à un mètre de lui qu'il trouve un moyen de lui asséner un maléfice qui lui taillade le visage. Ses mains se portent alors à ses joues. Ses cris sont terribles. Quand elle relève les yeux sur le sorcier, le mince filet blanc se resserre si vite qu'il le découpe en morceau.

Le calme réinvestit les lieux. Un calme oppressant. Un frisson parcourt mon échine.

Haletante, je considère Elinor, puis me tourne vers Sixtine. Ces dernières se rapprochent de moi, tandis que les loups nous observent d'un œil sombre et le halo doré autour de leurs pupilles ne laisse rien présager de bon. Des grognements inquiétants résonnent dans la gorge de nombre d'entre eux.

Les deux cousins se transforment, l'air hagard. Ils se présentent devant moi, entièrement nus, le corps tendu comme un arc. Puis c'est Jake qui les imite, avant de se jeter sur le corps d'un loup qui gît à terre, la gorge lacérée. Il est impossible de se remettre d'une telle blessure, même avec le pouvoir lycanthrope de régénération, même avec la magie. Je l'entends dire « Macha », d'une voix tremblante, cassée. Je déglutis en pensant à la jeune louve si affable qui vient de perdre la vie. *À cause de nous.* Puis mon regard se lève sur Perry et Tyler, je vois l'expression effarée plaquée sur leur visage. Une expression qui ne dure pas et qui se mue vite en quelque chose que je n'ai jamais vu chez eux : du dégoût.

Leurs lèvres se retroussent sur leurs canines. Des griffes remplacent leurs ongles. Leurs yeux ambrés me fusillent. Et mon cœur se brise.

CHAPITRE 27

ELINOR

On est grave dans la merde. Comme jamais on ne l'a été, et pourtant, on en a fait, des conneries, toutes les trois.

Mais là, nous retrouver encerclées par une meute de loups enragés au beau milieu d'une forêt profonde...

Mon cœur bat la chamade, je ne vois pas trop de quelle façon on va pouvoir s'en sortir. La diplomatie ? Je jette un regard à Sixtine, juste sur ma gauche. Son air hagard ainsi que les multiples coupures et contusions qui parent son corps nu me font douter de sa capacité à prendre sur elle. *Déjà qu'au naturel...*

J'observe Neeve, aussi. Je ne sais plus quoi penser. Nous n'avons pas eu le temps de nous expliquer. J'espère que, quels que soient les mots que nous avons échangés, elle sait qu'elle peut toujours compter sur moi. Mais ses yeux remplis de larmes, posés sur les cousins Falck... Bordel, si elle s'est vraiment entichée d'eux, je n'imagine même pas à quel point elle doit être dévastée.

Soudain, un loup surgit de nulle part, me heurte et me fait rouler au sol. De tout petits cailloux lacèrent ma chair, et ma tête rebondit sur une racine à nu. Mon crâne me lance atrocement, et des ondes de douleur se diffusent dans toute ma tête. Par réflexe, j'essuie le sang, chaud et à l'odeur métallique, qui me coule sur la joue. Dans mes oreilles, ça carillonne à tout va, et j'ai du mal à faire le point. Des cris de rage et de souffrance retentissent partout autour de moi. La peur me tord les entrailles, mêlée à un sentiment que je peine à définir. Le regret ? Je ne sais pas, c'est à peine si je comprends comment et pourquoi les choses en sont arrivées à ce stade.

Quand je parviens enfin à poser mon regard sur quelque chose de tangible, c'est pour constater le chaos qui règne autour de moi. Un chaos dominé par la haute et massive silhouette de Karl. Lui est resté sous sa forme lupine. Il ne bouge pas, et son immobilité me glace. Pourquoi n'intervient-il pas ? Il ne peut pas nous laisser massacrer comme ça ! Lentement, il tourne son museau vers moi, ses prunelles brillent d'un éclat doré qui me bouleverse.

Mais le carnage qui menace me rappelle à mes priorités. Sixtine hurle, et je vois Robin, à nouveau transformé en loup, s'interposer entre elles et ses congénères. Le combat est sanglant. Notre allié inattendu n'hésite pas à user de ses crocs et de ses griffes pour protéger mon amie. Il est comme possédé et lutte avec ferveur. Son corps couvert d'un épais pelage brun se meut avec agilité, force et précision, bouscule ses adversaires, les lacère d'un coup de patte, déchire oreilles et queues, dans un déchaînement brutal, une envolée de poils et de sang.

Mais combien de temps tiendra-t-il comme ça, face à

toute une meute ? Nous ne pouvons pas rester inactives si nous voulons sauver notre peau.

Encore chancelante, je me plante sur mes appuis, prête à détourner l'attention des loups sur moi, afin de soulager la pression qui s'exerce sur le couple formé par Robin et Sixtine. Je crie à m'en déchirer les cordes vocales. Et ce putain d'Alpha qui ne bouge toujours pas…

Un premier loup s'élance sur moi, je l'esquive, prête à utiliser mes pouvoirs. Après tout, ce n'est plus un secret. Des sorciers nous ont retrouvées, et les loups nous ont percées à jour. Autant défendre nos vies avec tout ce qu'on a en réserve.

Je tends la main, lance une boule lumineuse, d'un blanc aveuglant, sur mon adversaire. Ce dernier vacille sous la charge. Durant une infime seconde, sa forme tremblote, hésite entre humaine et lupine, comme un kaléidoscope devenu fou. Finalement, elle se stabilise, et le corps nu d'un homme aux épaules larges s'effondre à mes pieds. Je n'ai le temps d'apercevoir que ses yeux écarquillés par la terreur, sa bouche arrondie en un O parfait, qu'un autre loup m'attaque par-derrière, aux jarrets.

Je me retourne, lance une nouvelle boule de magie, avec le même succès. Ces petites victoires me grisent. Et si nous pouvions nous en sortir sans tuer qui que ce soit, malgré tout ? Et sans mourir, peut-être…

Un cri de désespoir retentit non loin de moi. Qui ? Par la magie de la lune, c'est Neeve ! Elle est acculée par les deux cousins. C'est une tout autre danse qui s'annonce pour elle à présent. Sous mes yeux ébahis, alors que j'envoie des boules opalescentes sur tout ce qui bouge, elle se transforme en louve. Ses yeux flamboient et ses crocs dégoulinent d'une bave épaisse.

— Neeve !

Dans un grognement rageur, elle tourne sa tête aux oreilles dressées vers moi, m'adresse un regard d'avertissement. *Ne t'en mêle pas...* OK, elle ne veut pas de mon aide. C'est entre elle et eux. Mais il y a tout de même un truc que je peux faire pour elle. Je me concentre aussi fort que je le peux, puise au fond de moi toute l'énergie nécessaire. Je sais bien que j'hypothèque mes chances de survie, car ce sort va drainer mes dernières forces.

Je concentre toute ma magie entre mes mains, sa lumière m'aveugle, et durant un instant, le silence se fait en moi. Puis j'écarte les bras, le plus possible, en hurlant. Un large dôme se déploie autour de Neeve et des cousins. Je lui offre le temps nécessaire pour botter le cul de ces enfoirés de bêtes sauvages.

Mais je paie cette initiative au prix fort. Un loup inconnu me percute de plein fouet, et je tombe en avant. Je me relève dans un bond, prête à vendre chèrement ma peau. Je pousse sur mes genoux, baisse la tête, et j'atteins la bête en plein abdomen. Mais il est trop fort, il me griffe, je hurle, puis il se relève lui aussi, repart à l'attaque. Dans ses prunelles, je vois passer une promesse de mort.

Je ne m'avoue pas vaincue, même si je suis hors d'haleine, que mes muscles me brûlent et se tétanisent. Je veux me battre encore. Expulser cette rage en moi. Je ne peux pas mourir maintenant, pas après avoir récupéré ma lucidité, ma force, mes pouvoirs. Je veux vivre. Et je veux que mes amies vivent aussi.

Je ne sais comment, j'esquive la nouvelle charge de

mon ennemi. Tout du moins, je le crois, car une vive douleur m'étreint soudain. Il m'a eue, ce con. Je porte une main tremblante à mon flanc, la ramène poissée de sang devant mes yeux. Tout se brouille.

Lentement, comme dans un rêve – un cauchemar –, je tombe à genoux. Mes cheveux glissent sur mon cou moite, offert à la morsure. Je sens déjà le souffle chaud de ce loup sur ma peau. Je sens déjà ses dents acérées, mes vertèbres craquer, mon épiderme se déchirer… Je n'aurais même pas pu m'assurer que Neeve et Sixtine s'en sortent. Une bile amère inonde ma bouche, pointe au coin de mes lèvres serrées sur un cri de désespoir.

Alors que j'attends que s'abatte sur moi la sentence pour avoir enfreint nos lois les plus sacrées, un rugissement bestial retentit, déchire la bulle de mon infortune. J'ouvre les yeux, enfin. La douleur pulse dans mon ventre. Je suis salement blessée.

À qui dois-je ce répit, qui ne peut être que de courte durée ? Car je n'espère même plus m'en sortir vivante. Nous avons perdu.

Karl se tient, sauvage et furieux, sur celui qui s'apprêtait à m'ouvrir la gorge. Des tremblements spasmodiques agitent son épaisse fourrure rousse, plus sombre que celle de Neeve, et il grogne de façon continue, comme si la rage qui l'habitait ne pouvait connaître de fin. Son regard étincelant, d'or pur, est braqué sur moi.

C'est cette vision que j'emporte dans les ténèbres qui me terrassent.

Quand j'émerge de mon inconscience, je suis de retour dans ma chambre. Mon torse est bandé, mais déjà la fine gaze se tache d'un sang rouge et frais. *Putain, j'ai mal...*

Mais je suis en vie.

Dans un brusque sursaut, je me redresse, grimace sous l'assaut de la souffrance. Où sont Neeve et Sixtine ? Ça ne va pas recommencer ! Plus jamais je n'accepterai que nous soyons séparées contre notre gré !

Mais je m'aperçois que mes craintes ne sont pas fondées. Deux autres lits ont été amenés dans la pièce immense, transformée en infirmerie pour l'occasion, et mes amies y gisent.

J'observe Sixtine. Son teint gris, ses yeux lourdement cernés me font deviner son épuisement. Durant combien de temps a-t-elle dû subir la geôle ? Neeve... Difficile de déterminer son état, tant son corps est couvert de larges entailles. Les cousins Falck ne l'ont pas épargnée. Mes poings se serrent à l'idée de ce qu'ils lui ont fait subir.

Je n'ai pas le temps de réfléchir plus avant à notre situation, car on toque à la porte. Je hausse un sourcil étonné. Je ne pensais pas que nous puissions avoir droit à tant d'égards, dans cette maudite tanière...

— Entrez.

Ma voix est rauque, mes cordes vocales me font souffrir. Tout mon corps me fait souffrir. Mon cœur aussi.

Karl entre. Son expression est indéchiffrable. J'aimerais lui dire que je lui suis reconnaissante de m'avoir sauvée. De nous avoir sauvées. Mais les mots restent coincés dans ma gorge, m'étouffent et me font suffoquer. Je sens des larmes lourdes et brûlantes rouler sur mes joues, et leur sel réveille la douleur de mes plaies au visage.

— Que veux-tu ? lui dis-je simplement.

En silence, il vient s'asseoir à mes côtés.

— Vous nous avez fait du mal, énonce-t-il. Tu n'imagines pas à quel point.

Je relève le « nous » dans sa phrase. Pourtant, à le voir, on dirait qu'il m'en veut de *lui* avoir fait du mal.

— Vous aussi, répliqué-je, réprimant l'émotion qui m'étreint la gorge.

— Pourquoi êtes-vous venues ici ?

Son ton est froid, presque détaché, mais je ressens la détresse qui l'habite. Comment ? Soudain, c'est comme si je partageais ses sentiments. Colère, frustration, inquiétude... désespoir.

— Nous n'avions pas le choix. C'était ça ou...

— Les sorciers qui ont attaqué Sixtine et Robin ?

Je hoche la tête. Il ne sert plus à rien de mentir, de dissimuler. Je suis responsable de tout ce carnage. Autant l'assumer.

— Pourquoi des sorciers s'en prendraient-ils aux leurs ?

— Nous ne le savons pas encore. Une enquête est en cours. Nous avons été témoins... d'un événement tragique, et ils veulent nous faire taire.

— Alors vous vous êtes dit que la meute Greystorm était le meilleur endroit pour laisser passer l'orage.

Ce n'est pas une question, alors je ne réponds rien. Ma main repose sur le drap blanc, à quelques centimètres à peine de celle, grande et forte, de Karl. Je ne peux me l'expliquer, mais j'ai envie qu'il me prenne dans ses bras. J'ai envie de lui dire que je ressens son chagrin, que je suis là pour lui, comme il a été là pour moi durant la bataille. Putain, mais qu'est-ce qu'il m'arrive ?

— Karl, je...

— J'ai condamné Robin à mort.

— Quoi ? Mais tu ne peux pas...

— Je n'ai pas le choix, Elinor. À cause de vous... à cause de ce qu'il est. Il savait, pour Sixtine. Il a choisi de la protéger, il a enfreint nos lois. Ce n'est pas la première fois, et je ne peux plus laisser passer ça au risque de... Même moi, je n'aurais pas dû te protéger. Si cela se sait...

Je reste silencieuse. En moi, la peine et la colère se mêlent en un maelstrom d'émotions. La culpabilité, aussi, lacère ma poitrine de l'intérieur. Mais sont-ce bien mes propres sentiments ? Je ressens le chagrin de Karl qui émane de lui en vagues tumultueuses. Je pourrais m'y perdre, m'y noyer. Alors, mue par une impulsion incontrôlable, j'effleure sa cuisse, tandis que des sanglots silencieux m'agitent.

— Pardon, pardon, pardon...

Le regard qu'il me lance me déchire. Je me jette contre lui, dans ses bras, qui se resserrent sur moi comme pour ne plus jamais me lâcher.

Mais il reste tout de même une question à laquelle il doit répondre.

— Que vas-tu faire de nous ? Karl...

CHAPITRE 28

SIXTINE

J'ai du mal à ouvrir les yeux, mes paupières pèsent si lourd... Mon corps n'est que douleur, et lorsque je m'imagine bouger, j'ai la terrible impression d'être statufiée, prisonnière de mes chairs tuméfiées. C'est possible ça ? De souffrir quand on est mort ?

Mes paupières s'entrouvrent enfin sur une pièce peu éclairée. C'est pas plus mal, même si ça ne m'en apprend pas beaucoup plus sur ma situation. Dans la pénombre, je distingue des scintillements à l'intensité variable, comme parcourus d'un courant électrique : des pierres protectrices. Un enchevêtrement de malachites, d'émeraudes, de turquoises et de shungites, soit l'association minérale parfaite pour absorber la magie. Impossible d'utiliser mes pouvoirs en leur présence, un vieux truc de loups pour parer aux sorts des sorciers. C'est certainement ce qui explique mon piteux état.

Quelques froissements brisent le silence sépulcral, là,

juste à côté. Une menace ? Au prix de douloureux efforts, je tourne la tête et découvre qu'Elinor et Neeve sont allongées là, sur des lits sommaires, parfaitement parallèles. Cet ordre a quelque chose de rassurant dans le chaos de nos vies, et ce d'autant plus maintenant que je reconnais la pièce qui nous accueille : notre geôle. Tous ces déboires pour retourner à la case départ, sans, bien entendu, toucher les vingt mille. Réjouissant.

Je sombre. Encore.

Je revois cette pièce, à l'éclairage tamisé, presque chaleureux, si on fait abstraction des corps de mes amies étendus à mes côtés. Dans un éclair de souffrance fulgurant, des sons, des flashes me reviennent, des souvenirs enfouis qui se pressent au portail de mon inconscient. Pourquoi faut-il que je me souvienne ?

Après quelques coups brefs, Karl entre et se dirige spontanément vers le lit d'Elinor. Je ferme les yeux ; apparemment, ces deux-là ont des choses à se dire. Je ne veux pas m'immiscer dans leur conversation qui s'annonce déjà compliquée. Entre leurs mots glacés, un débat muet est palpable, une sorte de tension que j'ai du mal à cerner. Voilà qu'il évoque les sorciers, notre fuite et notre brillante idée de venir nous réfugier dans leur tanière. Quelle idée débile nous avons eue, vraiment...

— *J'ai condamné Robin à mort.*

Quoi ?

Je me mords la lèvre pour ne pas crier. Pourquoi ? C'est son frère, putain !

Le goût ferreux du sang sur ma langue me donne la nausée. Ses justifications insensées aussi.

— Je n'ai pas le choix, Elinor. À cause de vous... à cause de ce qu'il est. Il savait, pour Sixtine. Il a choisi de la protéger, il a enfreint nos lois. Ce n'est pas la première fois, et je ne peux plus laisser passer ça au risque de... Même moi, je n'aurais pas dû te protéger. Si cela se sait...

Voilà. Il l'a dit : tout ce qui arrive à Robin est de ma faute ! Comment ai-je pu être aussi stupide ? Il était évident qu'au moment où ses pairs comprendraient, ils le sanctionneraient de m'être venu en aide. Alors maintenant que les loups savent qu'en plus, je suis une sorcière...

Je me contracte. Ne pas pleurer. Je ne dois pas pleurer tant que Karl sera là. Mon cœur accélère, mes muscles se tendent douloureusement sous mes ecchymoses, et malgré moi, quelques larmes s'échappent de mes yeux. Mon environnement se trouble, c'est à peine si je distingue encore les voix de Karl et Eli. Lorsqu'il claque la porte en quittant la chambre, je comprends : les excuses larmoyantes de mon amie n'ont pas suffi à le convaincre.

J'ouvre les yeux d'un coup. Nous avons quitté cette chambre. Y avons-nous seulement déjà mis les pieds ? Tout ceci n'était peut-être qu'un stupide cauchemar. Oui, les divagations de mon esprit malade...

Et pourtant, un flot de désespoir me submerge.

Tout est ma faute.

Si seulement je m'étais tenue tranquille, je serais seule dans cette cellule. Si j'avais patienté comme convenu, les filles ne seraient pas assises à côté de moi. Si j'avais poussé ma réflexion un peu plus loin que ce besoin immédiat de liberté… Nous serions en meilleure posture. Et Robin… ne compterait pas ses derniers instants !

— Sixt ?

Les bras d'Eli se resserrent sur moi. Ça fait mal. Pas seulement physiquement. Je suis tellement désolée d'avoir merdé à ce point ! Putain ! Je les ai précipitées, elles aussi, dans ce tourbillon d'ennuis !

Je m'agrippe à ses bras réconfortants. Elle est là. Et je sens qu'elle ne m'en veut pas.

— Pardon, lâché-je.

— Ce n'est pas ta faute. Aucune de nous n'aurait tenu à ta place. Cet endroit est… lugubre.

— Je ne voulais pas…

Je m'étouffe avec mes sanglots. Qu'est-ce que je peux dire de toute façon ? Rien qui ne présente un intérêt quelconque. Ça ne nous aidera pas davantage.

Je sens Elinor s'écarter un peu. Les bras lacérés et tremblants de Neeve s'ajoutent à cette étreinte inespérée.

— On est là, Sixt, souffle-t-elle d'une voix douce et enveloppante. On est là. Toutes les trois, ensemble.

Les bras de mes amies m'enlacent et me soutiennent. Peu à peu, mes sanglots s'espacent, jusqu'à totalement cesser.

— Ça va un peu mieux ? s'inquiète Eli en me claquant un bisou sur le front.

Je hoche la tête, le nez coulant.

— Que va-t-il arriver à Robin ? demandé-je, le cœur serré et prête à me laisser de nouveau avaler par la détresse.

— Ils vont m'exécuter, d'ici une heure ou deux.

Robin ! Il est avec nous ! Dans la cellule juste à côté…

— Tu es là ! m'écriai-je entre deux grognements de douleur. Je suis désolée. Je suis tellement désolée. Je ne voulais pas…

— Je ne regrette rien.

Comment peut-il affirmer une telle chose ? Il va mourir à cause de mes conneries !

— Je savais ce qui allait arriver, Sixt. Un jour ou l'autre, ma position d'Oméga m'aurait coûté la vie. Et ma proximité avec Karl – aussi relative soit-elle – n'y aurait rien changé.

— Comment peux-tu accepter ça ? C'est injuste !

— C'est ainsi. Je te l'ai dit. Je vis dans cette meute depuis toujours. Je connais les règles, et je ne regrette pas de les avoir contournées.

— À cause de moi…

— Pour toi. Et si c'était à refaire, je le referais. Je suis satisfait d'avoir essayé, mais j'aurais préféré que tu t'en sortes.

— Tu t'es sacrifié pour moi alors que tu ignorais mes secrets.

— Maintenant que je les connais, j'en suis encore plus fier, car…

Un silence. Je le sens hésiter. Puis comme s'il baissait les armes, alors que la mort l'attend, il dit :

— J'aurais voulu une vie avec toi, Sixtine. Qui ou quoi que tu sois.

Pourquoi faut-il que la seule fois dans ma vie où quelqu'un me déclare sa flamme, il s'agisse d'un condamné – par ma faute – avec qui aucun avenir n'est envisageable ? Si nous échappons à ce cauchemar, la culpabilité de lui avoir fait perdre la vie me hantera à jamais.

La porte claque avec fracas, rebondissant sur le mur de pierre et faisant hurler les gonds d'une lente agonie.

C'est Jake qui pénètre dans le couloir, un plateau de nourriture entre les mains.

— Le pauvre, souffle Neeve, étrangement compatissante.

— Pourquoi ? m'enquiers-je. Que lui arrive-t-il ?

— Macha, sa compagne, a été tuée lors de l'attaque, m'explique-t-elle dans un murmure désolé.

Alors, lui aussi doit m'en vouloir. Comme tous les autres… D'ailleurs, c'est patent, comme inscrit sur son visage bouffi de chagrin, l'expression menaçante de sa mâchoire carrée me le confirme. Il me fixe. S'il n'y avait ces barreaux d'argent entre nous, il m'égorgerait, j'en suis sûre. Sans un mot, il nous glisse les plats, omettant d'en distribuer à Robin.

Jake recule, son regard vindicatif toujours ancré au mien. Il n'est plus qu'à un mètre de la porte.

— Attends.

Il semble surpris de m'entendre l'interpeller ainsi.

— Quoi ?

— Je demande audience auprès de l'Alpha.

— Il est occupé.

— Je n'en doute pas un instant, mais c'est important.

— C'est ça.

Me fixant toujours, il attrape la poignée de la porte et la claque si fort que le choc se répercute dans mes os. Comment faire pour attirer l'attention de Karl depuis ces oubliettes ?

— Mais qu'est-ce que tu fous ? me demandent les filles de concert.

— Je ne sais pas trop, mais je dois tenter. Vous me faites confiance ?

OK. C'est un peu gonflé de poser cette question après tout ce que j'ai fait, mais j'ai besoin de leur assentiment dans cette ultime tentative de nous extirper de ce bordel.

— Toute requête d'audience doit être transmise à l'Alpha, déclare Robin.

Sur ces mots, la porte s'ouvre à la volée, et Jake apparaît de nouveau dans l'encadrement.

— Viens par là. L'Alpha t'attend.

Je ne m'attendais pas à ce qu'il revienne aussi vite ! J'adresse un regard confiant aux filles et m'engage dans son sillage au moment où il ouvre la grille. Robin se redresse d'un coup et me regarde, inquiet. Je ne peux pas lui expliquer ce que j'ai en tête, il est trop tard. Sans m'arrêter, je glisse mes doigts sur les siens, prenant soin de ne pas toucher les barreaux. Je les sens frémir et m'éloigne, déterminée à mener mon plan à bien.

Nous traversons les couloirs désertés et silencieux, comme si après le terrible tumulte qui nous a tous éprouvés, chacun avait regagné ses appartements pour se recueillir et réfléchir à la suite. Le bracelet de Jake tintinnabule à son poignet. La même combinaison de pierres que celle installée dans le cachot. Ils ont pensé à tout...

— Elle est là.

Sur ces quelques mots, Jake me jette dans une pièce étonnement lumineuse. Elle dispose d'une immense baie vitrée, creusée dans la falaise et offrant au propriétaire des lieux un panorama grandiose sur la forêt baignée de couleurs somptueuses, du jaune le plus clair au rouge le plus foncé en passant par toutes les nuances d'orange. La majesté d'un coucher de soleil sans même avoir à sortir. Ça me change drôlement de notre cave souterraine.

Derrière un bureau croulant sous des piles de dossiers se tient Karl, de dos.

— Que me veux-tu ? me balance-t-il d'un ton las en guise de salutations.

— Je veux te faire une offre dont – je suis certaine – tu sauras appréhender les avantages.

Il grogne sans conviction, son visage toujours tourné de l'autre côté. Ça doit vouloir dire qu'il m'autorise à poursuivre ma démonstration.

— J'ai eu vent des difficultés que rencontre ta meute avec les vampires...

— Robin, me coupe-t-il avant de se replonger dans le mutisme.

— Peu importe. En échange de notre liberté et de la grâce de Robin, je m'engage à aider les loups dans leur lutte contre les vampires.

Il reste silencieux. Quelque chose lui échappe ou il s'amuse à me voir me débattre ?

— Les pouvoirs de trois sorcières au service de la meute des Greystorm, reconnais que c'est une belle opportunité, tenté-je de le convaincre.

Il se tourne alors vers moi. Ses traits sont tirés, sa peau livide, son regard absent.

— C'est ça, ton offre ? récapitule-t-il, blasé.

— C'est ça. Crois-moi, il faudrait être fou pour refuser.

— Je dois l'être alors... soupire-t-il. Non, je ne peux

accepter ce genre de deal, surtout venant d'une créature qui a déjà essayé de me berner !

— C'est juste une question d'ego, alors ?

Merde, qu'est-ce que je raconte ?

— De sagesse. Mais je vois bien que le concept t'est étranger. Jake ! finit-il par héler. Raccompagne mademoiselle à sa cellule, nous en avons terminé.

Je n'ai pas été plus convaincante qu'Eli, sur ce coup-là. J'étais pourtant persuadée que ça l'intéresserait. Je l'espérais, du moins. Je n'ai plus aucune carte à abattre. Qu'est-ce que je vais dire aux filles ? Et à Robin ? Encore une fois, j'échoue lamentablement, et de terribles conséquences s'annoncent. Robin sera-t-il encore là, d'ailleurs ?

La poigne hostile de Jake m'enserre le bras. Il me tire sans ménagement vers la porte.

Alors qu'il s'apprête à la fermer, la voix de Karl résonne tel un coup de tonnerre :

— Attends.

Surpris, le cerbère lâche mon bras.

Après un interminable silence, il se lance.

— C'est à mon tour de t'exposer ma contre-proposition.

Il croit négocier un contrat, là ? Que pourrait-il exiger de nous que nous ne lui offrions déjà ?

— Je veux Elinor.

C'est-à-dire ? Il est stone ou quoi ?

À côté de moi, Jake est tout aussi effaré. Qu'est-ce qu'il raconte, enfin ?

— J'accepte ta proposition, si Elinor reste avec moi et s'engage à devenir ma compagne.

Quoi ?

Je le fixe, incrédule. Il me teste, je ne vois que ça. L'attitude de Jake démontre que j'ai raison, lui aussi tombe des nues. Comment ce type ose-t-il demander une telle chose ?

Va mourir, enfoiré !

Non, tais-toi, Sixt ! Tais-toi !

Je ne vais quand même pas soumettre l'idée à mes amies ? Mais ai-je seulement le choix si je veux sauver Robin ?

CHAPITRE 29

ELINOR

Qu'est-ce qu'elle manigance encore, Sixtine ?

Je lui fais confiance, mais… On a tous les défauts de nos qualités. Sixt est passionnée et impulsive, et on a vu où cela pouvait nous mener.

Pour autant, elle agit, au moins. Tandis que Neeve et moi tournons en rond dans cette geôle sordide, sans plus d'idées que ça pour nous sortir de ce merdier absolu.

Je n'arrive pas à définir les émotions qui animent mon amie depuis son réveil. Elle souffre de ses blessures physiques, c'est évident, et affiche un sourire crâne. Mais je sais qu'il existe d'autres ecchymoses, ailleurs, dans son cœur et sur son ego, qui la fragilisent.

Et moi ? Moi ? Moi non plus, je ne sais plus où j'en suis. Mon esprit épuisé ne cesse de repasser le fil de ces dernières semaines, encore et encore, comme une cassette que l'on rembobinerait à l'infini. La fiesta avec Neeve et Sixt, le corps désarticulé de cette femme sur le bitume, les tentatives d'assassinat, notre fuite, le sort, les loups… Karl.

Je veux que toute cette histoire cesse. Nous avons trop souffert, et nous avons entraîné des innocents dans notre malheur. Certes, nous n'avions rien demandé non plus, mais était-ce une raison suffisante pour impliquer la meute Greystorm ? Est-ce que Karl mérite d'avoir à nous gérer en plus de ses responsabilités ? Robin mérite-t-il de mourir sur une décision de son propre frère ? Et Macha...

Le visage serein, souriant, de la jeune louve repasse devant mes yeux rougis par les pleurs qui ne cessent de couler. Sa gentillesse, sa joie de vivre si communicative, et la façon simple dont elle s'apprêtait à me faire place au sein de sa meute. Mais à cette vision se superposent les traits ravagés de Jake, bouleversés de chagrin, laminés de désespoir devant le corps inanimé de sa liée.

Sa liée... Le lien, l'imprégnation. Tout ceci me rappelle que rien n'a été éclairci entre Karl et moi. Cette attirance que nous ressentons l'un pour l'autre... Et, plus tôt, dans la chambre, quand je ressentais ses émotions si fort que cela m'en a coupé le souffle.

Mais comment pourrions-nous encore éclaircir quoi que ce soit ? C'était déjà compliqué quand les filles et moi dissimulions notre origine à la meute, mais maintenant que tous connaissent notre véritable nature...

Non, la meilleure chose qui pourrait nous arriver, c'est que Karl accepte de nous laisser partir. Nous laisse sortir de cette geôle. Mais je connais son dilemme. Épargner des sorcières qui se sont jouées de lui ? Impossible. *On ne se mélange pas.*

Dans un soupir lourd, je me rassieds sur ma couche. Les ressorts grincent sous mon poids quand je m'adosse au mur suintant d'humidité. Je prends ma tête entre mes mains, agrippe mes cheveux. J'ai envie de hurler. Tout est trop confus, en moi.

— Neeve...

— Mmmh ? `

Mais des bruits retentissent et interrompent ma confession. La porte au bout du couloir s'ouvre, et Sixtine vient s'échouer brutalement sur le sol de béton. Derrière elle retentit le rire méprisant de Jake.

— Je vous ramène votre amie... nous balance-t-il, sardonique. C'est bon, plus personne ne veut tenter sa chance ?

Devant notre mutisme, il rit encore, avant de se pencher sur notre amie, de l'attraper par les cheveux, de la traîner dans le couloir jusqu'à notre cellule.

— Reculez-vous, dit-il, tout en brandissant son poignet. Et s'il vous prend l'envie de faire les malignes, rappelez-vous que j'ai ça.

D'un geste triomphant, il exhibe ses pierres protectrices. S'ils en sont tous équipés, nous ne pourrons jamais utiliser notre magie pour nous évader.

En gardant le silence, nous nous exécutons et nous plaquons contre le mur du fond. Je serre les poings, et je sens que Neeve en fait autant. Nous ne pouvons que comprendre le désespoir de Jake, mais là, il prend clairement plaisir à faire souffrir Sixtine.

Dès qu'il a refermé la porte de notre cellule, nous nous précipitons sur notre amie.

— Sixt, ça va ? lui demande Neeve.

Assise sur le sol froid, elle se frotte le cuir chevelu en grimaçant.

— J'ai mal aux cheveux.

— Pour une fois que c'est pas à cause d'un abus de *Penal Code* ! je m'exclame.

Et, pour la première fois depuis bien trop longtemps, nous explosons de rire toutes les trois en même temps. Tellement fort que de petites larmes d'hilarité viennent poindre au coin de nos yeux. Putain, qu'est-ce que ça m'a manqué… Pourtant, on ne peut pas dire que le moment soit bien choisi. Mais il faut bien se contenter de ce que l'on a, n'est-ce pas ?

Depuis la cellule d'à côté, la voix de Robin s'élève, inquiète.

— Les filles, ça va ?

— Oui, oui… glousse Sixtine, qui ne peut plus s'arrêter.

— On essaie de voir le positif, on va dire, rajoute Neeve.

Quant à moi, je contemple mes deux meilleures amies, et mon cœur se gonfle sous le coup d'une nouvelle émotion. Je suis tellement heureuse que, quelles que soient les circonstances, on parvienne toujours à se retrouver. Et là, en cet instant précis, j'ai la certitude qu'elles m'accepteront toujours telle que je suis.

— Les filles…

— Quoi ?

— Je vous aime, vous savez.

Ces simples mots font se tarir leurs rires. Elles lèvent toutes les deux de grands yeux sérieux sur moi. Les deux prunelles d'un gris étincelant de Sixtine, et les deux joyaux noisette de Neeve. OK, l'heure n'est plus à la rigolade.

Je reporte mon attention sur Sixtine, qui semble soudain s'agiter.

— Sixt...

— J'ai quelque chose à vous dire, les filles.

Interloquée, je hoche la tête pour l'inciter à poursuivre.

— J'ai fait une proposition à Karl.

— Quoi ? s'étonne encore Neeve.

— T'enflamme pas et écoute. Je lui ai proposé notre aide dans son conflit avec les vampires, en échange de notre liberté et de la vie de Robin.

Mon cœur bat la chamade. L'Alpha Greystorm a-t-il accepté ? Serait-ce une bonne chose ? Si oui, nous trahirions toutes nos lois. Et l'article 2 dit : *On ne trahit pas.* Déjà que Sixtine s'est entichée d'un loup et que Neeve en a connu deux charnellement... Je n'ai d'ailleurs pas grand-chose à leur envier, vu la tension qui règne entre Karl et moi.

— Et ? demandé-je, d'une voix tremblante.

— Il a refusé.

Une vague de déception me submerge. Je retombe lourdement sur mes fesses. Bon... Karl ne veut probablement pas de nous, pas de moi. Est-ce cela qui me touche autant ? Peut-être que ce truc d'imprégnation ne marche pas avec les sorcières. Je réalise soudain qu'effectivement, tout ceci pose question. Quand mon sort s'achèvera, à la fin de cette lunaison, que ressentira Karl pour moi ? Existe-t-il une formule qui me permettrait de devenir une louve à jamais ? Je frémis à cette seule pensée. *Putain, c'est le bordel dans ma tête...*

— Mais... reprend Sixtine à voix basse, il m'a fait une contre-proposition.

— Vas-y, Sixt, crache ta valda, on n'en peut plus là, râle Neeve.

Elle n'a pas tort. Pour ma part, je suis en apnée et en passe de suffoquer. C'est alors que Sixtine fixe son regard sur moi.

— Il te veut. Comme compagne.

Mon cœur se déchire. De surprise ? De joie ? De peur ? De tristesse ? Je n'en sais rien, mais un sourire niais vient s'épanouir sur mes lèvres.

— OK, dis-je simplement.

Mais à l'intérieur, c'est la dévastation. Un ouragan d'émotions contradictoires. Un déchirement. Mais est-ce que j'ai seulement le choix ? Est-ce que je peux refuser le sacrifice que Karl exige de moi et ainsi condamner mes amies, mes sœurs, à un sort terrible, à la mort, peut-être ? Non, non, je ne peux pas faire ça.

— Eli, ça va ? me demande Neeve avec inquiétude. Tu sais bien qu'on ne te demande pas d'accepter, qu'on ne te laissera jamais faire un truc contre ton gré, on est d'accord ?

— Oui, oui… j'ai juste besoin… de réfléchir un peu.

Je me lève, tourne sur moi-même, fais des allers-retours entre les barreaux et le mur, mes tibias heurtent la couche à chaque fois que je bute dedans. Je m'en fous.

Non loin de moi, j'entends les filles qui s'entretiennent à voix basse. Je sais qu'elles cherchent un nouveau plan, une façon de nous faire sortir d'ici, toutes les trois ensemble, et avec Robin. Mais elles ne trouveront rien, je le sais. Karl se montrera impitoyable, et toute sa meute a des pierres de protection. La tanière Greystorm est un labyrinthe, et les loups connaissent la forêt par cœur. Non, il n'y a pas d'autres solutions.

Alors je tente de me convaincre. De trouver des raisons de rester. Ou des raisons de ne pas rentrer à Fallen Creek. Reprendre ma vie d'avant ? Retourner à la Wiccard ? Retrouver cette petite peste de Lise-Ann, ses tresses bien nettes et ses socquettes blanches ? Mes soirées trop arrosées et mes petits cachets ? Je repousse loin de mon esprit l'idée de retrouver mes parents, ma sœur, l'envie de les serrer dans mes bras, fort, le plus fort possible, de leur dire que je les aime de tout mon cœur, que je suis désolée pour tous les soucis que je leur ai infligés... Je me persuade que je n'ai pas d'avenir, à Fallen Creek. Je me perdrai, c'est sûr... Je me noierai dans ce quotidien qui ne m'a jamais convenu, je sombrerai dans le malaise profond qui est le mien depuis si longtemps.

Alors qu'ici... Le sevrage a été d'une violence extrême, chaque fibre nerveuse de mon corps vibre encore au souvenir de cette souffrance. Mais depuis, malgré les récents événements, je ne me suis jamais autant sentie moi-même. Aussi forte, aussi sûre de moi. Et j'aime ça. J'aime cette nouvelle Elinor, cette Elinor vraie, pleine et entière. Cette Elinor qui sent la vie couler dans ses veines quand... Oui, quand Karl entre dans la même pièce qu'elle, quand Karl s'approche d'elle, la couve de son regard doré, la frôle de sa main puissante. Même s'il se conduit comme un salopard tyrannique.

Soudain, je cesse de faire les cent pas. Ma décision est prise, je vais rester et ainsi sauver mes amies. Je sais bien ce que j'ai à perdre, si je décide de rester auprès des Greystorm. Ma famille, mes amies. Tout ce qui a constitué ma vie jusqu'à aujourd'hui.

Mais étais-je heureuse ? Non. Et aujourd'hui, je sais que je mérite de trouver ma place, et une certaine forme de bonheur. Je ne vais pas retourner à mon marasme. Je vais rester parmi la meute, où la force de la vie brille même sous la terre, où la lune est célébrée chaque mois.

L'urgence de partager cette prise de conscience me submerge.

— Je… je vais rester là.

— Qu'est-ce que tu veux dire par là ? renifle Sixtine en plissant le nez.

— Je vais rester et devenir la compagne de Karl.

— Quoi ? crie Neeve en sautant sur ses pieds. Tu te fous de ma gueule, là, Eli ?

Sixtine ne dit rien. Elle a l'air songeuse, et je me demande bien pourquoi elle ne réagit pas plus.

— Je… j'étais malheureuse, à Fallen Creek, vous le savez bien, n'est-ce pas ? Alors, peut-être qu'ici… Je ne sais pas.

— Sympa pour nous, ironise Neeve.

— Chérie, dis-je en lui prenant les mains. Ça n'a rien à voir avec vous. C'est juste que… je ne sais pas, je ne me sentais pas à ma place. La Wiccard, les gosses de sorciers, cette foutue Lise-Ann…

— Ça sonne faux, toutes tes conneries, Eli.

— Je sais.

Les sanglots bloquent ma gorge. C'est si dur, elles vont tellement me manquer. Je me force à continuer :

— Je… Il n'y a pas d'autres solutions, et tu le sais toi aussi. Vous le savez toutes les deux.

— Ouais, m'enfin, c'est un peu fort de vouloir devenir la compagne de l'Alpha de la meute, vu la pendule que tu m'as chiée pour les cousins Falck...

Je lui caresse la joue, le plus doucement possible.

— Et je m'en excuse, Neeve. Je n'aurais pas dû réagir comme ça. C'est toi qui avais raison. Ces lois qu'on nous impose... Elles ne sont pas naturelles. Nous sommes des races magiques, et nous ne devrions pas être séparées par des superstitions.

Les yeux de Neeve se remplissent de larmes brillantes comme des diamants. Elle s'essuie le nez d'un revers de manche et m'adresse un pâle sourire. Je sais qu'elle reprendra le dessus. Elle est probablement la plus forte de nous trois, quand il s'agit d'accepter les épreuves que nous réserve la vie.

Je reporte mon attention sur Sixtine.

— Sixt...

Mais elle secoue la tête pour me faire taire et me serre fort dans ses bras.

— Tu es tellement courageuse, Eli. Et peut-être que plus tard, on pourra...

— Chut, lui dis-je. Chaque chose en son temps, tu ne crois pas ? Et je ne suis pas – je ne suis plus – une de tes causes perdues, OK ?

— Je ne t'ai jamais vue comme une cause perdue.

— Même pas un petit peu ? tenté-je de plaisanter.

Mais ma tentative de blague tombe à plat, alors je reprends :

— Je dois voir Karl.

— Hein ?

— Je dois voir Karl, maintenant. Je vais négocier la vie de Robin, ainsi que sa liberté.

Sixtine me serre la main pour me montrer sa reconnaissance.

— Merci, souffle-t-elle.

Je lui adresse un bref signe de tête, me lève et agrippe les barreaux de notre cellule. L'argent me brûle aussitôt les paumes.

— Ohé ! gueulé-je avec un enthousiasme renouvelé. Y a quelqu'un ? Je veux voir Karl Greystorm.

Maintenant que j'ai pris cette décision, j'ai envie de courir rejoindre l'Alpha de cette putain de meute. Je n'ai aucun doute sur le fait qu'il acceptera mes conditions. Je n'ai pas rêvé ce lien qui nous unissait ; maintenant, j'en suis certaine.

Mais ce n'est pas Jake qui ouvre la porte des geôles. Non. Ce sont les deux colosses, Tyler et Perry. Ils font quelques pas dans le couloir, tête basse. Comme deux gosses pris en faute, ils se dandinent sur place, les mains dans le dos, le regard fuyant.

Neeve, qui se tenait à mes côtés, émet un reniflement de mépris et retourne sur sa couche.

— Neeve, murmure Tyler. On veut que tu saches… on veut que tu saches qu'on est désolés.

— Oui, on… bafouille à son tour Perry. Enfin, faut nous comprendre, Guenille, l'article 1…

— On ne se mélange pas, ajoute son cousin.

— Voilà…

Mais Neeve ne réagit toujours pas, et le silence s'étire, douloureux et inconfortable. Pour finir, j'interviens.

— Amenez-moi à Karl. Tout de suite.

C'est à peine si je reconnais ma propre voix. Jamais dans ma classe je n'ai fait preuve d'une telle autorité. Dans un hochement de tête pitoyable, Tyler s'exécute et vient m'ouvrir. Il doit être sacrément secoué, car il n'a même pas le réflexe de me contenir et me laisse passer devant lui d'un pas assuré.

Lorsque je dépasse Perry, je lâche :

— Hey, les garçons, faites une croix sur Neeve. Elle a dépassé ses propres superstitions pour vous, et vous ne lui avez fait que du mal en retour. Elle ne vous le pardonnera jamais.

CHAPITRE 30

KARL

Affalé dans un fauteuil qui me semble aujourd'hui trop grand pour moi, je contemple l'assemblée des loups qui me fait face. Une cacophonie de voix s'en élève, heurte mes oreilles, fait vriller mon esprit vers de trop sombres pensées.

Je ne parviens pas – plus – à réfléchir sereinement. Quel Alpha suis-je pour ma meute, si je suis incapable de prendre des décisions pour le bien de tous ? Comment puis-je les protéger, si je ne suis pas assez fort pour supporter le sacrifice ?

La conversation que j'ai eue plus tôt avec Sixtine me revient avec force, comme une claque magistrale, une goulée de vent froid en hiver. Conclure un marché avec des sorcières et, même, en prendre une pour compagne ! Quelle folie ! Comment réagiraient mes loups, s'ils apprenaient que je me suis imprégné d'Elinor ? C'est incompréhensible, même pour moi. Surtout pour moi, qui ai toujours été rationnel, organisé, et respectueux de nos lois ancestrales. Tyler, Perry et Jake s'en doutent. Je le sais. Mais la meute. *La meute…*

On ne se mélange pas.

Encore et encore, ces mots tournoient dans mon esprit. Mon conditionnement le plus profond me hurle de ne pas céder à la tentation, mon cœur et mes entrailles me supplient de courir vers les geôles pour marquer, enfin, cette étrange créature qui est entrée dans ma vie, comme une tornade détruisant tout sur son passage.

Quelques coups résonnent soudain. On tape aux lourds battants de la porte monumentale de notre antre. Comme j'aimerais être dans mon bureau plutôt qu'ici… Seule la vue que j'ai depuis mes appartements privés est en mesure de m'apaiser en cet instant.

Mais je prends sur moi, encore, adresse un signe de tête à Jake pour qu'il aille ouvrir. Je ferme les yeux, masse mes paupières de mes doigts crispés. Je suis las.

— Karl ! Nous t'amenons Elinor. Elle a quelque chose à te dire.

Je n'ose rouvrir les yeux. Parviendrai-je à contrôler les émotions qui m'agitent quand je ferai face à cette femme, cette… sorcière ? Lentement, je redresse la tête. Je dois assumer mes décisions.

— Très bien. Sortez.

Seul un silence interloqué me répond. Il est tout à fait inhabituel qu'un Alpha exclue sa meute de l'antre commune. Mais je ne suis plus à ça près.

— SORTEZ ! TOUS, ET TOUT DE SUITE.

J'ai parlé d'un ton froid et autoritaire. Mes loups se sont figés, avant de se diriger en silence vers la sortie. Tous ont jeté un regard curieux à Elinor. Ils ne comprennent pas.

Comment le pourraient-ils, si même moi je peine à analyser mes réactions ?

Les cousins Falck sortent aussi, l'air chamboulé. La bataille contre les trois sorcières a laissé des traces en eux. De tous les miens, ce sont les deux seuls, avec Robin peut-être, à pouvoir comprendre ce qui m'arrive.

Je ne bouge toujours pas. J'attends. Je sais qu'Elinor va parler. Pour l'heure, elle se tient droite, face à moi, menton levé. Elle veut avoir l'air sûre d'elle, mais je vois bien qu'elle tremble de tous ses membres. Est-ce que je lui fais peur ? À cette idée, mon cœur se met à battre plus fort.

— Karl, je suis venue te faire part de ma décision concernant ton... offre.

À présent, même ses lèvres tremblent. Ses yeux se noient dans les larmes. J'aimerais tellement pouvoir la rejoindre en deux pas pour la prendre dans mes bras, lui dire à quel point...

Mais non, je lui réponds du même ton formel que précédemment. Je pourrais me foutre des claques, parfois.

— Je t'écoute.

Le regard qu'elle me lance me déchire. Il est lourd de reproches et d'espoirs déçus. Si elle savait comme je me contiens.

— Je vais rester à tes côtés...

Mon souffle suspend sa course, mon cœur manque de bondir hors de ma poitrine. Qu'a-t-elle dit ? Ai-je bien entendu ? Mais elle reprend aussitôt :

— À deux conditions.

Évidemment. Je lève une main pour l'autoriser à poursuivre. Comme si elle avait besoin de mon approbation.

— Je reste, mais tu vas libérer mes amies, ainsi que Robin.

Non. Elle m'en demande trop. Comment pourrais-je assumer tout ça face à ma meute ? Comment justifier qu'en tant que chef, je rende leur liberté à des sorcières, gracie mon frère et prenne pour compagne une étrangère ? Impossible.

Je soupire, me masse le visage de la main. À quel moment ma vie est-elle devenue si compliquée ?

Quand je regarde à nouveau Elinor, son air triste, hagard me choque. Je réalise soudain qu'il n'y a pas que moi, dans cette affaire. Elle vient de se livrer à moi, alors qu'elle a grandi sous le poids des mêmes lois. Qu'est-ce que ça lui fait, à elle, d'accepter de devenir ma compagne, de quitter à jamais ses amies, sa famille, sa vie... De savoir qu'elle ne pourra plus retourner chez les siens, au risque d'être condamnée à mort. Si je la marque... Rien que d'y penser, un grognement remonte ma gorge. Elle deviendrait louve. Elle serait à moi, à jamais. Et la vie telle qu'elle la connaît sera définitivement hors d'atteinte. Car il n'y aura pas de retour en arrière possible, ni pour elle, ni pour moi. La force de son sacrifice m'émeut. *Sa force* me bouleverse.

Enfin, enfin, mon corps accepte de céder à mon impulsion, et je me précipite à ses côtés. Comment est-ce possible d'être autant attaché à une femme que l'on connaît à peine ? Pourtant, tout en elle me touche. *L'imprégnation...*

— Elinor...

Alors que je ne suis plus qu'à un mètre d'elle, je m'arrête. Et si elle ne voulait pas vraiment de moi ? Après tout, j'ai exigé sa présence en tant que compagne. Je ne lui ai pas demandé ce qu'elle souhaitait, elle. Me voit-elle comme un tyran ? Si elle savait... Il m'est bien sûr arrivé de prendre des décisions extrêmes, brutales et violentes, mais jamais de gaieté de cœur. Ce que j'ai fait, je l'ai toujours fait pour ma famille, pour ma meute...

Mais n'est-ce pas comme ça que les pires monstres justifient leurs crimes ? me souffle la petite voix de ma conscience. Je secoue la tête, tends mes mains à Elinor. *Pourvu qu'elle les prenne...* Mais non, elle ne bouge pas, laisse les larmes dévaler ses joues et son regard s'ancrer dans le mien.

Je ne peux pas. Je ne peux pas me résoudre à *ça*. Je ne peux pas lui faire subir une vie de soumission. Elle ne le mérite pas.

Soudain, un barrage cède en moi. Je ne me rendrai pas coupable des pires ignominies. Je ne serai pas celui par qui fera exécuter mon frère, je ne serai pas celui qui rendra malheureuse ma liée, JE NE SERAI PAS UN TYRAN.

— Va-t'en, je murmure, et même à mes oreilles ma voix paraît trop rauque, brisée.

— Quoi ?

La surprise que je lis dans ses yeux me chamboule. Elle s'attendait vraiment à ce que je fasse d'elle ma chose... Quelle ironie, alors que je suis le jouet de mon amour pour elle.

Je franchis le dernier mètre qui nous sépare, l'enlace, plonge mon visage dans ses cheveux. Quand je la sens se raidir contre mon corps, des larmes montent à mes yeux et me piquent les paupières. Je fourre mon nez encore plus profondément dans son cou pour qu'elle ne remarque rien. Son cou... Une nouvelle fois, l'envie de la marquer là, sur le champ, m'envahit. Mais non, si un jour je dois la marquer, ce sera avec son plein consentement.

— Je te libère, finis-je par dire en la repoussant. Je te libère, ainsi que tes amies et Robin. Mais je te demande deux choses en retour.

— Oui, dit-elle d'une toute petite voix. Que veux-tu ?

Elle a l'air sur le point de s'effondrer. Moi qui pensais que je lui faisais le cadeau d'une vie de liberté et de bonheur...

— Votre aide dans le conflit qui nous oppose aux vampires. Et la garantie que mon frère ne remette plus jamais les pieds dans cette tanière, sous peine de mort.

— Mais une alliance entre nous...

— Les loups sont pragmatiques, je parviendrai à la faire accepter des miens. Et si ce n'est pas le cas, nous resterons discrets. Va-t'en. Maintenant.

Mais elle ne bouge pas. Pourquoi hésite-t-elle ? N'était-ce pas ce qu'elle voulait, après tout ?

— Va-t'en, je répète.

Sur un dernier sanglot, elle tourne les talons et s'enfuit en courant.

CHAPITRE 31

NEEVE

Un mois a passé depuis que nous avons quitté la caverne. On ne va pas se mentir, je respire à nouveau. Après ces quelques semaines, le cœur meurtri par la réaction épidermique des cousins face à la révélation de ma nature de sorcière, j'ai repris du poil de la bête. Enfin pas vraiment au sens littéral, puisque je ne peux plus me transformer en louve. Ça me manque un peu, d'ailleurs. Les petits plats de Popeye aussi. Les fades salades du *Bill's Diner* ont retrouvé le chemin de mon assiette.

J'ai retrouvé ma famille, aussi. Je me souviens encore de ma mère en larmes se jetant dans mes bras, et de mon père me serrant dans les siens. L'inquiétude dans leurs yeux lorsqu'ils m'ont vue meurtrie, blessée. Mon frère était chamboulé quand Sixtine, Elinor et moi avons monté les marches du coven, où tout un bataillon de sorciers était venu nous accueillir. Enfin, « accueillir » n'est sans doute pas le bon mot à employer. À part les Forest, les Moon et les Shadow, personne n'était véritablement ravi de notre retour. La rumeur s'était propagée. Trois sorcières avaient pactisé avec les loups pour sauver leurs vies. La seconde partie de cette phrase aurait pu attendrir les cœurs les plus aigris, mais ce n'est pas du tout ce qu'il s'est passé. Bien au contraire…

Une fois les effusions familiales terminées, nous avons immédiatement été conduites dans l'amphithéâtre du coven. Eli, Sixt et moi avons dû rester debout face à une salle pleine à craquer ; Lennox et Remus Moon dirigeaient l'assemblée. Il leur en a fallu du temps pour faire taire les cris de la foule outragée. Certains sorciers ont réclamé nos têtes ; d'autres, le bûcher. Malgré son statut de chef des sorciers de Caroline du Nord, le Witchcraft a eu bien du mal à contenir les plus véhéments. Puis lord Raven, son homologue de Virginie, un bel homme aux cheveux grisonnants – et oncle de Sixtine –, a pris la parole :

— Je vous trouve tous bien sournois d'exiger la mort de ces trois jeunes femmes, alors que chacun de vous devrait plutôt se demander ce qui nous vaut d'être réunis en ces lieux. Nous devrions nous pencher sur l'identité des sorciers qui les ont conduites à frayer avec nos ennemis plutôt que de palabrer inutilement.

— Que sait-on sur eux ? a enfin demandé un sorcier.

— Malheureusement, a répondu le Witchcraft de Virginie, nous ne pouvons enquêter sans les corps et…

— Ouais, bah justement, s'il n'y en a plus, c'est peut-être parce que toute cette histoire n'est qu'un vaste mensonge ! a hurlé l'un de nos détracteurs, aussitôt acclamé par ses pairs.

À cet instant, j'ai regretté que les filles et moi ayons réduit nos ennemis en chair à pâté ; les animaux de la forêt devaient être en train de se curer les dents avec les os de leurs squelettes.

— Vous osez remettre en question les déclarations des héritières de nos plus anciennes lignées ? a tonné lord Raven.

À ces mots, les paroles d'invectives se sont muées en chuchotements. Le père d'Eli a semblé désemparé. Ce qui n'était pas du tout rassurant de la part de l'un de nos dirigeants. J'ai même pensé « *Euh... c'est normal que le Witchcraft de Caroline du Nord ait l'air d'un gnome apeuré ?* ». C'est vrai qu'avec sa bedaine moelleuse comme une brioche et ses grosses moustaches grises... C'est alors que mon frère a élevé la voix.

— Vous vous foutez de ma gueule ?! a-t-il clamé.

Ouais... mon frère n'est pas du genre à enfiler des perles.

— On est dans une putain de petite ville. La majorité d'entre vous connaît Elinor, Sixtine et ma sœur depuis leur naissance. Vous croyez vraiment que du jour au lendemain, elles pisseraient sur nos lois pour fricoter avec des loups ? Sérieusement ?

Bien envoyé, Mark ! Sans conteste, il est parvenu à capter l'attention de tous. Un sourire a étiré les traits de son beau visage ; son expression était fière, sous ses cheveux châtains, légèrement bouclés. Se sentant pousser des ailes, il a poursuivi :

— Elles se sont protégées d'une mystérieuse menace et ont décidé d'être séquestrées par des loups pour mieux dissimuler leurs traces. C'est pas comme si elles avaient couché avec les lupins, bordel de merde !

Oh, euh... Mon regard a vrillé vers Eli et Sixt. Nous

n'avons pas eu besoin de mots pour nous comprendre. Eli a l'Alpha dans la peau, Sixt sort avec son Oméga de frère, qui se fait passer pour un humain depuis qu'il squatte notre appart, et moi j'ai partouzé avec deux grands loups blacks ultrasexy. Mais, je dois l'avouer, ce n'est pas tout à fait la version que nous avons livrée au coven. Si j'en crois les regards suspicieux qui se portent sur nous depuis notre retour, nous avons bien fait de nous taire.

Depuis, je ne me fais aucune illusion : il nous serait impossible de prétendre encore que nous n'avons fait que jouer un rôle durant toute cette affaire. Car la vérité, nous la connaissons. Chacun de nos actes était sincère et nous a beaucoup coûté. Mon ego en a pris un coup. Eli est partie se réfugier au château des Moon et Sixt flippe chaque jour que la véritable nature de Robin soit découverte. Sans parler du fait que ce dernier n'est pas au mieux depuis qu'il a quitté sa meute. Il passe son temps transformé en loup et traîne à longueur de journée dans une forêt voisine, pour finalement retrouver Sixt le soir, épuisé. Pas simple de quitter les siens... j'en sais quelque chose.

Avoir revu ma famille m'a regonflée à bloc. Ils me manquaient tant lorsque j'étais enfermée dans la tanière. Cela m'a fait comprendre à quel point j'ai besoin d'eux, à quel point je suis heureuse dans ma maison nichée au cœur de la forêt, auprès de mon papa hippy, de ma maman au caractère bien trempé, et de mon frère un peu dingue. J'ai même retrouvé ma petite pépinière, mes arbres, et mes ruisseaux... le bonheur ! Enfin, presque... Entre-temps, j'ai découvert que j'étais virée de mon boulot pour cette histoire idiote de harcèlement sexuel. Et comme si ça ne suffisait pas que toute une communauté se montre suspicieuse à notre égard, le coven a cédé à la fronde des sorciers qui ne s'était toujours pas calmée plusieurs jours après notre retour. Il n'a pas fallu une semaine pour que le Witchcraft accorde à nos détracteurs ce qu'ils réclamaient à corps et à cris. L'emprise du père d'Eli sur le coven n'est plus, et malgré l'aide apportée par lord Raven, la sentence est tombée : les filles et moi serons jugées.

C'est Lennox qui est passé chez mes parents pour leur annoncer qu'il y aurait un procès. La date reste encore indéterminée, mais la perspective qu'Eli, Sixt et moi soyons condamnées me fait peur. D'autant que je trouve injuste que ce soit à cause d'une loi débile. Dans la tanière, je me disais que si je retrouvais un jour ma vie normale, je me battrais pour que les loups et les sorciers puissent s'entendre. Que je m'évertuerais à bousculer les traditions, afin que les deux clans apprennent à se connaître. L'accueil que nous ont réservé mes semblables a douché cet espoir. Et j'ai du mal à l'accepter.

Alors, comme chaque jour depuis l'annonce de Lennox, je regarde une série sur Netflix et boulotte tranquille dans le loft, l'humeur maussade. Eli est toujours chez les Moon, et Sixt dans sa famille pour le week-end. C'est le dernier jour de pleine lune, et Robin a quitté l'appart.

— Neeve…

Je me tourne vivement et tombe sur Lennox près du canapé. Mes yeux s'écarquillent quand je découvre sa mine chiffonnée, les cernes qui ornent ses yeux d'un vert translucide. Il est encore plus pâle qu'à l'accoutumée et semble inquiet. Malgré nos différends et notre passé commun, une pointe douloureuse traverse ma poitrine. Je n'aime pas le voir comme ça. Alors je m'approche et pose mes mains sur ses joues creusées.

— Lenny, merde, qu'est-ce que t'as ?

Il repousse mes mains d'un geste sec et plante son regard dans le mien.

— Je crois que...

— Que quoi ?

— Que ce n'est pas fini.

— Hein ?

Il recule un peu et passe nerveusement sa main dans ses cheveux bruns. Il est mal rasé, fatigué. Son air austère et intraitable est ébranlé. Je mets ma série merdique sur pause et l'attrape par le bras.

— De quoi tu parles, Lenny ? je m'enquiers, soudain anxieuse. C'est quoi cette histoire encore ? T'as avancé sur l'enquête de la nana défenestrée ?

— Vous êtes encore en danger, lâche-t-il d'une voix morne.

Ahurie et perplexe, je l'observe un long moment. Je secoue la tête, refusant de comprendre ce qu'il tente de me dire.

— Mais non, le chef des sorciers qui nous voulaient du mal est mort dans la forêt avec toute sa clique. On a réussi à les tu...

— Ce n'était pas lui, assène-t-il.

— Quoi ?! C'est qui alors ?

Lennox se détourne de moi, comme s'il planquait son visage afin que je ne puisse pas lire sur ses traits ce qui l'accable. Mais ma main n'a pas lâché son bras, alors je resserre mon étreinte et le force à me regarder droit dans les yeux.

— Putain, crache le morceau, Lenny. Qu'est-ce que t'as ? Qu'est-ce qui s'est passé ?

Il refuse encore de lever les yeux sur moi.

— Eli, Sixt et toi êtes encore menacées.

— Mais non, voyons, on a tué ceux qui nous voulaient du mal. Et puis, ça fait un mois qu'on est revenues et rien ne nous est arrivé. Qu'est-ce qui te fait dire ça ?

— Je le sais, c'est tout. Je crois que vous devriez…

— Devriez quoi ? Vous cacher ? Alors ça, pas question ! On risque la peine de mort parce qu'on a voulu sauver nos vies en se cachant chez les loups. Ça ne nous a pas réussi de nous cacher, tu vois !

— Neeve !

Il a crié. Lennox a crié. Je marque la surprise, ce n'est pas son genre. Il me choppe par les épaules et me secoue en me disant :

— Vous devez disparaître !

Je me dégage vivement et le bouscule.

— Non, putain ! Si t'as raison, on se battra. Point. On ne va pas partir. Je ne quitterai ni ma famille ni mes amis. Terminé !

Son regard se fait presque suppliant, puis se mue en une expression étrange. Je n'ai pas le temps de dire ouf qu'il attrape ma nuque entre ses mains et approche son visage à quelques centimètres du mien. Je sens son souffle se répandre sur mes joues qui se colorent aussitôt. Je respire à peine tant je suis surprise.

— Je ne veux pas que…

— Que quoi ? je murmure, ne comprenant plus rien.

Ses lèvres s'approchent lentement. Mes yeux s'écarquillent. *Lennox ?* Puis mes souvenirs me reviennent et je le repousse, haletante.

— Non ! crié-je.

Il reste planté au milieu du salon, les bras ballants, l'air abattu. La seconde d'après, il se téléporte et je ne comprends toujours pas ce qui lui a pris.

Mon cœur bat à tout rompre. Des larmes noient mes pupilles. Mon souffle est saccadé. Alors je m'élance vers l'entrée, enfile une paire de baskets et quitte l'appartement. Je cours et cours encore. Les larmes débordent et roulent sur mes joues. *Lennox...* J'atteins la forêt qui me sépare du domaine des Shadow. La lune a terminé son cycle. De lointains chants de loups parviennent à mes oreilles. Je cours encore. Un flot d'images me traverse le crâne et me brise. Mes pensées s'entrechoquent. C'est Eli qui ne se remet pas de notre séjour chez les loups. C'est Sixtine qui tente de vivre une relation vouée à l'échec. C'est une femme qui se jette d'une fenêtre. C'est une bataille contre des sorciers. C'est un procès que nous allons subir. C'est Lennox, *Lennox...*

— Neeve du Nord ! me lance soudain une voix que je ne connais que trop bien.

Je stoppe net ma course et fais volte-face. Devant moi, ils sont là. Perry et Tyler. Leurs corps à la peau d'ébène luisent de sueur. Leurs muscles saillent à la suite de leur transformation. Ils se présentent nus à ma vue, et je déglutis devant ces deux éphèbes qui m'ont protégée, choyée, peut-être un peu aimée, pour finalement m'attaquer. Cette dernière pensée me fait reculer. Je me retourne, prête à reprendre ma course.

— Reste ! s'écrie Perry. S'il te plaît.

Je m'arrête. Le ton chevrotant de sa voix a touché quelque chose en moi. Je me mords les lèvres et leur fais face. Je reste muette tandis qu'ils s'approchent à pas lent.

— Parle-nous, Neeve, me supplie Tyler.

Ils s'arrêtent tous deux à une enjambée de moi. Je ne dis toujours pas un mot. Mes pensées me répètent :

Ils t'ont fait du mal.

Ils t'ont attaquée.

Ils ne t'aiment pas.

— Tu nous manques.

La voix de Perry est douce. Il tend sa main et la laisse suspendue dans les airs. Mes yeux se posent sur elle. Vais-je la prendre ?

CHAPITRE 32

SIXTINE

Cela me fait tout drôle d'être ici. Ça faisait un moment que je n'étais plus revenue au manoir de mes parents, préférant la modernité de notre loft de centre-ville et la compagnie de mes amies à celle de mon étrange famille. Et puis, je n'aime pas laisser Robin seul, aussi. Il n'est jamais très loin ces derniers temps, entre notre colocation, où les filles l'ont accueilli à bras ouverts, et la forêt qui cerne le manoir et si proche du loft ; j'ai rarement besoin de plus de quelques minutes pour le retrouver.

Au début, c'était magique. Les difficultés traversées avaient tissé entre nous un lien puissant. Tandis que, d'un côté, j'espérais ne plus jamais avoir à subir la présence des loups, de l'autre, sa proximité m'était devenue indispensable, presque vitale. Pourtant, jour après jour, d'exploration en errance, il a changé. De l'euphorie de me retrouver, il est passé au malaise, sans vraiment pouvoir l'expliquer. Forcé de se présenter comme un humain dans les rues de Fallen Creek, il ne cherche plus qu'à s'abandonner à sa nature lupine dès que ça lui est possible, tentant, je suppose, de retrouver un peu de ce qu'il a perdu. De sa meute, il ne lui reste rien d'autre que d'éprouvants souvenirs. Son exil a fait de lui un anonyme dans une foule qui ne doit jamais connaître sa véritable nature. Il doit mentir et se camoufler des humains, se fondre dans leur masse et s'y perdre.

J'ai essayé de soulager sa peine, tenté de me substituer à ce qui lui manque. Malgré mes efforts, ce n'est pas assez. Bien que je ne comprenne pas pourquoi, la perte de cette meute d'acharnés a presque éteint sa flamme, qui vacille dangereusement dans le tumulte de son désespoir. De plus en plus, il se noie dans des élans nostalgiques, incapable d'entrevoir un avenir. Des lueurs boréales de ses yeux ne subsistent plus que de timides ondées virides et ternes.

J'ai beau le couvrir d'attentions et de baisers passionnés, rien ne semble l'aider ni attiser ses envies. Loin des siens, il est incapable de reprendre pied et ce n'est pas une petite sorcière dans mon genre qui pourra changer la donne. Notre relation n'est plus qu'une voie sans issue.

Frustrée, contrariée et impuissante, j'ai ressenti le besoin de prendre des distances, de me retrouver, au lieu de le porter à bout de bras, et même contre sa volonté. Il prétend m'aimer, ne rien regretter et pourtant, tout dans son attitude trahit son imposture. La vérité est limpide : nous ne nous sommes pas imprégnés. Seulement aimés. Ça ne semble pas suffisant pour lui, alors que ça l'était pour moi.

Moi qui ai besoin de calme, je retrouve, entre les murs de vieilles pierres du manoir des Shadow, un silence qui n'existe plus ailleurs. Au milieu des étagères poussiéreuses, débordantes d'ouvrages reliés de cuir, je goûte une forme de sérénité et de quiétude, néanmoins teintée d'appréhension. Ce n'est pas seulement pour faire le point sur ce qui me lie à Robin que je suis venue me terrer ici : le coven a décidé que nous serions poursuivies, Eli, Neeve et moi, pour avoir violé les règles fondamentales des communautés de l'ombre. La bibliothèque de la Cour est confortable, mais elle ne dispose d'aucun des ouvrages dont j'ai besoin. Alors qu'ici, l'histoire intangible de notre monde est déclinée à l'infini.

Je m'installe au grand bureau, dépose la lourde pile de livres que je viens de sélectionner, et allume une petite lampe qui diffuse une lueur timide. Inutile d'éclairer davantage la pièce, la lune se charge d'investir l'espace de ses rayons argentés. Au travers de la fenêtre, j'observe le parc assoupi, baigné d'une lueur surnaturelle et, peut-être, porteuse d'espoir. Je reporte mon attention sur *le code du Monde de l'ombre*, ouvert sur les articles de loi, dont je connais la teneur sans même avoir à les lire, et feuillette le grimoire de jurisprudence des covens américains, espérant trouver un précédent qui nous serait favorable pour étayer notre défense. Mais je ne trouve rien. Absolument rien. N'existe-t-il aucun sorcier qui ait un jour violé l'une de ces foutues règles, comme nous y avons été contraintes ? Il faut croire que non. Ou qu'on s'est arrangé pour que son cas soit étouffé et peut-être bien lui avec...

— Ah, t'es là !

Neeve déboule entre les étagères et se plante devant moi, haletante.

— Neeve ? Ça va ?

Je ne sais pas trop pourquoi je lui pose cette question,

je connais la réponse : depuis notre altercation avec les loups, elle se donne beaucoup de mal pour donner le change, mais elle n'est pas au mieux. Entre la réaction des clones et la perte de son boulot, elle peine à retrouver un équilibre dans sa vie. Se retrouver seule au loft ce week-end ne doit pas l'aider.

— Je dois absolument te parler.

— Me parler ? Mais de quoi ?

— Lennox. J'ai vu Lennox.

OK. Et ?

— Ce n'est pas fini, Sixt !

De quoi parle-t-elle ?

— Qu'est-ce qui n'est pas fini ?

— Nous sommes encore en danger.

Je ne comprends pas. Nous avons explosé ceux qui nous voulaient du mal, alors qui pourrait bien s'en prendre encore à nous ?

— Sois plus claire, enfin ! Tu vois bien que je suis occupée !

— Si quelqu'un nous supprime tel que c'est prévu, ce foutu procès te sera bien égal ! Je te dis qu'on en a après nous, Sixt ! Le chef des sorciers qui nous veulent du mal n'était pas dans la forêt lors de l'attaque ! Lennox dit que nous devons quitter Fallen Creek sur le champ !

D'où tient-elle ces informations ? C'est complètement dingue !

— Écoute, j'essaie de nous sauver les miches, et crois-moi, c'est loin d'être simple, exposé-je avec fermeté. Je n'irai nulle part avant d'avoir trouvé comment procéder. Il nous faut un dossier en béton armé, sinon le résultat sera catastrophique, tu l'as saisi, ça ?

— Lennox en est certain, et je lui fais confiance, insiste-t-elle. Il était…

— Et moi, je *te* fais confiance. À lui, en revanche…

C'est impossible, toute cette machination, qui d'autre aurait pu fomenter ces attaques ? À quelles fins ? Je ne doute pas qu'elle en soit convaincue, mais en ce qui me concerne, je suis persuadée que cette menace est bien moins réelle que la condamnation qui nous pend au nez. Je ne peux pas rentrer dans son jeu ni déserter Fallen Creek avant de nous avoir blanchies. Qui sait d'ailleurs si les investigations du ministère public de la magie n'en révéleront pas davantage sur les circonstances qui nous ont poussées à nous réfugier chez les loups ?

— Nous devons prévenir Eli, poursuit-elle.

— Eli ? Pourquoi ? Tu ne trouves pas que c'est déjà suffisamment compliqué pour elle en ce moment ? D'ailleurs, si elle a prolongé son séjour chez ses parents, c'était précisément pour prendre un peu de distance avec tout ça, se recentrer…

Elinor pourrait difficilement être plus isolée qu'au château des Moon. Même si je comprends sans peine ce besoin de solitude, elle me manque. Et la perspective d'être à jamais séparée d'elle, et de Neeve, à cause de ce stupide procès me serre le cœur. Je dois trouver une solution et nous sortir de là !

— Que tu refuses de prendre cette menace au sérieux te regarde. Elle a le droit de savoir et d'agir en connaissance de cause.

Elle n'a pas tort. Et je ne pourrai de toute façon pas protéger Eli éternellement.

Un long soupir m'échappe.

— OK. Je l'appelle, capitulé-je.

Je compose le numéro et active le haut-parleur.

Ça sonne.

Seule l'immuable tonalité brise le silence pesant qui nous cerne. On s'est pourtant promis de *TOUJOURS* répondre au téléphone, depuis notre retour de la tanière. Précaution utile, au regard de ce que nous avons vécu ces deux derniers mois.

Mais qu'est-ce qu'elle fout, bon sang ?

Je raccroche et compose une nouvelle fois le numéro. Les joues de Neeve sont passées du rouge de la précipitation à la lividité de l'effroi.

Ça sonne. Encore. Et encore. Et encore.

Eli décroche.

Mais elle ne répond pas. *Eli !*

CHAPITRE 33

ELINOR

Le feu crépite dans l'âtre du château des Moon. De mon château. Mon refuge, mon foyer.

Je suis blottie dans un vaste canapé aux coussins affaissés, et enfouie sous une montagne de plaids. Pourtant, je suis glacée. Le froid s'insinue dans mes veines, dans mes os, dans mon âme.

Mais qu'est-ce qui m'arrive ?

En soupirant, je me lève et me dirige vers une étroite fenêtre. Par la vitre, je vois la lune. Elle est de nouveau pleine. Mes doigts se crispent sur la tasse de thé que je tiens. Je la porte à mon visage et les volutes blanches qui s'en élèvent viennent réchauffer le bout de mon nez.

Mais ce n'est pas assez.

Dans ce décor ancestral, cette demeure qui a vu naître des générations de Moon, peu de choses ont changé. Ma famille a toujours respecté les traditions. Nos lois. À mon retour, mes parents m'ont accueillie à bras ouverts, mais je sens bien dans leur regard qu'ils ne comprennent pas. Dans le regard de Liv, ma sœur, c'est tout autre chose. Je lis une admiration sans bornes dans ses yeux. Une admiration qui n'y était pas quand j'étais simplement enseignante à la Wiccard Academy.

La Wiccard… J'ai bien essayé de reprendre mon poste, mais en vain. Retrouver cet environnement trop familier, esquisser un sourire forcé en réponse aux mesquineries de Lise-Ann, ployer le cou devant un Lennox à la fois méprisant et fuyant… Je n'ai pas pu. J'ai abandonné.

Même rester avec Neeve et Sixtine au loft est au-dessus de mes forces. Elles me rappellent trop…

Dis-le. Dis-le, admets-le enfin. Libère-toi de ce poids.

Mais je secoue la tête. Mon téléphone sonne. C'est Sixt. Je décroche et le porte à mon oreille. Mais les mots ne sortent pas. Mon regard reste rivé sur la lune, et je ne vois que *lui*. Même si l'Alpha de la meute Greystorm occupe toutes mes pensées, je me refuse à prononcer son nom. Pourtant, ces quelques lettres murmurées à haute voix viendraient emplir le vide de mon cœur, j'en suis certaine. Mais je ne peux pas. Ce serait trahir encore. Je raccroche sans un mot.

À l'intérieur d'une console en bois marqueté, sur ma droite, je sais que mon père entrepose ses meilleures bouteilles. Il me suffirait de tendre le bras, d'ouvrir la petite porte et de m'emparer de l'une d'entre elles. Je pourrais aussi monter dans ma chambre, j'avais pour habitude de planquer un peu partout des boîtes d'anxiolytiques. Au cas où.

La tentation fait battre mon cœur de façon erratique. Vais-je céder ?

En moi, la douleur est si vive que j'aimerais hurler. Et j'aimerais que ce hurlement soit celui d'une louve.
Karl.

CHAPITRE 34

KARL

Mon bureau avec vue sur la forêt n'a jamais été aussi plein. Mes principaux lieutenants se tiennent face à moi, droits, immobiles, silencieux. Ils ne me quittent pas du regard. Ils savent que l'instant est crucial.

Nous allons rencontrer Vlad Ivanov, le chef du clan vampire de Caroline du Nord. Et le moins que l'on puisse dire, c'est que sa réputation le précède. C'est un vieux pervers notoire, et le nombre de ses crimes commis durant les deux précédents millénaires donnerait le vertige au diable lui-même. Nous devons lui rappeler les termes de nos accords ancestraux, dont le principal reste : ne pas chasser près de Fallen Creek.

Tandis que je parle, mon esprit s'échappe. Dès que je m'en aperçois, je tente de me reprendre, de focaliser toute mon attention sur ce qui nous attend. De ces pourparlers dépend notre avenir, ainsi que la pérennité de la meute

Greystorm. C'est aussi l'occasion pour moi de réaffirmer mon autorité.

Les miens ne disent rien, mais je sens bien le poids de leurs regards. Pourquoi ai-je laissé partir ces trois sorcières ? Pourquoi ai-je libéré Robin, plutôt que de le mettre à mort comme il le méritait ? Comme l'exigeaient nos traditions ? Comme c'était mon devoir de le faire ?

Depuis le départ des filles et de mon frère, je multiplie les marques d'autorité. Trop, probablement. L'incompréhension laisse peu à peu la place au reproche dans le cœur de mes loups. Ce n'est pas bon. Il faut que je redresse cette putain de situation. En espérant que les autres meutes d'Amérique n'aient pas eu vent de mes conneries.

Une nouvelle fois, je force mes pensées à se recentrer sur le présent. Je me lève, fais le tour de mon large bureau encombré, pour me rapprocher des miens. Qu'ils sentent la force de ma présence, le poids de mon autorité. Je suis un Alpha, bordel, *leur* Alpha ! Mais mon regard rencontre celui de Jake, et je lutte pour ne pas baisser les yeux. Entre nous plane encore le spectre de Macha.

Alors que je m'apprête à reprendre la parole pour détailler le dispositif de sécurité que nous nous apprêtons à déployer, la porte s'ouvre en grand. Sur l'instant, je ne vois pas qui ose ainsi nous déranger, car l'intrus est caché par les hautes silhouettes de mes Bêtas. Mais aux murmures qui s'élèvent, je comprends qu'il y a quelque chose d'anormal. Aussitôt, je m'avance et me fraie un passage.

Non... Pas ça...

Toutes mes résolutions volent en éclats. Mon corps et mon cœur doublent ma raison, face à sa beauté lunaire, sa peau pâle rehaussée par une petite robe noire. N'a-t-elle pas froid, vêtue ainsi ? Il fait nuit, après tout, et elle n'est pas une louve, elle est plus sensible aux variations de température.

— Sortez.

Dans un silence pesant, mes loups s'exécutent. Certains traînent un peu la patte, mais ils finissent par nous laisser. Je peux enfin voir Elinor. Observer son air hagard, ses yeux trop brillants, ses joues enfiévrées...

— Qu'est-ce que tu fous là ? je lui demande, d'une voix trop rauque.

En moi, le désir est déjà là. Puissant et dévastateur.

Elle aspire l'air à petites goulées, ne me quitte pas des yeux. Et si elle était malade ? Ou blessée ? Si... elle avait replongé ? Mais elle répond :

— Je ne sais pas.

Je fronce les sourcils. « Je ne sais pas » ? Qu'est-ce que cela veut dire ?

Soudain, elle se met à pleurer, me prenant totalement au dépourvu. Face à ce déferlement d'émotions, ma respiration se suspend. Je n'ai qu'une seule envie, la prendre dans mes bras ? Quand elle me regarde enfin, je ne réfléchis plus, je la rejoins et l'enlace.

— Je suis là, murmuré-je à son oreille.

Mais qu'est-ce que je raconte ? C'est de la folie, tout ça ! Mais Elinor s'accroche à moi, et je sens la chaleur de ses larmes à travers le tissu de ma chemise. Elle tente de s'écarter, mais, d'une saccade, je la ramène vers moi. Nous nous heurtons, restons un instant ainsi, haletants.

Puis je sens sa main qui cherche ma nuque, baisse mon visage vers elle, gémis face à son expression bouleversée. Ses doigts agrippent mon col. C'est plus fort que moi, je me rapproche encore. Ainsi, elle peut glisser son autre main dans mes cheveux, et ses doigts fermés tirent jusqu'à ce que nos fronts se rencontrent.

— Marque-moi, chuchote-t-elle.

Non ! Je rejette la tête en arrière, je ne dois pas céder. Je ne dois pas céder. Mais n'est-il pas déjà trop tard ? Aucun loup n'a jamais réussi à empêcher une imprégnation. Et si je la marque, elle deviendrait...

Mais Elinor n'est pas une louve, c'est une sorcière !

— Marque-moi, répète-t-elle encore, et le son de sa voix est cette fois suppliant.

— Je... je ne peux pas.

— Pourquoi ?

— Tu n'es pas... Tu deviendrais...

— On s'en fout. Je m'en fous.

Elle me prend par la main pour m'attirer vers la banquette qui occupe un coin de la pièce. Sait-elle à quel point elle me torture ?

— Elinor...

— Oui ?

— Écoute.

Elle se fige, mais son regard est orageux. Elle n'a pas l'air de vouloir patienter. Moi non plus, mais je dois lui dire que...

— Je t'aime. Je me suis imprégné de toi à la seconde où je t'ai vue. Je n'ai pensé qu'à toi depuis cet instant. Je...

Elle se met sur la pointe des pieds, effleure mes lèvres des siennes. Un frisson brûlant descend le long de mon échine. Enfin, je retrouve l'usage de mes mains pour la déshabiller. Sa peau blanche apparaît sous l'étoffe. La robe tombe au sol, comme une fleur noire et vénéneuse. Mes doigts ourlent sa chair jusqu'à la chute de ses reins. *Je vais céder...*

Comme pour me rassurer, elle prend enfin la parole, frissonnante tout contre moi.

— Je suis imprégnée aussi, Karl. Je ne sais pas comment c'est possible, je ne sais pas ce qu'il adviendra de nous, mais je ne peux vivre loin de toi. Ces dernières semaines ont été un supplice.

Fou de joie, ivre de désir, je l'emporte dans mes bras, pour l'allonger délicatement sur la banquette. Je m'agenouille à ses côtés, me gorge de la vision de son corps nu, de ses longs cheveux de lune qui cascadent sur ses seins, de ses yeux si clairs, si transparents… Et surtout, *surtout*, je vois sa gorge blanche, sa nuque souple, et je me retiens pour ne pas la mordre trop vite. Ne pas la marquer trop vite… faire en sorte que cet instant dure toujours.

Je me penche sur elle, cherche ses lèvres, les trouve et m'y abreuve. Je sens qu'elle glisse sa main entre nous, qu'elle défait ma ceinture, cherche mon sexe durci. Mes hanches se contractent. En un seul mouvement souple, j'ôte ma chemise, sans jamais lâcher ses lèvres. Elle m'attire sur elle, ses mains parcourent mon corps et ne me laisse aucun répit.

Pris du désir brutal de la posséder, je me glisse en elle, et je la sens se cambrer sous mon poids. Elle m'accueille, et je glisse dans un gouffre insondable, un gouffre dont on ne ressort jamais vraiment indemne.

— Marque-moi, gémit-elle en rejetant la tête en arrière.

Alors je plonge mon visage dans le creux de son cou, et je la mords. Mes dents percent sa peau et je serre, tout en continuant mes va-et-vient au creux de son ventre. Je grogne sous la montée fulgurante du désir. Je la veux. Tout entière et à jamais.

Je sens ses ongles dans mon dos, comme des griffes qui lacèrent ma chair, et j'accélère la cadence. Le chant de son plaisir monte à mes oreilles, emplit tout l'espace, et le grondement de mes cordes vocales le rejoint en un parfait contrepoint.

Au moment où nous jouissons tous les deux, le goût métallique de son sang emplit ma bouche.

Elle est mienne.

CHAPITRE 35

NEEVE

Tous nos sorts sont inefficaces. Des nébuleuses couleur émeraude jaillissent de mes doigts et s'enroulent autour de celles, obscures, de Sixtine. Notre concentration est à son maximum au milieu du pentacle que nous avons dessiné à la craie sur le sol. Malgré la pierre de lune en son centre, malgré toutes nos incantations, nous n'arrivons pas à la localiser.

« *Elinor, révèle-toi, dans la nuit et le jour, dans l'ombre ou la lumière. Montre-toi…* »

Mais rien.

Rien.

L'essence même d'Elinor a disparu. Sixtine et moi rouvrons nos yeux. Notre pâleur exprime notre inquiétude. Lennox nous a prévenues. Des sorciers nous menacent encore. Mon cœur bat fort dans ma poitrine quand, soudain, Sixt et moi avons cette révélation : Eli ne peut être morte. Non, cela, nous nous refusons d'y penser. Alors la solution est tout autre. Karl !

— Elle est retournée chez les loups !

Nous l'avons dit simultanément, comme si la lumière avait soudainement éclairé nos esprits. Je refoule l'envie de lâcher tout haut « *Qu'on est connes !* », mais il n'est pas temps de nous en vouloir d'être aussi stupides, d'avoir vidé toute notre énergie mystique, alors que c'est la première chose qui aurait dû nous venir à l'esprit... Sixtine et moi échangeons un regard entendu, avant qu'elle ferme à nouveau les yeux et se concentre.

— Euh... tu fais quoi ? je demande en haussant un sourcil.

— Chut.

OK...

Son visage se contracte. Elle inspire. Expire. Ses paupières se relèvent.

— Alors ?

— Robin arrive à l'appartement, allons le rejoindre.

— Et ?

— Il va nous accompagner dans la caverne.

Pas bête. Je n'ai aucun souvenir du chemin que nous avons emprunté. Sans notre flair de louves, difficile d'y retourner. Et avec la quantité d'énergie que nous venons bêtement de libérer... Dommage qu'on n'ait pas eu l'idée des petits cailloux blancs du Petit Poucet, je songe.

Mais Robin est la clef. Je me jette dans les bras de Sixtine. C'est un génie ! Elle rougit un peu et me repousse, me faisant comprendre qu'on doit y aller. Il nous faut une dizaine de minutes pour rejoindre le loft en courant. Dès qu'on ouvre la porte, j'affiche un visage ahuri et ferme subitement les yeux. Robin est à poil. Non, sérieux, autant c'était marrant avec Tyler et Perry, autant cela me gêne qu'à chaque fois que Robin rentre au loft, il ne porte aucun habit. C'est le mec de ma copine, putain ! Et puis, c'est pas comme s'il n'avait pas une paire de fesses à se damner ! Je rouvre un œil pour les reluquer discrètement et me dis qu'heureusement qu'il passe par l'arrière du bâtiment. Nos voisins sont des vieillards qui n'y voient plus rien, sinon ça ferait longtemps qu'on serait démasqués. *On ne se mélange pas...* D'ailleurs, une idée me vient. Sixtine s'est-elle « mélangée » avec lui ? Je veux dire, concrètement. Les cloisons sont minces, ici, ce qui m'a souvent valu pas mal de réprimandes de la part des copines. J'aimerais bien un jour pouvoir leur renvoyer la pareille, mais il n'est pas temps d'y penser.

Robin dépose un chaste baiser sur les lèvres de Sixt avant de lancer :

— Suivez-moi.

Il se transforme en loup à grand renfort de craquements d'os et de bruits peu ragoûtants, puis s'élance dans l'escalier qui mène à l'arrière du bâtiment.

Il nous faut une trentaine de minutes en courant avant d'arriver à la caverne. Je suis en sueur. Sixt est à deux doigts de nous faire une attaque. Je pose mes mains sur les genoux et reprends mon souffle.

— Putain, elle a intérêt à être ici ou à être morte ! lâché-je. Je pourrais pas lui pardonner mes calories brûlées. J'ai bouffé qu'une salade !

— Ma cuisine te manque, Neeve du Nord ? Comment va la maligne de la bande, la louve végétarienne ?

Je fais volte-face et me retrouve nez à nez avec Popeye.

— Popeye ! m'exclamé-je.

Je m'élance et me jette dans ses bras. Le vieux loup était le plus gentil de tous, durant notre séjour à la caverne. Avec… Macha. À cette pensée, je recule et me rappelle ce qu'a coûté notre aventure à la meute. Popeye ne l'a pas oublié, lui non plus, mais ça ne l'empêche pas de m'adresser un sourire.

— Où est Elinor ? demande Sixtine d'un ton sec.

C'est vrai qu'elle ne connaît pas le cuisinier, si ce n'est par les plats qui lui étaient servis dans son cachot. Pas la même ambiance côté Sixt, donc.

Popeye ne répond pas et tourne son visage vers Robin qui a conservé sa forme lupine. Ses yeux se plissent.

— Es-tu si pressé de rencontrer la mort, Robin ? déclare le vieux loup. Vu les conséquences de la décision de Karl pour la meute, je pensais que tu ne serais pas assez fou pour revenir ici. Ce territoire t'est interdit, tu l'oublies ?

Sixt pâlit, se souvenant soudain que son chéri a risqué sa vie en nous accompagnant jusqu'ici.

— Il a raison, va-t'en, lui dit-elle.

Robin soulève son museau. Ses pupilles cernées d'or expriment une lueur chagrine qui me fend le cœur, avant qu'il ne disparaisse dans la forêt. Il a tout quitté, tout perdu. Pour elle. *Pour nous.* Et ça fait longtemps que j'ai compris que ce jeune loup a sous-estimé l'impact de sa décision. Sixtine le sait aussi, même si on n'en a jamais parlé. Il ne faut pas être devin pour comprendre qu'elle n'est plus l'avocate épanouie qu'elle a été. Ça ne prend pas avec moi.

— Tu es revenue ! lance la voix grave d'un homme émergeant de la caverne.

Perry. Tyler le suit de quelques mètres, un sourire plaqué sur son visage. Je revois encore la main du premier tendue vers moi, et la mienne, hésitante, se diriger vers elle, puis reculer.

— Je suis là pour Elinor.

Un silence suit ma remarque. Le sourire de Tyler s'efface, quand une voix s'élève derrière lui.

— Eh bien, je suis là, les copines !

Bordel de merde ! Eli...

Mon amie s'avance d'un pas gracieux. Ses longs cheveux blancs se soulèvent dans le vent, entourant un visage où deux yeux couleur vert d'eau, et cernés d'un cercle d'or, me renvoient l'inimaginable. Une cicatrice a l'air de disparaître peu à peu sur son cou. *Mordue. Louve.* Elinor est devenue une sorcière-louve. Elle a été marquée, putain !

Sixt reste bouche bée. Mais je ne sais pas si elle réalise ce que je viens de comprendre. Je sais par les cousins qu'un être marqué par un loup Alpha hérite du pouvoir de la transformation. *Bah, merde, alors...* Elle en pinçait vachement pour Karl, en fait !

— Que... qu'as-tu fait, Eli ? demande Sixtine, effarée.

Elinor s'approche et me prend dans ses bras avec un grand sourire, avant d'attraper celui de Sixtine et de se lover autour de nous deux. Dès qu'elle s'écarte, je constate que je ne l'ai jamais vue avec une expression si épanouie sur le visage. Eli est heureuse. Elle rayonne, même.

Mais Sixt, estomaquée, recule d'un pas.

— Tu n'as pas... Robin m'a dit que... Mais tu n'as pas...

— Ce n'est pas le moment d'en parler, réplique Eli,

étrangement sûre d'elle. Nous avons un rendez-vous important à assurer.

Ah ouais ? C'est quoi, cette histoire ?

Karl sort à son tour de la tanière et s'avance vers Elinor. Son bras s'enroule autour de ses épaules. Ses lèvres se posent sur une joue qui se colore aussitôt. L'amour que je lis dans leurs regards me bouleverse. Leurs corps se rapprochent comme s'ils voulaient se fondre l'un dans l'autre. Attendrie, j'hésite à m'écrier « *Comme c'est mignon* », mais face au regard glacial de Sixt, je me ravise.

— Quel rendez-vous ? lâche sèchement cette dernière.

— Des pourparlers avec des vampires, annonce Karl sans quitter Elinor des yeux.

Je suis toujours ébahie par ce sentiment qui me submerge en les observant. Comme s'ils étaient sur le point de fusionner. *En parlant de fusion...* Ouais... c'est le regard de fusion que je vois chez Eli. *Oh là, là, la coquine...*

— On n'est pas disponibles ! répond Sixt à l'Alpha.

Elle est dingue ou quoi ?

— Euh... Sixt, glissé-je à son oreille, c'est le marché qu'on a passé, tu te souviens ?

— On n'a pas convenu qu'Elinor se transformerait en louve ! assène-t-elle. On n'a pas convenu qu'elle les choisirait, *eux*. Un procès arrive, et elle, elle fraie avec une meute de loups !

— Et toi, Sixtine, tu fraies avec qui ? rétorque Elinor. Faut-il te rappeler l'existence de Robin ?

Sixt déglutit. Bien sûr qu'elle n'a pas de leçons à lui donner. Certes, le moment qu'a choisi Eli pour rejoindre la meute n'est pas le bon. C'est vrai qu'elle aurait pu attendre un chouille, mais ce qui est fait est fait. Pas la peine de se disputer. Je ne le supporterai plus, après tout ce que nous avons vécu. Non. Cette histoire a failli nous coûter notre amitié. Alors je décide que si mes copines veulent fricoter avec les loups, eh bien, qu'elles le fassent !

À cette pensée, mes yeux se tournent vers Tyler et Perry. Ils ne me quittent pas du regard. Un minuscule sourire pointe sur mon visage, immédiatement suivi des leurs. Puis je me rappelle leur attaque, mes blessures, et le mien disparaît et se mue en une moue qui leur signale que je les boude encore pour une durée indéterminée.

— En route, lance Karl qui, d'un geste de la main, nous invite à le suivre.

Mes yeux quittent ceux des cousins, mais les deux s'empressent de m'entourer de leur présence pendant toute l'heure du trajet.

— T'as souri, dit Tyler.
— Un tic sur mon visage, répliqué-je.
— Tu es venue, remarque Tyler.
— Pour ma copine.
— On te manque, Neeve. Admets-le.
— Humpf...

Alors que nous nous engageons sur le sentier qui mène sur les lieux de la rencontre, je me souviens de la chaleur de leurs corps. De leurs baisers. De leur tendresse. Du sexe... *Bordel, ouais, ils me manquent !* Mais ils m'ont attaquée, et blessée. Je les ai dégoûtés, et je me remémore encore de l'émotion acide quand mon cœur s'est brisé, alors qu'ils étaient prêts à me tuer, tout ça parce que je suis une... *sorcière*. Alors oui, Karl et Eli ouvrent la voie à la mixité, mais non, je ne vais pas leur pardonner de ne pas avoir eu la même ouverture d'esprit que leur Alpha ! Je presse le pas et me porte aux côtés de Sixt, qui reste silencieuse jusqu'à ce que l'on arrive à destination.

Des vampires... Mon cœur tambourine fort dans ma poitrine, tandis que nous attendons, dans une clairière nimbée par la lune, et à l'abri de l'obscurité.

ÉPILOGUE

DRAKE BUTCHER

Ils arrivent à l'heure précise, mais je reste planqué derrière les feuillages. Je suis impatient de voir qui est le grand, le fameux Karl Greystorm. Ou du moins, qui il était... La rumeur court qu'il a pris des décisions qui lui valent la défiance des siens. Je souris à cette pensée. *En voilà, un sacré chef...*

Vlad s'approche et me glisse à l'oreille :

— Qui sont ces femmes avec eux ?

Je ne réponds pas. Je n'en ai pas besoin. Le chef du clan des vampires de Caroline du Nord sait que je n'en ai aucune idée. Mais elles sentent bon... Si nous n'étions pas ici pour des pourparlers, je croquerais volontiers l'une d'entre elles. À cette pensée, je me mords la lèvre inférieure. Mes canines la percent. Le sang coule dans ma bouche. Ça m'excite. *Bordel, depuis quand je n'ai pas été excité...* Soudain, Greystorm n'est plus ma principale curiosité. L'odeur qui me parvient. Je veux la humer de plus près.

— Allons-y, annonce Vlad, en faisant signe à mes quatre acolytes de le suivre.

J'acquiesce, impatient de m'exécuter, pour une fois.

Nos pas sont légers. Faculté vampire. Bien loin de ces lourdauds de chiens qu'on peut entendre approcher à des kilomètres. Les trois qui me font face ne m'impressionnent pas. Mais ces filles... Ces filles ! *Des louves ? Non... Ou peut-être l'une d'elles...*

L'odeur devient plus puissante. Je cache l'émotion intense qui me transcende derrière un visage placide. Mes poings se serrent. Ma queue durcit dans mon pantalon, dès que j'inspire une nouvelle bouffée de cet arôme.

Laquelle ? Laquelle m'excite ainsi ?

Cette question tourne en boucle dans mon esprit. Puis je la vois. Elle. Sa tête est relevée, exprimant une dignité qui, je l'avoue, m'indiffère. *Son odeur...*

Vlad et Karl entament des discussions que je sais inutiles. Mais je n'écoute rien. Non, rien. Car le regard de cette femme percute le mien. Si mon cœur battait encore, il s'emballerait à la vue de cette déesse.

Il me la faut... la faut...

Ses deux amies se resserrent autour d'elle en constatant mon intérêt, que je peine de plus en plus à dissimuler. Mes canines surgissent à nouveau sur mes lèvres. Un rictus atteint mon visage blafard, mes bras couverts de tatouages se croisent sur ma poitrine. Je relève ma tête en signe de défi, mais ne la quitte pas des yeux.

Je la veux.

Une mélodie résonne sous mon crâne à la chevelure peroxydée.

Profite petite hirondelle.

Bientôt mes crocs se planteront dans ton cou.
Dis au revoir à tes amies, petit oiseau.
Il en sera bientôt fini de ta relation avec les loups.

Je souris intérieurement, mes yeux couleur glacier plantés dans ses pupilles épouvantées.

Car les vampires sont sortis de leurs cercueils.
Et que je ne peux te laisser m'échapper.
Alors viens que je t'accueille...

... Mon petit oiseau.

FIN DE

REMERCIEMENTS

Il était une fois trois sorcières qui vivaient dans la petite bourgade...

Euh, non, plutôt trois autrices qui s'étaient liées d'amitié sur Instagram.

Par un joli mois de mars, Sienna envoie un message privé à Laurence. Il dit :

« *Hey, Lolo, ça te dirait pas de faire un six mains avec moi et Émilie ?!* »

Laurence, dubitative, reçoit cette information et réfléchit...

« *Six mains, ça fait beaucoup de mains... Hum, beaucoup beaucoup de mains... Seulement quatre, c'est classique... six mains, un trouple d'autrices, c'est peut-être l'occasion d'écrire une dinguerie !* »

Laurence répond donc « *Oui* » et envoie un message à Émilie :

« *Ça va être trop bien, ce six mains !* »

Émilie sourit, rigole même un peu, mais à aucun moment, elle ne pense que les propos de Laurence sont sérieux.

Pendant ce temps-là, dans la forêt... (non, toujours sur

Instagram, mais c'est moins fun), Sienna demande à Laurence si elle a des idées à soumettre.

Et Laurence foisonne toujours d'idées. Pourquoi pas une fantasy avec des amourettes ?

Mais Laurence sait qu'à trois, elles vont rencontrer des difficultés. D'organisation, de planning…

Mais bon, un one shot, ça va le faire. Puis elle repense au chiffre 3… *« 3… 3… 3 »*

Et ça fait tilt !

Le pouvoir des 3 ! Charmed, puis elle glisse vers *Buffy*, *Penny Dreadful* et Compagnie !

L'histoire de WITCH s'infiltre dans sa tête…

Elle en parle à Sienna, qui lui répond : *« Trop bien ! On va en faire une trilogie !*

« What ??? » s'étonne Laurence.

« Fais une trame, Lolo, et on commence ! »

Lolo n'a jamais eu l'intention d'écrire une bit-lit en solitaire, mais l'occasion de le faire à plusieurs est trop belle.

La trame se constitue dans sa tête, déjà bien encombrée de personnages immortels.

Puis elle l'envoie à Sienna et Émilie.

Sienna valide et s'extasie.

Émilie dit : *« Ah, mais t'étais sérieuse pour le six mains, en vrai ? »*

À cette époque, nous sommes en mai…

Et voilà comment est né Witch Wolf ! Merci à vous d'avoir lu ce roman.

À très vite pour la suite !

AVIS LECTURE

Vous avez aimé WITCH WOLF ?

Laissez un joli commentaire pour motiver d'autres lecteurs !

Vous souhaitez être informé de nos prochaines sorties ?

N'hésitez pas à cliquer sur le bouton « Suivi » de nos pages auteur Amazon.

À très vite dans la suite de Witch Wolf :

WITCH VAMPIRE
Article 2 : On ne trahit pas

Laurence, Émilie et Sienna

À PROPOS DE SIENNA PRATT

Retrouvez toute mon actualité sur

Instagram :
sienna_pratt_over_dark

Facebook :
Sienna Pratt

TikTok :
@sienna_pratt_over_dark

Blog :
https://siennapratt.art.blog/

À PROPOS D'ÉMILIE CHEVALLIER

Retrouvez toute mon actualité sur

Instagram :
emiliechevallier.autrice

Facebook :
Émilie Chevallier Autrice

Tiktok :
@emiliechevallierautrice

Actus et newsletter :
https://emilie-chevallier.com

À PROPOS DE LAURENCE CHEVALLIER

Retrouvez toute mon actualité sur

Instagram
laurencechevallier_

Facebook
Laurence Chevallier Autrice

Groupe privé Facebook
Laurence Chevallier Multiverse

TikTok :
@laurencechevallier_

Actus, boutique et newsletter :
www.laurencechevallier.com